扬名的游戏

高楼大厦 著

江苏凤凰文艺出版社
JIANGSU PHOENIX LITERATURE AND ART PUBLISHING, LTD

图书在版编目（CIP）数据

扬名的游戏 / 高楼大厦著．—南京：江苏凤凰文艺出版社，2020.7
ISBN 978-7-5594-4884-2

Ⅰ．①扬… Ⅱ．①高… Ⅲ．①长篇小说－中国－当代 Ⅳ．①I247.5

中国版本图书馆CIP数据核字（2020）第080326号

扬名的游戏

高楼大厦　著

责任编辑　刘洲原
特约编辑　胡　进
装帧设计　梁　霞
责任印制　刘　巍
出版发行　江苏凤凰文艺出版社
　　　　　南京市中央路165号，邮编：210009
网　　址　http://www.jswenyi.com
印　　刷　北京金特印刷有限责任公司
开　　本　880毫米×1230毫米　1/32
印　　张　9.75
字　　数　230千字
版　　次　2020年7月第1版　2020年7月第1次印刷
书　　号　ISBN 978-7-5594-4884-2
定　　价　42.00元

编号：221447

（泠城）天眼集团入职通知书

赵褚 先生：

您好！非常荣幸地通知您，经过我集团严格考核，您成功应聘（泠城）天眼集团环境部污水处理分公司，下水道系统安全监理师（丁级技术人员）岗位。拥有我集团的正式编制、福利待遇和工号（预制工号：SDJ-丁-221447）

鉴于我集团在泠城的特殊地位，以及与政府（国家保密部门、军方、外交部门等）的特殊合作关系，在您入职前，请仔细阅读（通知书）附录陈述。该陈述部分用以防止对您和集团造成任何不必要的损失，以及因损失导致的各种极端不幸事件的发生。

（附录）

天眼集团入职员工基本要求：

1.根据我公司的实际业务情况，我公司编内人员和项目资料被分割为甲、乙、丙、丁、戊五个等级。等级权限为甲、乙、丙、丁、戊五级依次递减。

2.丁级人员的定义：最基础的管理和技术人员。该级别人员不能以任何形式（除非给予提级授权）参阅或参与甲、乙、丙三级项目的内部资料、核心项目工作（具体内容请参见集团各部门的分属安全规章以及各下属子单位的安全规定）。

3.根据泠城特别市市政府授权，我公司有权对于严重威胁公司和国家安全的员工进行内部“极端处置”或者移交司法机构。

4.如违反劳动安全和保密规定，应聘者个人承担一切法律责任。

敬告：天眼容不下[illegible]！

人力资源部：[illegible]

[illegible]年 8 月 2[illegible] 日

目录 contents

第一章　暴风雨前

就在此时此刻，赵褚突然发现在距离自己很近的一片泥水的暗影中，有两颗比芝麻粒稍大的白色光点，在闪闪烁烁地“盯”着自己。那样的光亮，在幽暗无比的检查井里显得格外醒目刺眼。两个豆点一般的微小光点放在地面绝不会让人过分地关注，可关键问题是它现在出现在47号检查井里，而且与赵褚在手机上最后看见的、位于刘茄子背后的两个“眼睛”，别无二致。

“赵工，47号检查井里到底有什么啊？”刚入职不到三个月的刘茄子好奇地问赵褚。

提着安全手电，与刘茄子一同走在下水道涵洞里做巡检工作的赵褚看着徒弟那有些稚嫩的脸，用自己死去师父的口气回答：“正是因为谁都不知道那里边藏着什么，才不让你去的。”

刘茄子对师父的回答显然并不满意，他不甘心地回头看了看。

在他们两人身后不足三十米处，有一个编号为“47#”的马蹄形涵洞分岔，在那涵洞岔路的尽头，正是大名鼎鼎的47号检查井。

看着刘茄子的行为，赵褚颇为无奈地笑了笑。其实，五年前赵褚被迫来到下水道系统工作的时候，也曾经有过类似刘茄子的表现，也曾经缠着他的师父问47号检查井里到底有什么，那么让人望而却步。

他的师父则回答他：“每个行业都有不能明写出来的暗忌，不过在冷城的污水公司里，这种不能写在明面规章上的安全规定只有一条——永远不要进入冷城港口区岭山公园的第47号下水检查井。”至于为什么不能进入47号检查井，师父没有明说，只是笼统地告诉赵褚那里“不干净”。

后来，好奇且不甘心的赵褚便在图书、工报和城志上收集47号检查井有关的历史与传闻。收集到最后，他却发现关于47号检查井的古怪传闻，竟然有许许多多不同的版本。在诸多的故事版本中，为数不多的共识点是这处通岭山公园的下水道检查井乃全城下水系统中最古老的一口。但它之所以会成为闻名的“鬼井”，则没有一个确切的定论。

有记载说，47号检查井以前是日军侵略冷城时遗留下的基地地道，曾经挖出过被日军枪杀的劳工遗体以及生化试验设备。也有报道说，47号检查井当年在施工的时候曾经挖出了一座巨大的古墓，可墓里没有尸体，只有一具具造型怪异的陶塑人偶和画着伏羲女娲图的雕刻陪葬。还有的说47号检查井原先是一处古墓，占据冷城的日军在上边建了个要塞，但后来不知道为什么日本人和古墓在一夜之间全部消失，只这一处“古井”留存至今。

总之一句话，47号检查井里到底发生发现过什么，几乎是不可名状的，也难怪自己师父说不出，更不想说。过去的各种报道和资料仿佛雾里看花，不过47号检查井现今的怪异是赵褚看得见摸得着的。

作为下水道的监理师，赵褚经常在下水道系统中的各个测量点走动巡检，难免路过通往47号检查井的涵洞。在这个过程中，他多次发现手中的对讲机在经过47号检查井附近时会出现突然的关机和重启，里边还会发出一些突然的如喃喃低语般的细碎杂音。尤为怪异的是，47号检查井连通地表的竖井口部分在方圆十几米之内几乎是寸草不生的，对泠城这样一座位于东南亚地区的热带城市来讲，简直是不可想象的事情。

47号检查井的怪异被赵褚看在眼里，自然也引起了他巨大的好奇。

后来有一天赵褚实在忍不住了，就壮着胆子偷偷跑进47号涵洞，往检查井深处看了一眼。就在他按照管道图，穿过涵洞即将进入检查井核心“竖井区”的最后一刻，却失望地发现——那井的入口早被人用比拇指还粗的钢筋条密密麻麻地封死了，不做个大工程很难进去。

就这样，赵褚放弃了对于47号检查井的探究，但原因并不仅仅是因为那些钢条，还因为他发现当自己把有限的精力集中在这样一件毫无意义的事情上时根本就是浪费生命，更不能很好地照顾自己那卧床的妻子。

“赵工！赵工！”刘茄子突然打断了赵褚的回忆。

“啊，”赵褚回身问刘茄子，“什么事情？”

“我听班长说您是南洋大学的高才生，土木工程的硕士？”刘茄子颇为敬佩地问。

“是。”赵褚点了点头。

“这么高的学历为什么要来下水道工作？”刘茄子困惑，“我还听说您拒绝了好几次集团的培训和调动？”

赵褚尽量装出一副贪婪的神色：“因为咱们这个工作虽然脏些，但是待遇好，每月可以赚一万多的‘有害津贴’，还不用出差。”

“您真顾家，您一定很爱嫂子吧？”刘茄子伸出大拇指，同时又遗憾道，“不过您要是在集团内调动一下，不出两年肯定比在这里赚的要多得多。”

赵褚笑了笑，什么都没有说。其实，赵褚又何尝不知道窝在臭烘烘的下水道里测量沉降、观察裂缝渗水很憋屈呢？但他没有办法。如果不是五年前那场变故，他当然不会为了两万五的月收入主动请调。

带着刘茄子走出下水道后，迎着烈日，赵褚回身指着他们来时的涵洞开口道：“你也看见了，下水道虽然幽暗，却是很僻静安全的地方，并不像常人想象的那样恐怖，也没有美人鱼和乌龟什么的。在里边你只需要按照公司发给的安全手册去做就不会出事。至于安全手册之外的禁忌，只有一条——不要去47号检查井。”

“明白了！”刘茄子在赵褚说话时始终盯着那涵洞出口，一脸不甘心的样子。赵褚看着刘茄子的表情，又仿佛看见了五年前的自己。带自己的小徒弟见识完冷城排污系统的景色后，也到了下班时间。

这时，刚出了下水道的刘茄子又小声对赵褚道：“赵工，今天晚上有没有时间，我想请你吃个饭，感谢一下这两个多月的照顾。”

赵褚摇头：“我不能去，我要回去陪妻子。”

“嫂子？”刘茄子笑道，“那把嫂子也一起叫上吃饭呗。”

赵褚颇为无奈地告诉刘茄子：“不用了，她人在医院，根本不能下地走路。”

“难道嫂子她……”

“有病，很不好的病。”

说完那让人伤感的事后，赵褚拍了拍刘茄子的肩膀，结束了这个话题。而后二人徒步回到公司，换掉衣服，又洗了一下，便结束了这一天的劳作。与工人们告别后，赵褚开着自己老旧的汽车去了冷城很有名的“高岭街康复中心”。在康复中心二楼的404特护病房里，身心疲惫的赵褚推门便看见了自己的妻子——刘晴儿。

此时的刘晴儿穿着洁白的病号服，嘴角挂着一丝甜甜的笑意，一动不动地躺在床上。如果不是浑身的导管与维生设备，她像极了一个熟睡的却又随时会苏醒的天使。但赵褚知道，妻子终究不是一个天使，虽然她一副随时能醒来的样子，但实际上她这一“觉”已经睡了五年。

她是一个因交通事故而陷入昏迷的植物人。

赵褚看着脆弱而美丽的妻子，先是会心一笑，而后表情沉重地脱掉了外套，走到妻子身边。他一如既往地为妻子翻身，为她擦拭那微红的脸蛋，又抬起她的腿，不断按揉着她的关节。在五年多的时光里，赵褚每天晚上都会来到康复中心重复类似的工作，几无一日间断。可能也因此，他感觉这康复中心更像是自己的家，而他原本与刘晴儿一起买下的爱巢，却更像是一处仓库或者旅馆。

正在赵褚温柔地为妻子按摩的时候，特护病房的门开了。一个女护士走进来对赵褚说道：“赵先生，下个月的医疗费用需要缴纳了。”

“医疗费？”赵褚皱眉。

“是的。”女护士告诉他，“下个月的基本维持费用一共是六千，如果还加肌肉恢复和护工，则需要多加。”

“一万四是吧，我知道了，做肌肉恢复，请护工。”赵褚毫不犹豫地答应下来。他知道如果不给妻子做恢复会加剧肌肉萎缩并引发肺炎，如果没有护工定时翻动妻子的身体，她会生褥疮。赵褚深知这两项服务的重要性，可以说如果不是这五年来他一直在追加着这两项昂贵的服务，妻子不会有那么好的气色，甚至也许根本就撑不到今天。

“那好，您什么时候交钱？”女护士问。

赵褚想了想，回答：“明天下午行吗？明天我发工资。”

“好的！”护士点头，又客气地提醒，“请您尽快，因为专业护工是很缺的，晚了我怕您雇用不上。”

“一定，一定！请您千万帮我留好的护工，谢谢。”说完，赵褚将护士礼送出去。而后他打开手机，将一首*You Are Beautiful*循环播放。

这是妻子极爱的歌曲，赵褚和妻子相识时，就是在妻子的酒吧和这舒缓的乐律中与对方互致第一个对视，互敬第一杯酒。这首歌曲满是赵褚和刘晴儿最美好的回忆，每到晚上，他都会放这首歌曲，捋着妻子的短发，向她讲述他们过去开酒吧时的甜蜜往事，希望能够借此刺激并唤醒她。

伴随着舒缓的音乐，赵褚向妻子倾诉了许多甜美的回忆，直到他听见天空中的滚滚雷鸣后才停下。赵褚从妻子的床头起身，听着窗外滚滚的雷鸣和渐大的雨声，微微摇头后，急忙走上前将窗户关上，拉好窗帘。不过当他走回来时，发现手机里的歌声不知何时已不再重复，取而代之的是一串急促的来电嗡鸣声。

赵褚拿起手机，匆忙接通。

他立即听见自己的小徒弟刘茄子在电话那边惊呼：“赵，赵工！救命！救救我！”

听着刘茄子上气不接下气且异常虚弱的喊叫，赵褚颇为震惊道："你怎么了？"

"我，"电话那边的刘茄子急忙回答："我在47号检查井里，我，我把腿摔断了。"

"47号检查井！"赵褚想着那口充满禁忌的检查井，感觉自己脑子里嗡的一声炸响。

他大声责备刘茄子："小子！活腻了吗？打着雷下着雨，你去那里边干吗？"

"我，我没看天气预报，我就是太好奇这里边有什么了，就，就……"刘茄子那边响起一连串的咳喘声。

听着刘茄子的咳喘，赵褚意识到现在不是责备这小子的时候。他急忙安慰刘茄子："你别着急！我现在就报警，马上去救你！你千万……"

"千万别报警！"刘茄子声嘶力竭地吼叫，"赵工，我要你一个人来，开汽车。带上绳子和急救药，千万别报警。"

听着刘茄子的话，赵褚诧异不已，进而讲道："你腿断了，我一个人弄不了你。"

"千万别，千万……"电话那边的刘茄子略微调整了一下呼吸，问赵褚，"赵工，你那里现在方便吗？咱们两个能不能开一下视频？"

"干吗？"赵褚费解。

"你开一下，我让你看看我在47号检查井里发现了什么。"刘茄子原本颇为痛苦的话里竟然隐含着一丝激动。赵褚不理解刘茄子的用意，不过还是立刻将手机的视频通话打开。在一阵短暂的等待音乐后，赵褚的手机上显示出了刘茄子那张因痛苦而扭曲的湿漉漉的脸。

刘茄子拿着手机，先将镜头往右脚上照了一下，同时向赵褚哀求："赵工，救命！"

随着手机屏幕的翻转，赵褚看见刘茄子的脚呈反方向近九十度样弯曲着，在他的脚踝处，有红白相间的骨头碴儿扎出了衣服，显得耀眼而刺激。赵褚看着他的伤口，在一阵揪心的同时，也冲刘茄子吼道："都摔成这个样了，还死撑！"

"赵工，你别急。"刘茄子又把手机转换了一个角度，边往前爬，边讲述道，"快看这是什么。"

在刘茄子那晃晃悠悠的视频画面里，赵褚看见了一堆极端模糊的灰绿色的影子。起初，赵褚看不清那雾蒙蒙的影子是什么，不过随着刘茄子镜头的推进，他很快就看清了那堆影子的真面目。

那竟然是一棵大到无以复加的树，榕树！

在暗无天日，几乎终年不见阳光的47号检查井里，竟然生长着一棵枝繁叶茂郁郁葱葱的榕树！

看着视频画面里的榕树，赵褚的心情已经不能用震惊来形容。

作为一个在下水系统工作了五年的人，赵褚深知下水道检查井是什么样的地方，更清楚它里边有多阴森黑暗。但就是在这种终年缺少阳光，阴森黑暗到无以复加的空间里，竟然能生长出那样一棵巨大的榕树。这在理论上是根本解释不通的。突然出现的榕树太反常了，不过再反常也并不能成为刘茄子阻止赵褚报警的理由。

赵褚对着手机吼叫："你不让我报警，就是因为这棵破树？"

"当然不是！"说话间，刘茄子打开狼眼手电，把手机摄像头尽量靠近那树，同时向赵褚激动道，"赵工，你看树上'长'出来的都是什么。"

随着刘茄子摄像头的稳定以及光线的增强，赵褚看见了树上更多的细节。紧跟着，他原本困惑焦急的神情被一种前所未有的震惊所取代了。

原来，赵褚发现在那棵足有一人粗的大榕树上，有许多斑斑点点的金色、青色和白色耀眼反光。而盯着那些反光细看之下，他便惊讶地发现原来那些反光的东西是碗、盘、刀剑、水壶等古董珍宝。那些工艺品和宝物镶嵌在榕树的树身和气根里，在检查井渗透进的雨水的冲刷中，宛如新物。珍宝在雨水以及刘茄子手机和手电的照耀下，反射着异样美丽的光泽，把整棵树装饰得晶光闪烁、玲珑剔透。仿佛这不是一棵生长在地下暗井之中的榕树，而是一棵不小心从天宫掉落到凡间的摇钱宝树！

“赵工，看见了吧！”刘茄子收回手机，兴奋地告诉赵褚，“这47号检查井以前定是座古墓，树上的宝贝估计都是陪葬品。”

赵褚对榕树这种植物还算熟悉，听着刘茄子的话，他立刻恍然道：“陪葬都埋藏在极深的泥土里，这棵井下榕树往高处生长的时候，把它碰见的宝贝都裹在树体，再带出土来挂在根茎上，过了几十甚至一百多年，才有了现在的样子。”

“对！对！”刘茄子又兴奋地冲赵褚言，“赵工，我知道嫂子病重，需要很多钱。你别报警，一个人来救我，咱们俩把这树上的宝贝分了吧。”

“这……”赵褚有些犹豫。

“不会有人知道，这可是47号检查井。”刘茄子怂恿道，同时又从身边不知什么地方拿出了一只白瓷瓶。

手中托着那制作精湛、绘凤画龙的瓷瓶，刘茄子兴奋地告诉赵褚：“赵工，这些宝贝随便带出去一件都得值一两百万，足够嫂子一辈子的治疗费了。你不为自己想，也为嫂子想想啊。”

刘茄子怂恿赵褚的时候，赵褚下意识地看了一眼躺在床上的妻子。每当赵褚看着妻子那酣睡微笑了五年的面庞，他的心就会变得如玻璃一般脆弱和锋利。妻子病重这五年，赵褚没有了自己的生活。他干着最肮脏的工作，却也只能勉强维持妻子现在的状况。但即便如此，他也无怨无悔，一心一意只希望妻子能够接受更好更先进的治疗。

终于，赵褚回过头向刘茄子说道："你怎么进的47号检查井？"

"你带我走过的那条路。"

"你抬头看看，检查井的竖井口能进吗？那里更快。"赵褚又道。

"竖井下不来，井盖锈得厉害，扶梯也烂掉了，而且井壁都是水。"刘茄子窘迫地回答。

"等我。"赵褚说话间去拿外套和手电，同时颇为严肃叮嘱，"不要乱动，保持热量。"

"快点来啊。"刘茄子一脸惊慌地回答，"下水道积水很深，你再不来我就得淹死在这里啦。"

赵褚在刘茄子说话的时候，拉开窗帘看了一眼窗外的雨势，又看了看表，道："来得及，等我，保持手机电量。"

"哦，那我先关机了啊。"说话间，刘茄子将手机移开，迅速关机。

刘茄子最后的话和动作本是很稀松平常的，电话这边的赵褚在看过之后，却突然于心中涌起了紧张与困惑。因为就在刘茄子关机的瞬间，赵褚在他身后的黑暗中看见了两个微微发光的白点。那两个白点映在手机屏幕上，虽然每个都比芝麻粒还小，却异常显眼，仿佛是暗夜里的一双眼睛，在刘茄子背后默默盯着他的一举一动。

在充满谣言忌讳的47号检查井里毫无预兆地看见那样的东西，赵褚心里难免犯怵。甚至有一阵，他心中满是那两颗白色的、幽冥鬼火样的小点。那到底是什么呢？雨水或宝物的反光，还是某种寄生在47号检查井里的生物？

赵褚下意识地感觉那两个白点极不正常，但在人命和富贵面前，似乎也不容他做任何更深入的思考。在惊愕了半晌之后，赵褚终究还是关掉手机，轻吻了一下妻子的额头，急匆匆地离开了404病房。

在康复中心外的电闪雷鸣中，赵褚拉开自己汽车的车门，驶入了冷幕一般的雨色暗夜。作为一个拥有五年工龄的下水管网监理师，赵褚知道自己这一趟完全是在和死神赛跑。依照今日的雨势，如果他不能在一个钟头之内把刘茄子找到并救出，这孩子定然得淹死在47号检查井里。想着仅有的一个钟头，赵褚踩着油门的脚不由得加重了许多，他那辆本就堪称老旧的汽车，也因而渐渐飘了起来。

在雨幕中堪称惊险地穿梭了十五分钟后，赵褚来到了白天与刘茄子谈话的下水道涵洞入口，而后他借助远光灯往涵洞里看了看，不由得皱紧了眉头。此时，从涵洞里流淌出来的水已不算小，溪流一样的雨水带着哗哗的响动和灰黑的泡沫向外喷涌着。从那些泡沫赵褚认出，下水道里的水流湍急，而且夹杂有碎瓷片、石子之类的杂物。在如此湍急且杂物众多的积水中行走，很容易摔倒受伤，而在下水道里一旦摔倒受伤定会引发很不好的事情。原本平静安全的下水道因为雷雨而变得复杂危险，不过赵褚毕竟是为了救人救己，对于这些预知之内的危险，他咬咬牙决定承受。

“进一步富贵满堂，退一步人走茶凉。”赵褚用言语给自己打气。而后他跳下车，来到后备厢取了备用的绳索和急救箱，还不忘拿上他放在车里应急防身的一把十寸弹簧刀。赵褚可忘不了他在刘茄子手机里最后看见的那两个来历不明的白点。

拿好东西后，赵褚深深地吸了口气，踩着湿润滑腻的水泥堤坝走至下水道涵洞入口，又踩着“禁止攀登”的标志跨越安全护栏，跳进已至膝盖的湍急水流，蹚水进入暗渠。赵褚穿梭在他走了五年的下水道，丝毫不敢掉以轻心，他每走一步，都警惕地感知着水流的变化，观察着四周的环境。

因为下水道里环境幽暗且水流过大，这里不见任何活的植物或动物，但到处都有一种黏糊的由细菌聚合的胶冻样菌膜。那些菌膜或薄或厚，或黄或青，下水道的墙壁、扶梯、管道、垃圾上，几乎无所不在。它们斑斑点点，成条成柱，如鼻涕或者溶洞石笋的样子。赵褚手电灯光一晃，它们就跟着反射出格外晶莹剔透的光。

这些细菌组成的薄膜透着一种别样诡异的美丽。但赵褚知道，那些晶莹的小东西相当致命。在下水道里只要摔倒擦伤并沾染上它们哪怕一丁点儿，人就会有极大概率被这些细菌入侵，染上致命的破伤风或败血病。四周的菌膜是妖艳而致命的精灵，而且今夜赵褚是临时出行，没有穿单位的工作用防护服。他如果摔倒，感染的概率又大了很多。

看着水流和晶莹的菌膜，赵褚深知这一趟行动的风险之大。不过风险再大他也已没有了回头路，再不抓紧时间救人，富贵付诸东流不说，刘茄子也必死无疑。沿着暗渠的方向，赵褚一脚深一脚浅地走了百十米，而后他终于看见在自己右侧的墙壁上有一个半圆形的承插管制涵洞。在涵洞入口，有三个用防水红油漆写的字符——“47#”。

看着斑驳且沾满了菌膜的字符，赵褚停下了脚步。作为监理师，赵褚几乎知晓全冷城下水道系统的网络图，加上以前研究过47号检查井的结构，他闭着眼睛也知道只要顺着这条涵洞往里继续走三五十米，便是一道由钢筋封死的门禁。而穿过那道关卡，再走过一道“跌水”，便是大名鼎鼎的47号检查井了。

抬头看着大大的“47#”，赵褚有些踌躇。他头脑中反复回想着与刘茄子的通话，回想着在手机里看见的那棵榕树，心中的感觉已渐渐从最初的震惊与期待，变成了困惑乃至恐惧。毕竟，榕树不同于别的树木。因为榕树多生于水秽幽冥之地，又多根多须的缘故，泠城的本地人迷信地认为榕树是一种寓意极不好的“阴木”。

但赵褚要在晚上去一棵榕树下求财救人，而这棵榕树偏偏还生在没一点光亮的地方，又怎么能不让人心中犯难犯怵？想着那棵巨大且莫名的榕树，赵褚心里极其犹豫，不过那犹豫只持续了瞬间。因为就在他于“47#”处忐忑沉思的时候，忽然感觉到自己裤裆的部位，有了一种凉凉的异样感。

赵褚品着裤裆里凉凉黏黏的异样感，急忙将手电下移，看向自己的裤裆。此时，原本在膝盖处的流水已然不知何时接近了赵褚裤裆的部位，而且还在上涨。

这是个相当危险的信号。随着下水道里的水位越来越高，如果赵褚不快点行动，这涵洞里的积水恐怕很快就会淹没他的脖子乃至封闭整个暗渠，甚至还会倒灌进47号检查井，把他和刘茄子都淹死。时间是不等人的，水更不会。

甩开胡思乱想，赵褚加快速度往47号涵洞走去。因为47号涵洞是下水系统中的一条上游支线，所以洞里的水更少也更小，但同时，这条暗渠也更窄更狭。走在里边，赵褚根本无法直腰。硬着头皮，踩着齐大腿的水流，忍着滴落在肩膀头皮上的黏稠菌膜，赵褚又往前走了许久。而后他终于在前边看见了一片由钢筋组成，且不断渗水的巨大“铁幕”。那便是他几年前来这涵洞探秘时，不曾考虑逾越的最终障碍了。

此时，赵褚看见拇指粗的密集钢筋栏杆已不完整，在它右侧被人弄出了一个勉强可供进出的小洞。走到那洞口时，他还发现了许多被丢弃在泥水中的破损角磨机片和无齿锯片。显然这都是刘茄子的杰作，这孩子能折腾的程度全然超过了当年的赵褚。赵褚看着刘茄子的“作品”，心中骂了一声娘后，目测了一下空洞的大小。在确认自己不会被卡住后，他才腰弯下肚，缓缓从钢筋间狭小的锯口穿了过去。

赵褚在穿过钢筋的过程中格外小心，他从头部开始一点点挪蹭着挤过栅栏，生怕被这断齿锋利的钢筋划破身体，进而感染上可怕的病菌。赵褚原本的动作是顺利安全的，可就在他身子进到47号检查井内三分之二时，那小心且缓慢的身体却如速冻一般僵立在原地，再不敢往前或者往后挪动分毫。

就在此时此刻，赵褚突然发现在距离自己很近的一片泥水的暗影中，有两颗比芝麻粒稍大的白色光点，在闪闪烁烁地“盯”着自己。那样的光亮，在幽暗无比的检查井里显得格外醒目刺眼。两个豆点一般的微小光点放在地面绝不会让人过分地关注，可关键问题是它现在出现在47号检查井里，而且与赵褚在手机上最后看见的、位于刘茄子背后的两个“眼睛”，别无二致。

面对47号检查井送给自己的“大礼”，黑暗中的赵褚紧张惊诧，不过在惊诧之余，他下意识地告诉自己不要慌乱。慌乱不解决问题，而且这里是下水道，各种被雨水冲刷下来的、有眼睛的东西很多。或许那黑暗之中的光亮，仅仅是某种能萤火的昆虫，又或者是某个被人遗弃的玩偶。

赵褚的猜测很多，但碍于黑幕，他始终没能看清那隐藏在黑暗中的到底是什么。在略微踌躇之后，从钢筋的缺口探进多半个身子的赵褚选择举起手电，主动向那黑暗角落的两个豆大光点的地方照射了一下。随着手电光亮的探照，赵褚很快看清，那个隐藏在检查井黑暗中的玩意儿是一条浑身黑鳞、身粗如臂、盘亘于地的眼镜蛇。而那两个白色的“光点”，正是毒蛇的眼睛。

“蛇！”受惊之间，赵褚本能地往后退了一步。

与此同时，赵褚面前的黑色眼镜蛇似乎被他手中明亮的灯光刺激到了，立刻直立起身体，并将头部两侧的肉冠高高隆起，露出两枚长长的獠牙。那蛇手臂一样粗壮的身躯和手指一样长的獠牙让人胆寒，在这只毒蛇的威胁下，赵褚变得惊慌起来。

此时此刻，赵褚的身体被47号检查井的栅栏卡在中间，进退不得。让他尤为着急的是，他带下竖井防身的弹簧刀在自己右腿的裤兜里，而他的右腿却在栅栏的另外一边。对赵褚来说，这个卡着自己半个身子的栅栏简直让他绝望，而偏偏在这儿还遇见了眼镜蛇这种可怕的毒虫。

面对毒蛇，赵褚逐渐心慌，而那毒蛇也仿佛感觉到了他的这份慌乱。在短暂的对峙后，毒蛇快速游弋出了它藏身的暗影，紧跟着张开大口，冲赵褚的脸部喷射了两股长长的毒液。眼镜蛇的毒液在手电光的照射下散发出美丽的蚕丝样的光泽，又像女人喷洒在身上的香水。不过也因为那毒液太过美丽耀眼，赵褚凭借本能迅速扭头，勉强躲开了这致命的一击。

奇迹般地躲开了眼镜蛇的毒液后，赵褚头脑清明了一些，看着渐渐盘身蓄力的毒蛇，他更意识到自己已被这蛇逼入了退无可退之境。在电光火石之间，他必须在蛇发起第二次攻势之前干掉它，别无选择。躲开眼镜蛇喷射的毒液后，赵褚不顾一切地把钢筋栅栏外的腰和腿快速抽进47号检查井内。而后，他顺势拔出弹簧刀，将闪烁的刀刃向毒蛇的头部扫去。

与此同时，那盘亘在地的毒蛇也如蓄力的弹簧般，张开大口向赵褚反光的刀刃和湿滑的手臂攻来。这是搏命的一击，赵褚能否保全自己和刘茄子的性命，全在这一击之内。赵褚和蛇不可谓不迅速，都是在求生的本能作用下发出致命一击。

原本人肯定是打不过蛇的，好在赵褚手中的刀子毕竟是胜过毒牙的利器。而借助工具的优势，他的刀刃很快接近并劈开了毒蛇的半个脑袋。而后那毒蛇被快速分成两半，从腔子里喷溅出了一股带有浓浓腥臭味的鲜血。多半个蛇头落在地面，另外半个连着大部分蛇身的残头则如无头苍蝇般乱蹿了几下，最后紧紧地缠绕在一起，缓缓抽动。

拼尽全力赢得了生存机会的赵褚不敢怠慢，他快速伸出脚，将大蛇的头身狠狠踢开，紧跟着整个人如被恐惧抽干了一般瘫软在地，靠着钢筋的栅栏，大口地喘着粗气。赵褚赢了，但依旧付出了沉重的代价。

刚刚从惊恐中缓过来的赵褚渐渐感觉右手右腿都传来隐隐的阵痛，而当他拿手电去照的时候，发现自己因为刚才行动太剧烈，手肘腿弯等处已然被钢筋栅栏的断口划出了深浅不一的伤痕。这些伤痕在井外的世界没什么大碍，在充满了菌膜和泥水的下水道里却是很恐怖的东西，甚至比被毒蛇咬中更严重。

看着自己身上的伤，赵褚刚刚缓解的心情又紧张起来。可让他更加紧张的是，就在他回身的时候，竟又听见47号涵洞的深处传来细碎的沙沙响动。循着那让人不安的动静，赵褚忙抬头警惕地望去。他愕然看见就在刚才那大蛇出没的洞穴阴影中，有至少二十几甚至三十双闪烁着白光的“眼睛”，在不断靠近自己。

看着黑暗中闪闪烁烁的白色光点，赵褚彻底绝望了。一条眼镜蛇已经差点儿要了他的命，十几条恐怕足够让他死无全尸。在绝对数量的碾压面前，赵褚感觉他任何抵抗都没有了意义。在绝望之下，他甚至缓缓闭上了眼睛，静静地等待着命运的降临。

时间过了很长或者很短后，赵褚感觉到有什么很凉的东西在轻轻舔舐着自己的伤口。不过那东西并没有用尖锐的獠牙刺痛赵褚的身子，反而发出了吱吱叫声。这叫声可不是蛇该发出的动静。

叫声传入赵褚的耳朵，他一阵诧异，旋即睁开了眼睛。赵褚看见，舔他手臂的并不是毒蛇，而是一只足有人手掌大小的褐色老鼠。随着赵褚身体的微动，那浑身湿漉漉的老鼠抬头看了看赵褚，扭身离开了他的身边，钻入原本藏着蛇的那片黑影中，眼睛再次化成了两个小小的白色闪点。

看着那只老鼠，赵褚旋即拿起手电往那片黑暗扫射过去。此时那一大片的黑暗中，有几十甚至上百只灰褐色的老鼠聚集凝视着赵褚，场面颇为壮观，纵然是在下水道里，也堪称极其稀罕的场景。

虚惊一场，但依旧让人大吃一惊。

在赵褚手电的照射中，那些原本躲在地下畏光怕明的老鼠似乎仗着“人多势众”并没有逃跑的意思，反而越聚越多，大有与之叫板的势头。理论上讲，老鼠是远比毒蛇威胁要小的东西，但是几十上百只老鼠聚集在一起就另当别论了。面对着颇有气势的鼠群，赵褚惊讶之际又本能地举起手中的刀子，做防身之用。

不过让他意外的是，这些老鼠一窝蜂地聚集起来后并没有和他再有任何接触，只是将他弄死的那条毒蛇迅速包围了起来。在赵褚的目瞪口呆中，那些老鼠将毒蛇还在微微蠕动的身体开膛破肚。仅半分钟不到，这些老鼠们便如小旋风般把那蛇的身躯围了个水泄不通，拼命抢夺。

大概又过了半分钟，那争抢的一幕结束了。老鼠们四散而去，赵褚愕然看见原来的地面上只剩下泥水以及老鼠密密麻麻的爪印。一分钟的时间，那些堪称彪悍的老鼠便打扫干净了人蛇大战的战场，速度快到让赵褚觉得不可思议。百鼠争蛇让赵褚感觉震撼而不可思议，但也感觉庆幸而轻松。

随着警报的解除，赵褚又想起了他的正事，在冰冷的泥水里稍做休息后，他便艰难地站起身，拿起自己救人用的急救箱和绳索，继续往47号检查井的核心区域走去。赵褚曾经也很关注这座检查井，纵然他一次都没有进来过，却也知道这里边的结构。

穿过47号检查井的铁栏后，他知道自己会遇见一处大概有半米高的，如楼梯一样结构的“跌水”。而登上“跌水”，便会进入检查井的核心区域——一处拥有两个进出口，大体呈“L”形状，高三到五米，长宽各八米的阶梯式检查洞穴。

循着记忆中的内容，赵褚沿管道一瘸一拐地走上石板“跌水”，而后终于能仰着头，借着手电的光亮，看见这检查井核心区域里的一切。这个不大不小的近矩形空间里一派灰蒙蒙的死寂，因为年久失修，原本用于爬竖井最顶端井盖的扶梯锈迹斑斑，四周那些比钢铁更能抵抗时间和流水腐蚀的预制块墙壁上则到处布满了一种黑冻状又微透明的菌膜。

那些细菌的聚落有的像钟乳石一样倒挂在检查井的顶壁、墙面和腐朽的栏杆上，有的则像人的血脉一般在平坦处铺展开一大片。但不管它们如何生长，菌膜在赵褚手电的光亮下都显得晶莹剔透，形成一幅相当奇幻、壮丽但又致命的景色。细菌形成的怪诞景色猛不丁看在赵褚的眼中让他相当震撼，不过更让他感觉震惊的东西，还是那棵生长在47号检查井正中的榕树。

树在泠城是很普通的东西，但一棵生长在幽暗下水道里的树则不普通了。

赵褚面前的榕树有两三人高，它枝叶茂盛，根蔓众多，且气根盘旋纠结间早已深入了47号检查井的井壁，沿着石头预制块的井壁缝隙疯狂生长蔓延，形成一张矩形网格的大网。榕树的树冠呈椭圆形，郁郁葱葱，像极了一颗巨大的鸡蛋，又像是一个大号的人脑标本，带着犹如神经网络般的庞杂根系，“存储”在47号检查井这个巨大的“容器”内。

虽然早已在视频通话中见识过这棵巨大的榕树，但是当赵褚亲眼直面时还是感觉到了无与伦比的震撼，更感受到了自己的渺小。看了榕树一阵之后，赵褚强迫自己把眼神从树上挪开，因为此行还有更重要的事情，他要先救摔断了腿的刘茄子，之后才能顾及树上的那些珍宝。

“刘茄子！”赵褚放下手电，一边在水泥地里搜寻，一边冲四周叫嚷道，“刘茄子，你在什么地方？”

赵褚呼唤着徒弟的名字，但47号检查井里回答他的，只有从头顶竖井盖处流淌进来的雨水声。听着那“叮咚”的雨水声，赵褚心中又涌起了一丝绝望的揣测。

刘茄子没有任何回应，再加上先前赵褚撞见的那条眼镜蛇，这一切的一切都难免让他感觉，刘茄子十有八九被眼镜蛇咬了，恐怕现在剧毒发作昏迷不醒，才不能回应自己。赵褚举着手电，一边呼喊刘茄子的名字，一边焦急地在时深时浅的泥水地中寻找。

47号检查井的空间虽然很大，但毕竟不同于野外，仅仅两三分钟后，赵褚便走完了一多半地方。但是在寻人的过程中，赵褚没有发现刘茄子的身影或随身之物，却意外地察觉在47号检查井的地面上，除了自己的脚印，只有那些老鼠留下的爪痕和长长的尾巴痕迹。仿佛在他之前，从没有活人来过这里。

可如果刘茄子真的进入了这处检查井，他怎么可能不留下脚印呢？矛盾的发现让赵褚感觉到深深的困惑。他看着地面上密密麻麻的老鼠爪印，甚至下意识地想，莫非刘茄子从没有来过47号检查井，一切的一切只是这小子的恶作剧？

但这恶作剧也太恶了，恶到真不像是人能干出来的！

当赵褚心中涌起了那个最为灵异的想法时，他的身躯变得更加阴冷，整个人更是不由自主地微微抬头，看向此处最堪称“灵异”的东西，检查井中他唯一还没来得及仔细观察的地方——那棵生长在检查井正中、郁郁葱葱的大榕树。

赵褚第二次看向榕树的眼神里，没了刚来时的震撼和敬畏，取而代之的是发自内心的恐惧和彷徨。然而当他又一次举起手电，真正仔细审视那棵树时，却发现自己的恐惧才刚刚开始。

随着强光手电的照射，赵褚看见那枝繁叶茂的榕树树叶下，确实有许多晶晶点点的反光。这些反光五颜六色，映射出他曾在视频通话中看见的光泽。只是在接近细看之后，他发现那些镶嵌在榕树上、隐藏在枝叶之下反光的东西并不是先前在视频通话里看见的金银珠宝，而是各种各样的电子设备。赵褚看着树上被榕树根须缠绕包裹的，新旧不一的手机、平板甚至电视，整个人的认知彻底被颠覆了。

如果说古树上只是镶嵌有电子设备，赵褚可以理解，也勉强可以用科学的方式去解释。但是他在病房里明明看见的是满树的金银财宝啊，那些宝贝去了什么地方？而且把财宝瞬间换成无用的老旧电子设备，这已然不是人能做到的事情。

满树的电子设备，是一个可怕的“明示”，它“告诉”赵褚，他的手机乃至整个大脑，似乎都被这棵树控制迷惑了。这种事情，按照迷信的说法就是所谓的“鬼打墙”了吧？惊恐中，赵褚连连后退，腿脚酸软，差点儿当场崩溃。

不过赵褚终究没有崩溃，因为他想活，因为眼前的树木虽然诡谲，但也没把他逼到必死的险境。而且借助于那满树的手机和电子设备，一阵慌乱之后，赵褚竟然想到了一个解决眼前困局的方法。

他决定拿自己的手机，先给刘茄子打个电话。

如果刘茄子还在这检查井里，不管死活，他手机的铃声应该会响起，铃声一响，赵楮就能找到他的人。而如果赵楮听不见铃声或者他根本拨不出电话，那自己恐怕就是真撞邪了。是这棵诡异的树以某种目的，将赵楮引诱到了它的身边。

怀着无以复加的忐忑心情，赵楮从裤兜中拿出手机，打开，解锁，拨出刘茄子的电话号码。在一阵简短的等待音后，电话被接通了，紧跟着他听见刘茄子道："赵工，找我有事吗？"

"小子，"赵楮破口质问，"你去哪儿了？"

"我？"电话那边的刘茄子一头雾水地回道，"这么大的雨，我当然在家啊。"

赵楮头脑中有些嗡鸣，但嘴里还是没忘了问："你，你下班没来47号检查井？"

"我去那儿干吗？"刘茄子回答并解释，"我回家的时候发现自己的手机丢下水道里了，就去商场买了个新的，补了张卡。刚回来就下雨，差点儿……"

之后的话赵楮没有听清，因为就在这个时候，他的手机中响起一阵莫名的杂音。在"沙沙"如鬼嚎样的激烈杂音间，赵楮的手机屏幕突然大亮，而后他愕然看见自己的手机不知在什么时候变成了蓝屏。

而在蓝屏正中，还有一行白色的字："快跑，从竖井！"

"邪祟！邪祟！"赵楮被一连串的诡异和手机上的字彻底击溃了。惊慌中他扔下手机，扭头便要逃命。不过他并没有按照手机上信息的提示往头顶竖井的方向跑，而是返回自己来时的道路，准备下"跌水"台阶，从涵洞入口逃命。

作为一个正常人，赵楮绝不甘心受47号涵洞中"邪祟"的摆布，所以他自然要走自己来时的路，况且那路他走过许多遍许多年，心底也觉得安全许多。

赵褚的判断都符合常理。只是他万万没想到，当他迈着一瘸一拐的伤腿，走到跌水台阶前准备原路返回时，却看见那入口已经被迅速倒灌进47号检查井的混浊雨水充满。雨水上涨的速度似乎突然加快了许多，赵褚的后路断了，他最担心的事情提前发生了。

面对着来势汹汹且还在不断快速上涨的雨水，赵褚心乱如麻。而就在这个时候，他原本丢弃在泥水中的手机忽然响了。在这地狱般的环境里，原本稀松平常的手机振动和铃声变成了尖刀扎耳一般的刺激。在这突然的刺激中，走投无路的赵褚微微一怔，而后回身，看着自己的手机。

此时，被他丢掉的手机上已全都是泥水，不过即便如此，他还是能透过雨水看见自己那蓝屏手机上有歪歪扭扭的几个字："听我的，能活！"

完全没了后路的赵褚看着手机上的字，不得不让自己冷静下来，仔细地思考整件事情的来龙去脉。显然，赵褚被什么"东西"戏耍了，那东西利用贪欲一步步将他引入47号检查井，接下来不知道还要把他引导向什么地方。这"东西"神神秘秘，虽说像极了邪祟，赵褚细想想，却感觉是人类的所作所为。因为他今日所遇见的一切古怪，出发点就是自己的手机。而一想到自己的手机，整个事件似乎就变得简单了。

盯着自己面前的屏幕很久后，赵褚有了一个完全能说服自己的解释。他的手机恐怕被传说中的黑客入侵了，某个高明至极的黑客利用神乎其神的手法给赵褚发送了一段捏造的视频，而后又入侵他的手机，发送了那些逃生的信息。

现在，这个目的不明的黑客利用手机一步步操控着赵褚的行为，如"密室逃生"那种游戏一般，让他陷入从未有过的危机之中。甚至可以说，他莫名其妙地被绑架了，被迫加入了一场由黑客控制的“游戏”，只是与寻常密室逃生不同的是，赵褚如果出不去，就只有一个字——死。

赵褚不想死，更何况他还有妻子需要照顾。

看着手机上的信息，赵褚平复了一下心绪后，无奈地抬起头向检查井最顶端的那个竖井出口望去。47号检查井类似字母“L”，横着的一笔是通往排水主管道的泄流涵洞，是他来时的路。竖下来的那一笔则是一个直通地面的竖井状通道，通道的最顶端是一只井盖，而井盖再往上，便是冷城港口区的地面。

如果平日进检查井作业，开井盖走竖井是通往地面最直接安全的方式，原本赵褚也想通过这最便捷的方法进入井口救刘茄子。但是47号检查井里的竖井比涵洞更加危险，因为赵褚看见竖井的墙壁上全是黏稠的细菌菌膜，而原本用于攀爬竖井的钢筋扶梯也已经锈迹斑斑。在这种情况下，赵褚意识到，如果想接近竖井的井盖，只有一个办法。

爬树！

在整个47号检查井里，最神奇怪异的东西就是那棵树，本着人类的本能，赵褚是真不想和那棵树有任何的交集和接触。可现实的情况是残酷的，残酷到已经由不得赵褚扭捏纠结。若想活命，赵褚知道自己必须得在水淹没整个涵洞，带走他身体的热量和灵魂之前爬上树，打开树顶那已是唯一通路的竖井口井盖逃出去。虽然心里不甘被人如此戏弄，但是他别无选择。因为这是一场与死神比赛的“游戏”，也因为他输不起。

横下心后，赵褚口咬手电，在水位急剧升高的水中狂跑向那棵大榕树，而后借助榕树密集的根须，使尽全身的力量向上攀爬。面对“死神”，赵褚爆发出作为一个人类最后的潜能，他顾不上伤痛，顾不上阴寒和令人作呕的菌膜，一股脑儿地向上爬。

井中的榕树枝繁叶茂，气根粗密，挂在其中的电子设备还形成了许多凹凸，这都为赵褚的攀爬提供了便利。借助那些意料之外的方便，仅仅不到两分钟赵褚便爬到了榕树的最顶端，伸手便可以够到47号检查井竖井的井盖。

赵褚立在榕树最大最粗的、手掌一般形状的主干上，摸索着头顶漆黑沉重的铁井盖，心中一阵激动。而后，他急忙用自己的右手肘顶住井盖向上猛然用力，企图将那井盖挪开。在心中默数一二三后，赵褚全身的力量都汇聚在右手上，右手的力量又通过手肘汇集到井盖上。随着他的发力，那井盖发出了沉闷而狰狞的响动声，紧跟着赵褚看见井盖被他顶开了一条缝隙。

地面上的新鲜空气让赵褚精神一阵振奋，井盖的缝隙让他看见了希望，但他看见的也仅仅是一条缝隙间的希望而已。不知道为什么，井盖在透出一条缝隙后便没有了更进一步的动静，无论赵褚如何发力，那井盖却很难再挪动分毫。

可与此同时，赵褚听见自己身下的污水突然如喷泉般“咕嘟嘟”翻涌了起来，待他循着声音低头看时，才发现那冒泡的黑水已然没过自己的脚踝。水的上升速度快到超乎他的想象，如果还不能打开头顶的井盖，他必定会被闷死在这下水井里。

惊恐中，赵褚拼尽全力以手顶撞井盖。因为动作剧烈，他将牙齿咬得嘎吱响，更把身边榕树的枝叶和根蔓弄断了许多。恐慌中的赵褚手肘重击到发麻流血，却依旧抱着生的希望，咬着牙发力尝试。而在他许多次的尝试之后，那锈死的井盖终于被彻底撞开，露出了一条足够让他将身体探出去的缝隙。

此时，井外的雷雨已然停止，天上挂着半轮明黄的月。雨后的风景格外清新而美丽。赵褚闻着新鲜的空气，欣喜之余也急忙行动，要从已然没过自己脚踝的倒灌水中爬出去。赵褚向外爬时，手脚自然难免要与他借力的榕树枝杈有所接触。可也就在他伸出手抓住那些枝杈时，愕然发现此时榕树所有被他不小心弄断的枝杈裂口间，竟然全部渗出了浓浓的、赤红的血液。

榕树在流血？

看着流血的诡树，赵褚身心同时一阵惊骇。而也因为他猛然的颤动，导致他脚下一个不稳，竟然滑下了赖以支撑身体的树干。

在即将坠落的那一瞬，赵褚在心中惊喊了一声："不好！"

不过奇怪的是，就在身体坠落的千钧一发间，赵褚突然感觉到井盖方向有什么东西钩住了他的脖颈和衣领。而后，那东西以巨大的力量将赵褚带离了榕树和倒灌的水流，拽出了47号检查井，丢在地面的泥土地上。

在过山车一般的惊险中，赵褚整个人都蒙了，好半天才从震惊中反应过来，用劫后余生的庆幸眼神观察着四周。可随着观察地深入，赵褚原本的庆幸又迅速被诧异所取代。原来，当赵褚的大脑再一次能够感知周围的事物时，他首先看见的竟然是两辆警车和五个警察。

赵褚看着警察，感激又困惑地问："谁让你们来救我的？"

"救你？"一个警察冷哼，"我们是来抓你的。"

"抓我？为什么？"赵褚提问时才发现自己的双手已被警察用手铐铐在了47号检查井边，周遭的警察也都用鄙视的眼神看着自己。

"为什么？"一个警察冷笑，"一到下雨天就偷井盖，靠雨水冲刷掉作案痕迹？你是真聪明啊，我们蹲守十几天了，抓的就是你。"

另一个警察接茬儿说道："还想从下水道里逃跑？你胆子够大

啊，也不怕被淹死。”

“我偷井盖？”赵褚惊愕，旋即指着47号检查井的入口辩解道，“警察同志，你弄错了，这井闹鬼，我是从里边爬上来的，不是要下去。”

“闹鬼？”警察冷哼着看了那井一眼，颇为不屑地调侃，“井里闹的什么鬼，贞子还是富江啊？”

“哈哈哈！”旁边的警察放肆地笑着。

赵褚慌张地指着47号检查井的入口：“榕树，一棵会流血、会杀人的榕树。”

“榕树？”一个警察皱眉，拿着手电往47号检查井里晃悠了一下。

须臾后，他抬头问赵褚：“哪里有树？这种暗无天日的地方怎么会长树？”

“没，没有吗？”赵褚惊愕，旋即不顾警察的拦截，冲到47号检查井边，向里望了一眼。

赵褚愕然发现，在47号检查井的井底，榕树和倒灌的雨水竟然同时消失了。在井底湿漉漉的地面上，只能勉强看见自己的手机，以及许多闪烁着的芝麻粒大小的白点。那是鼠群的眼睛。

赵褚随后被警察关进了拘留所，进行了严苛的审问和笔录。从47号检查井出来的第二天下午，赵褚在拘留所里见到了他们下水道维护公司的副经理、自己的直属上司——廖庭。

廖庭是一个身材矮胖留着浓密花白胡须工龄长达四十余年的老人，是赵褚师父的师父。虽然资历很老，廖庭这个人在赵褚和许多工人的眼中却是一个碌碌无为没什么能力的家伙，之所以能混到副经理的职位，只因为他的资历，只因为他能熬。因为廖庭没什么能力，也所以往往公司需要处理一些无关轻重的事情时，就会派他出面。

廖庭见到赵褚之后先告知了一句“你清白了”，而后抹了一把胡须又讲，“如果你被警察抓在别的检查井，我一定认为你就是偷井盖的贼，公司也不会给你做担保。不过47号检查井，另当别论。”

“我看见榕树了。”赵褚开口。

“没有。”廖庭坚决否定，并解释道，“警察问过刘茄子，他根本没和你通过电话。47号检查井里也没有你说的榕树和眼镜蛇，这都是人家认真调查过的，你还辩解什么。”

“但是，”赵褚指指自己，“我眼瞎了吗？”

“小赵！”廖庭皱着本就褶皱颇多的眉头，微微摆手，“什么多余的都不要和我说，因为加上你说的这些，那47号检查井我已经听过八种不同的版本了。”

“八种？”赵褚惊诧，“以前也有人？”

“没错。”廖庭点头，“目击五花八门，最近几年尤其多，每个人看见的都不一样，什么大耗子、死尸、在井里不插电还能闪烁放光的电视机，应有尽有。不过挂着手机的榕树倒是第一回听说。你不愧是南洋大学的高才生，想象力很丰富啊。”

赵褚无奈辩解：“这不是我想象的。”

“小赵，这只能是你沼气吸多了导致的幻觉，要不然我没法儿和公司打报告，你也出不来啊。”廖庭制止了赵褚的辩解，沉默了一阵，又补充，“其实大家都心知肚明，这47号检查井确实有问题。但既然谁也说不清到底有什么问题，那你还说它干吗？给自己找不自在？给公司找不自在？”

听着前辈的话，赵褚默然不语。

“好了。”见说服了赵褚，廖庭伸展了一下腰肢后告诉他，

“你不是还有年休吗？休两天再来上班吧，手续我帮你办。还有……”

廖庭重点强调：“回到单位，别和任何人说起你在井里看见的东西，我不想因为一口井，让所有巡线的人都人心惶惶。”

赵褚点头，又不放心地讲：“师爷，我建议把47号检查井想办法处理一下。”

“放心，已经办了。”廖庭告诉他：“基建队的阿润用水泥和砖头把承插管入口封死了，竖井口入口的井盖上压了条石，再不会有人进去，安心啦。”

赵褚点了点头，心中总还是感觉不对劲，更忘不了那棵郁郁葱葱却又绝顶诡异的榕树。廖庭见完赵褚后过了半小时不到，警察便又找到赵褚，让他填写了一个出狱的证明书。写完证明后，赵褚从警察那里拿到了自己车的钥匙、带下47号检查井的急救箱和绳索，而后失魂落魄地开着车往妻子的康复中心驶去。他已经两天没看见妻子了，实在放心不下。

第二章　住在手机里的“神”

对赵褚来说，能看见妻子从深沉的睡梦中苏醒，几乎成了他近五年来唯一的梦想。这五年来，为了实现这个几乎已经归零的梦想，他徒劳地努力着。而现今，有一个看似神通广大的黑客，出于某种不明的目的向他提出了这样诱人的承诺，又怎么能让赵褚不动心动情呢？

回康复中心的路途中，开着车的赵褚心情烦闷至极，各种自责、埋怨、狐疑和不甘的情绪纠缠在一起，让他深深苦恼着。而正在身心疲惫的赵褚陷入苦恼之时，他听见自己的手机在汽车副驾驶的工具箱里响了。

听见熟悉的手机铃声，赵褚急忙将车停在路边，而后拉开副驾驶的工具箱，拿出了正在响铃的手机。那手机的屏幕上显示的是妻子康复中心接待处的电话。

看着那意义特殊的电话，赵褚心中一阵紧张，急忙接通问询：

“喂！我是赵褚，我妻子有状况吗？”

“赵先生，”电话那边的工作人员回答赵褚道，“您妻子很稳定，只是都两天了，您没来交治疗费呢。”

“治疗费，哎哟。”赵褚一拍脑袋，旋即道，“明白了，明白了，我现在就去交钱，一共两万是吧？我现在就去取。”

“不是两万，”电话那边的工作人员告诉他。“是一万二。”

“嗯？怎么少了八千？”赵褚费解。

“您这两天没交钱，我们这里已经没有专业护工可雇用了。”工作人员颇为无奈地告诉赵褚，“您也知道，护工很紧张的。”

“什么？护工没了！”赵褚一阵头大。

赵褚的工作是非常固定的，没有办法给予妻子二十四小时的贴身照顾。在这种情况下，必须得有人在白天和赵褚夜晚值班的时间里给妻子必要的照顾，代替他为妻子按摩和翻身，否则植物人很容易肌肉萎缩，甚至感染肺炎。一个月雇用不到护工，对赵褚和妻子来说都是完全无法忍受和想象的。

为了妻子的安危，赵褚恳求电话那边的工作人员：“您能不能通融一下，想办法帮我找一个，求您。”

“唔，”电话那边的工作人员犹豫了一下，回答，“我可以试着帮您联系一些护工，不过让人家临时改变既定的工作，恐怕得加钱的。”

“加多少？”赵褚问。

“按照护工不成文的规定，恐怕得翻倍。”

“一万六？”赵褚听着对方的话略愣了一下，又对着电话那边说道：“那您先帮我找吧，找到我和对方详细谈。”

“好的，我们再联系。”康复中心那边挂了电话。

赵褚把手机摔回副驾驶的工具箱里，又狠狠地骂了一句“该死的榕树”。

这时候，倒霉的赵褚才意识到，自己这一趟财迷心窍的冒险，所造成的损失远比先前想象的要多得多。现在他不得不多花八千块雇用高价护工，而且自己的右腿被下水道里的钢筋划开了巨大的创伤，也需要赶紧去医院做一次全面的体检，并马上打一针破伤风以防被感染。这两大笔开销加在一起，已经大大超出了赵褚的月收入和储蓄。多出的钱去哪儿弄呢？

在金钱面前，赵褚像个孩子一般烦恼而无助，他艰难地思考着解决方法。不过随着缜密而深入的思考，赵褚却渐渐从刚才康复中心工作人员的电话中品出了另外一个更加迫切和绝顶诡异的问题。

康复中心的人是通过手机和自己联系的？但他的手机昨天不是被自己扔在47号检查井里了吗？就算是被警察捡起来也应该是在他出拘留所前连带急救箱和绳索一块儿交还给他，不可能安静地躺在汽车工具箱里啊。

随着自己的思考，赵褚的脸上渐渐流冒出冷汗。而后他怀着忐忑，忍不住低眉斜眼，往副驾驶前的工具箱望去。在灰黑色的工具箱里，赵褚第一眼便看见了被自己愤而丢进去的手机。此时，他手机摩擦到发白的边缘缝隙里，正挂着一些鲜红色的液体。

那是血吗？

赵褚看着自己发狠甩进工具箱里的手机，仿佛看着一颗随时会爆炸的炸弹。

他想不通原本被丢在47号检查井里的手机此时为什么会在他汽车的工具箱里，也不知道那手机边框上鲜红的血液到底是怎么来的。不过眼前的一切仿佛都在告诉赵褚，他的手机“活”了，会“撒谎”，会自己运动，在受到伤害的时候，也会如人一般受伤流血。人在遇见突然而费解的情况时会失去理智，而赵褚现在显然便遇到了这样的情况。

在手机引发的惊慌中，赵褚连爬带滚地下了汽车，紧跟着往前跑了十几米。不过也就在跑出十几米后，这个形骸落魄的男人还是停下了脚步，回身看着自己的汽车。作为一个渐渐被生活逼上绝路的人，赵褚不得不面对远比恐怖片要残酷的现实。现实就是他不可能丢掉一部价值两千块的手机，就算能丢掉手机不用，他也不可能丢掉自己当年十万入手的汽车。况且如果就那样把车停在路边，还会招来交警扣分罚款，造成更大的损失。在比闹鬼还要让人感到闹心的现实面前，赵褚没得选择。

伸手捏了捏眉心后，他不得不又走回自己的汽车，先从后备厢的检修盒里拿了一把扳手防身，又迈着小心的步伐走近副驾驶的位置。在那个位置上，赵褚又一次往那莫名渗血的手机看去，仔细观察了一阵后才伸出手，将那沾染着血迹的手机从副驾驶的工具箱里拿了出来。

当手机被太阳重新照射到后，赵褚很快看清楚了手机“流血”的真相。原来此时，手机背面正黏着一团血肉模糊的东西，那东西虽然已看不出它原来的样貌，不过他还是幸运地在其中辨认出一条昆虫的腿。那条昆虫腿又大又长，有些像蟑螂或者蝗虫的后腿，赵褚看了半天却与他见过的在泠城常见的昆虫画不上等号，更想不出能有什么虫子会流淌出与人一样颜色的鲜血。

但不管怎么说，赵褚遇见的灵异事件终于有了一个合理的解释。有一只倒霉的昆虫在他扔手机的时候不巧被砸了个稀巴烂，它的体液迸溅到手机边框上，这才导致赵褚的误判和惊慌。

看着手机上的昆虫尸体，草木皆兵的赵褚长长地出了一口气，而后他急忙从后备厢里又拿出一块手绢，仔细擦拭着手机。在惊慌的情绪平复后，赵褚盯着手机的屏幕看了一阵，最后还是觉得应该把它留下来。毕竟他实在拿不出钱来买新机子，一如他拿不出钱为妻子治病一样。

擦干净手机，赵褚怀着无奈的心情打开手机通讯录，给自己同班的刘阿炳拨打了电话。一阵简短的等待音后，刘阿炳接通了电话，热络地问赵褚：“喂，赵工，什么事啊？”

“嗯，”赵褚不太好意思地开口，“我想和你借点钱。”

“可以啊，多少？”刘阿炳问。

“一万三或者一万二，现在就要，行吗？”赵褚忐忑地问。

“这也太急了。”刘阿炳有些为难地说，“赵工，您也知道我家里困难，我爸有心脏病，我最多能拿出两千。”

“哦，那算了，我再问问别人。”

赵褚先后拨通了几个相熟同事和朋友的电话，虽然每个人都满口答应能借钱，但是也只能拿出一千至多三千。大家都不富裕，赵褚如此焦急地要那么一大笔钱，也确实难为人。

一圈电话打下来，赵褚拿计算机算了算，发现只勉强借到了不到六千块，距离他心中一万二的目标，还差不少。焦虑和彷徨中，赵褚盯着手机屏幕，绞尽脑汁地想着还能向谁借钱。而就在这个时候，手机一阵突然的短信提示音打断了他的沉思。随着手机那一阵振动提示，赵褚看见自己手机最上端的短信简报上，写着这样几个字：“想赚钱应急吗？”

这开头赵褚太熟悉了，一看便知道是十分流行的“诈骗体”垃圾短信。如在平时，这种诈骗的博彩短信赵褚根本不会看，但眼前的短信来得太是“时候”，已然被钱逼到有些发狂的赵褚在重重压力和紧迫感的驱使下，鬼使神差地点开了那条短信，而后看到了全文。

那短信写的是：“想赚钱应急吗？想扬名于世吗？只要你加入

我的游戏，一切都不是梦想。如加入回复Y。”

赵褚仔细看着眼前的短信，感觉有些诧异，也有小小的惊讶。因为，他收到的这条短信太特别了。这短信字里行间是很平常、很格式化的“诈骗体”，但是发信息的人名以及短信的背景图很特殊。短信的背景图并不是赵褚原来设定的白色底图，而是一幅古怪的图画。那画略微发黄，像是一张古代的壁画，画中则是一个弧形的线条，线条上绘着些许类似鳞片的东西，显得非常神秘，让赵褚无端想起了他在47号检查井斩杀的那条眼镜蛇的鳞片。

除了背景图，与一般垃圾短信不同的是，这短信的发信人并不是伪装成电话公司或企业的假号码，而是一个中文人名——扬名。

一般来讲，只有认识并存了名片的人才会在手机上有这样的显示，赵褚却实在想不起谁是扬名，他又是在何时加过这样一个人的名片。而当他好奇地点开发信人的姓名栏，希望能看一眼那个扬名的电话号码，查找更多的线索时，却发现原本应该显示电话号码的那栏根本就没有数字。那里依旧写着一行中文，内容是——引你到47号检查井的人是我。

“啪啦！”被短信内容强烈刺激到的赵褚将手机抖到了地面，不过不一会儿他又捡了起来。

至此，虽然47号检查井里的事情还有诸多问题不能完全解释清楚，不过赵褚还是越发明确那个将自己戏耍得团团转的家伙到底是什么了。一定是传说中的黑客，还是一个能够轻易控制并改变电子设备的黑客。

赵褚找到了始作俑者，心中的胆怯和怀疑瞬间一扫而光，满心想着怎么对付这个利用电话害人的黑客。虽然赵褚是南阳大学的高才生，虽然他对于摆弄经纬仪、测斜仪这类的工程用电子测量设备很擅长，但无奈术业有专攻，他对于计算机和手机这类的互联网设备几乎一窍不通，更不认识什么高人来反制这黑客。不过即便如此，赵褚还是在很短的时间里想出了一个很好的，对付那个扰乱他正常生活的黑客的办法。

这个办法就是——报警。

怀着极度的愤怒，赵褚拨通了报警电话。在短短的等待音后，赵褚听见警察局那边被人接通了。

“喂！是警察局吗？我要报警，有人入侵了我的电子设备。”赵褚上来便焦急地喊。

警察局那边沉默了须臾后有了回声，但是回答赵褚的并不是接线员，而是一阵突如其来的歌声：“You're beautiful,it's true.I saw your face,in a crowded place.”

突如其来的歌声震颤的赵褚有些耳鸣，旋即他愤怒地挂断了电话。赵褚突然明白，自己的手机成了“肉鸡”，已经彻底被那黑客控制。手机成了完全被人家远程摆弄的“傀儡”，自然不可能再为他服务。

他愤怒至极，扔下手机的同时，又坐直身子，往街道四周看了看。很快，他的目光聚焦到了马路对面的一座电话亭。看着电话亭，赵褚笑了。

手机黑客可以控制，这路边电话他总不能控制了吧？先把电话打出去，到时候自然会有人来对付这可恶的黑客的。怀着一种报复性的想法，赵褚快速从车里出来，而后跑过马路，走近电话亭拿起话筒，熟练地拨打了报警号码。

三个简单的数字过后，听筒里响起了一阵等待音，而当等待音结束的时候，赵褚却依旧没有听见接线员的声音，又响起了同样的歌声：“You're beautiful,it's true.I saw your face,in a crowded place.”

与此同时，赵褚看见座机电话原本应该显示已拨号码的液晶屏幕上滚动显示出一行中文：加入我的游戏吧，你能得到你需要的，我能得到我需要的。

赵楮狠狠将听筒甩在一旁，那听筒与电话亭的玻璃接触，“噼啪”一声后，在玻璃上留下了一道不大不小的裂缝。莫名的愤怒后，赵楮有些慌乱了，他感觉似乎有一只看不见但又切实存在的无形的手在支配着自己。很显然，那个玩弄电子设备的黑客不但能控制自己的手机，还能通过某种匪夷所思的手段快速入侵公共网络，控制路边的电话，切断赵楮的报警，乃至切断他和外界的所有联系。

这个家伙的能力已经远远超出赵楮的想象，更麻烦的是以常理推测，这人既然敢如此明目张胆地戏弄他，自然也是有信心全身而退的。而这也就意味着，赵楮就算是报了警，恐怕也对其毫无办法。

愤怒而绝望的想法在赵楮心中便挥之不去，他索性靠在了电话亭的玻璃上，呆呆地看着那依旧在唱歌的电话听筒。在听筒时隐时现的音乐声中，赵楮想不通为什么自己这样一个人畜无害的普通人会被一个手段如此高超的黑客盯上，他盯上自己的目的又是什么呢。

不过在思索中，赵楮至少恢复了难得的冷静，而在冷静下来之后，他便开始直面这个来历和目的都不明确的家伙。他感觉既然甩不掉，那不如索性摊开了聊聊。

出了电话亭，回到自己的汽车里，赵楮先将车停到一个相对僻静且不会被贴条的街道，而后又拿出手机，调出扬名的“号码”，试着反向拨打。

在一阵忙音后，手机中的智能服务回答赵楮：“对不起，您拨打的号码是空号。”果然是空号，这完全在赵楮的意料之中。又一阵思考后，他继续编辑了一条短信发给那扬名。

他直接问：你是谁？

这一次，短信意外地发送成功，在不到一秒之后，赵褚便收到了回复。扬名的回复简单到令人发笑，那短信依旧是特有的鳞片样背景图，文字却只有三个：我是神。

“神？这世界有神吗？”赵褚冷哼，不过短信能够发出，并且收到回复，也算是一个不小的收获。

在这之后，赵褚又试着发信息问扬名：你为什么戏弄我？你知不知道我差点儿死在47号检查井中？

又仅仅过了一秒钟不到，手机里的扬名又回复赵褚：我在帮你。

“帮我？”看着发来的回答，赵褚突然有一种啼笑皆非的感慨。

他又问扬名：你帮我什么？

这一次，扬名回复赵褚：你没钱了，参与我的游戏，按照我的提示做，我可以让你有钱，甚至可以让你的妻子恢复神志。只要你参与我的游戏，只要你能过关。

赵褚看着手机上的信息，突然没了任何轻蔑和愤怒的神色。因为“让你的妻子恢复神志”这几个字，深深地刺激着他的神经。

对赵褚来说，能看见妻子从深沉的睡梦中苏醒，几乎成了他近五年来唯一的梦想。这五年来，为了实现这个几乎已经归零的梦想，他徒劳地努力着。而现今，有一个看似神通广大的黑客，出于某种不明的目的向他提出了这样诱人的承诺，又怎么能让赵褚不动心动情呢？

看着扬名的短信，赵褚回复：什么游戏？什么规则？

扬名依旧很快回复：我的游戏规则很简单，只要你按照我的提示去做，于规定时间内完成规定任务，都会有惊喜和奖励。连续完成五章任务，我会送你终极大奖——你妻子的苏醒。任务失败则重新累计次数，并受到惩罚。

或许是为了更好地诱惑赵褚，扬名在随后又发了一条消息补充道：游戏的奖励很诱人，你可以试一试。

“呵呵！”赵褚冷笑回复：你一个黑客，有什么本事让我的妻子醒来？最好的医生都很难办到。

扬名回复：我是神!

看着扬名的回复，赵褚忍不住骂了一句“精神病！”，手上却更是忍不住摁下了Y。

赵褚想，反正自己已经黔驴技穷了，与其继续挣扎，倒不如试一试这不是办法的办法。况且经过47号检查井的事后，他感觉自己也有些熟悉扬名的套路了，应该不会再被这家伙戏耍，最起码保住命不是问题。

在赵褚的回复后，扬名回道：游戏开始！第一章游戏名称“惊喜”，共分四步。第一步，十秒之内从你的车里出来。

看着扬名的信息，赵褚感觉颇为荒唐，但还是从车里出来了。就在他刚刚关闭车门时，手机又振动了一下。赵褚打开手机屏幕看了一眼，发现还是扬名的短信。上边写着：一分钟之内往前笔直走一百步。

赵褚觉得莫名其妙，不过还是抬起头，向前看着。在他的正前方有一条笔直的街道，这街道应该足够赵褚走一百步的，而走一百步路，也实在不是什么困难的事情。赵褚感觉这个黑客实在无聊得很，不过既然答应了参加游戏，他便也索性走给扬名看。

“一，二，三，四……”随着赵褚口中计数的累计，他的步伐也渐渐延伸，而当他数到第一百步时，他手里的手机准时响了。赵褚看见上边是扬名的短信：低头看，把你踩到的东西拿起来。

看完提示，赵褚缓缓把头低垂，看着自己脚下。

此时，在赵褚脚下的街道上，有一个方钢制作的用于收集雨水的“进水篦”，在栅栏一样的水篦子下则是一条矩形的狭长幽暗的下水管道。赵褚看了看雨水篦子，不由得皱起了眉头。

三步下来，赵褚感觉扬名设置的所谓“游戏”太过于荒唐幼稚，而且刚从47号检查井里出来的他心中依然对地下水系统有淡淡的阴影，他很怕刚一打开那雨水篦子，就又有什么未知的蛇虫之类爬出来咬自己。因此，对于扬名让自己拿起水篦子的提示，他颇为踌躇，一时间没有动。

就在赵褚踌躇的时候，裤兜里的手机又响了。在手机的嗡鸣声里，赵褚低头，拿出手机看了一眼屏幕。他愕然看见，上边有扬名的提示：最后十秒！

“这……”在一阵短暂而激烈的犹豫后，赵褚最终还是弯下了腰。

“搏一搏，老车变宝马！”在给自己打完气后，赵褚使满力将实心方钢的进水篦从地面猛提起来，重重扔在地上。

在“咣当”的沉闷声中，赵褚身上的手机同时响起。

当他打开第四步的提示后，看见扬名告诉他：往下水道里看看，把它拿出来。

“它？”随着扬名的提示，赵褚眼神不自主地向雨水篦子下的下水道井中看去，并很快看见了扬名所说的“它”。

在下水道入口的泥水中，有一股淡淡的腐臭味道，而赵褚循着那味道看去，发现那腐臭味道的源头竟然是一只死去不知道多久的老鼠。那一只进水篦子下的死老鼠，已然腐烂到了无可附加的程度，如果不仔细看，赵褚一定会以为那只是单纯的一堆蛆。

那样恶心的东西，赵褚在看过一眼后，便忙捏住鼻子，并有了作呕的感觉。而与此同时，他心中又一次涌起了被戏谑的愤怒。不过赵褚的愤怒并没有持续多久，相反他却在定了定心神后，颤抖忐忑地把上衣脱下来，包裹住自己的右手，真将那只死到掉蛆渣的老鼠，缓缓捞了出来。

赵褚这个人虽然算不上胆子大，但分得清轻重缓急。他知道男人该低头时必须低头，更知道自己已经完成了三步动作，不在乎这最后的一哆嗦。最重要的是，他也真想看看为什么这个扬名为什么安排如此恶心的任务，他的目的又何在，自己完成任务之后，又会得到什么奖励。

说来也巧，就在赵褚刚刚把死老鼠捞出下水井口后，手机又响了。赵褚看见上边有提示：你赢了第一章！你获得的奖励就在你的右手里。

“奖励？”赵褚一愣，旋即苦笑着看着自己右手上的死老鼠，刚刚在心底压下的愤怒又重新升了起来。

那愤怒在赵褚的内心疾速汇聚，到了最后，他将死鼠甩手扔在地上，猛踩一脚，同时大吼：“毛的奖励啊！”

随着赵褚一声杀猪样的吼叫，马路斜对面的几个人都惊讶地看着这个“疯子”，一个个眼神如观奇葩。

太丢人了。赵褚看着旁人的样子，知道自己失态了，更知道自己再愤怒也无济于事。在人们异样的目光中，他心情慌乱，急迈着步伐，竖起衣领，跑回了自己的汽车。在进入驾驶室后，赵褚不顾右手的腐烂尸臭，拿出手机对扬名发泄般回复道：你个混蛋！

扬名则回复赵褚：奖励现在在你的右脚。

“右脚？”赵褚诧异，旋即低头，看向自己刚刚将腐烂的老鼠踩到稀烂的右脚。

这时候，他才感觉到自己的右脚上有异样，似乎有什么类似石子的东西，紧紧地卡在鞋底上。品着那异样的感觉，赵褚将鞋脱下，而后翻转过来，看着鞋底。他愕然看见在右脚还挂着腐败肠肚的鞋底上，赫然有一只明黄色的戒指嵌在鞋底的缝隙中。

那是一只足金的戒指。

赵褚看着鞋底缝隙里的金戒指，意外激动到难以言表。同时，他也大概明白这金戒指的来历了。可能是过去有什么人路过这口下水井时不小心把戒指掉进了其中，那路过的老鼠出于某种人所不知的原因又吞了这只金戒指，而后金戒指卡在了老鼠的喉咙里，让它窒息而死。再之后，赵褚就彻底编不出了。

这种偶然发生的事情虽然能以常理推论得出些因由，按照常理赵褚却推测不出为什么扬名知道这金戒指在老鼠的肚子里，他自己又为什么不捞出来卖钱，而要便宜了与之毫不相干的赵褚。最关键的是，赵褚选择的停车地方是临时起意，那么短的时间里，这个扬名显然不可能对这些事情有什么提前的准备。

在好奇和激动的驱使下，赵褚给扬名发短信问道：你怎么知道进水篦子下有老鼠，它的肚子里有金戒指?

扬名立刻回复了赵褚，回复的内容又只有简单到无以复加的三个字：我是神。

“神？精神病吧你。”赵褚得意地调侃，将金戒指装进衣兜的同时，心中对于扬名这个神秘的家伙反而升起了一丝好感。

不管怎么说，这个黑客都帮了他一把，虽然此人行事乖张，却足够及时。在赵褚将戒指收好的同时，他的手机又一次响了。扬名依旧用带着古怪图案的信息向赵褚通报道：游戏进度（1\5），再成功完成四章任务，可以领取终极大奖——复活的妻子。

赵褚看着扬名冷冰冰的文字，冷笑着摇了摇头，回复扬名道：

你怎么和网络小说里的“系统”一样说话？

这一回扬名没有立刻回复他的短信，那个神秘的家伙仿佛石沉大海一般沉寂了，仿佛在手机的那一端做着深深地思考。就在赵褚等得有些不耐烦时，扬名突然回复他：我是神，全知全能，住在你手机里的神。

看着扬名的回复，赵褚一声冷哼，用与精神病对话的口气自言自语：“好吧，只要给钱，你爱是什么是什么。”

说完，他拍了拍揣着金戒指的衣兜，驱车快速去往一家熟悉的金店。当赵褚来到冷城洋人街上的“香巴黎金店”，那里的老板给他捡到的金戒指估算了价格。在赵褚眼皮底下，那个黑色皮肤贼眉鼠眼的法国老板拿着计算器点了半天后，伸出两根指头，用生硬的中文告诉他：“两万，不二价。”

“成交。”赵褚点头。虽然知道那混账老板在测量和洗金戒指时用盐酸和硝酸溶液偷占了自己一点便宜，但他只当没看见。没办法，谁让这金店是赵褚唯一认识的一家从不问黄金来路的“黑店”呢。

得到两万块钱后，赵褚马不停蹄地赶到高岭街康复中心，用这笔扬名的奖励给妻子交钱雇人，又顺带做了一次体检。一切弄完后，赵褚拖着沉重的身体重重地坐进妻子身边的椅子中，于悠扬的*You Are Beautiful*的歌声里，心满意足地看着妻子天使一样的脸，沉沉地睡着了。那一晚，赵褚梦见了下水道里的那棵榕树，虽然树上依旧挂满了手机，手机屏幕里却全是金银财宝与古董珍玩以及一条时隐时现的蛇。

赵褚在两天的年休后恢复了精神，而那个潜伏在手机里的扬名没有再给他布置过任何的“游戏”内容，他偶尔想起，也给那个堪称疯子的黑客发过信息，可对方石沉大海般没有任何答复。

平静的日子又过了十二天，赵褚的手机再没有过任何异常的表现，以至于他对那个神出鬼没行事乖张的扬名已然有些淡忘。可就在重新上班的第十三日下午，在下水道口刚刚忙完巡检项目的赵褚忽然感觉到裤兜里的手机振动了几下。随着振动他打开手机，一眼便看见了收发短信那一栏有一个红色的圆点。那是未读短信的提示。

红红的提示刺激着赵褚的神经，他忙将信息图标点开，立刻看见在扬名的短信处有一个红红的“1”。看着那个“1”，赵褚的心竟一下子莫名激动起来。

上一回，扬名让赵褚将一只死老鼠从进水篦子下拿出来，给了他一个金戒指，这一回他又会让自己干什么样的古怪事情呢？又会给予自己什么样的奖励呢？因为有了上一次的甜头，赵褚这次没有太多犹豫。在期盼中他几乎是立刻便点开了那条信息，读取着其中的内容。

扬名的短信用的依旧是蛇鳞片一般的背景图，上面是这样一番话：游戏的第二章开始，游戏名称“富贵”，共六步。第一步，今晚七点，去临海区102号检查井下。

看着扬名这奇葩的要求，赵褚微微皱眉，既期待又有些不安。赵褚期待的自然是扬名这一回带给自己的所谓奖励。而之所以不安，是因为他知道102号检查井所在的临海区，是泠城最偏远治安最差的地区。

临海区虽然也靠海，但因为水浅风大红树多，没有办法利用靠海的便利发展港口和经济，反倒给许多偷渡的非法移民提供了藏身的便利。那些偷渡客多来自非洲或者印尼，鱼龙混杂良莠不齐。为了避免被遣送，这些人一上海岸便会撕掉护照证件，白天在下水道和各种棚户房里躲避警察的抓捕，夜里则和地头蛇勾结，做些偷抢摸扒走私毒品的勾当。那样的地方，赵褚白天都不太敢一个人去，更何况是晚上。

由“临海区”三个字赵褚看得出，这扬名游戏的第二章难度陡然提升了不少，他在思考了一会儿后，有些忐忑地回复扬名：能不能改个时间？

过了三五秒钟，扬名回复：不能。

“呵呵！”赵褚无奈地笑了笑，心中既不想放弃这个难得的机会，又不想冒太大的风险。

思索了半天后，他又问扬名：能不能带武器防身？

扬名于片刻后回复：不做限制，但其实并无必要，因为只要你严格按照我的提示于规定时间内完成任务，绝不会有生命危险。

赵褚略微思考了一下，最后问扬名：你怎么保证五章任务完成后，我妻子会康复？你认识好医生？

这一次，扬名没有给予文字回复。十几秒钟之后，赵褚手机的网络浏览器窗口突然自己弹跳了出来。他看见了一则新闻，其实说是新闻也不确切，因为那内容和日期已然是七年前的东西。

内容是：天眼集团医疗部位于冷城的医学中心发明神奇再生手术，代号“逆命”，可重建人体神经网络。初步人体试验中，帕金森病、狂犬病和重度神经损伤患者百分百痊愈，获得第二次新生，集团已向市卫生局申请进入第二阶段推广。

看着这条被扬名推送过来的新闻，赵褚一愣。那新闻中所提到的天眼集团他太知道了，因为它正是赵褚供职的污水公司的归属单位。而且不光赵褚，可以说几乎每一个在冷城工作生活的人，都必然和这个巨大的跨国集团有着交集。甚至从某种程度上说，天眼集团就是冷城人的衣食父母，集团崛起的历史，就是冷城发展的历史。

最早，这个天眼集团只是冷城郊区一家生产农药和塑料制品的小工厂。二十世纪越南和苏阿战争时，这个位于东南亚的小厂抓住机遇转型，涉及当时热门的军化和食品加工领域。后来又和东南亚以及欧美国家的政府合作，接触装备制造、日化、建筑、电子和餐饮等行业。就这样，天眼集团如滚雪球一般迅速壮大起来，在半个多世纪的发展后，它已然成了东南亚最大的财团公司，在公司总部所驻的冷城，更是神一般的存在。

天眼集团对冷城的贡献无人能及，他们让冷城成为东南亚人均GDP最高的城市，为城区百分之四十的人提供工作岗位，也控制着所有的集装箱码头，垄断能源进口，更拥有冷城最先进完善的高科技产业链。整个冷城市从下水管网到连锁超市，从移动通信到网络娱乐，几乎都在其控股之内。也因此，冷城人对于自己的一生有一句宿命般的结论：一个冷城人从出生到长大，可以不认识自己的父亲，但绝不会不认识“天眼”。

天眼集团在冷城的势力如此之大，以至于市民们普遍认为他们在暗地里支配着冷城特别市的政府和舆论，冷城特别市的市长如果等价换成天眼集团里的职位，也只不过是一个给集团总裁拎包的角色。事实是，现在的冷城特别市市长曾经也确实给天眼集团第一代的创业三巨头——洛昌辉、刘康和田宝鹤当过生活秘书，拎过手提包。

天眼集团在冷城是极有威望的，故而冷城人对这个集团有一种近乎盲目的迷信。也因此，作为天眼集团一颗螺丝钉的赵褚在看见那条七年前的“新闻”后，自然对其深信不疑。

赵褚回复扬名：如果我完成五章任务，你可以让我妻子接受这种“逆命”手术？

扬名沉默了一阵，回答赵褚：我只是告诉你，你妻子的病有方法能治疗。至于我帮她治疗的方法，远比逆命手术要完美。

虽然这只是空头支票样的承诺，但还是引起了赵褚心中足够的激动。看完信息之后，赵褚看了看时间。四点四十，离他下班还有二十分钟。

五点整，赵褚从下水道的巡线回到了公司。刷脸下班后，他用半小时匆匆洗漱完毕，又准备了些参与游戏的装备，便驱车赶去了扬名要求到达的临海区102号检查井。

这一次赵褚目的明确，故而出发时准备充足。为了不让旁人对自己起疑心，他出发时刻意穿了污水公司的制服。为了更好地完成扬名的安排，他还拿了开启下水井盖的钥匙、安全手电、备用电池、一套偷偷带出公司的自给式呼吸器以及一张完整的冷城下水管道图。按照管道图的标注，赵褚精确地找到了102号检查井所在的街道和参数。

从图上看102号检查井仅仅是一处最普通的由B形管连接的检查井，大概呈“⊥”形。这种规模的井并不是下水系统的主网络，也不在赵褚的巡线范围之内，和大名鼎鼎的47号检查井比，更没什么名气。

在102号检查井的“⊥”形结构中，横着的一笔是由承插管连接的两个下水出入口，竖下来的一笔则是由渗水井盖密封并连通地表街道的竖井。这种井的内部面积极小，空间连47号检查井的十分之一都不到，绝对的拥挤闷人，还容易缺氧。不过也因为它够小，所以上下都很方便，基本没有跌落受伤的风险。

因为从竖井下去的风险小，当赵褚按照地图找到102号检查井时，他不想再和上次那般走充满了地下污水的涵洞网络，而是想走捷径，从地面将这座检查井的井盖掀开，沿着扶梯缓缓直爬下去。赵褚的想法是很不错的，不过当他真正从街面上走到102号检查井的井盖处时，却发现自己的如意算盘落空了。

覆盖102号检查井的井盖近在咫尺，但是当赵褚到达时，却发现在那井盖的上方竟然停了一辆货车。那货车的轮胎死死压着井盖，车窗里并没有留下电话号码，附近也没有留守看护的司机。看着被货车轱辘压得死死的井盖，赵褚心中一阵骂娘，而后匆忙拿出手机计算剩余的时间。

因为下班时间堵车的原因，赵褚从五点半出厂，到102号检查井时已经在路途中用了近一个钟头，这也就意味着还有半小时便到扬名规定的七点钟了。赵褚如果不能在这半个钟头里进入102号检查井，便绝对算是在这第二章的游戏里输了。而输了，自然什么都得不到。

本着不甘的心情，看着那井盖上的货车，赵褚开始思索解决的办法。102号检查井已经不能直接进入，在这种情况下如果还想进去，他便只有走曲线迂回，从102井“⊥”形两侧与其连通的检查井井口暗渠进入。

想着暗渠，赵褚急忙将手里的管道图摊开，看向连通102号检查井的排水系统。在地图上，连接102号检查井的分别是101与103号检查井，它们与赵褚要进入的102号检查井都有七十至八十米的间距。而这也意味着，赵褚要在暗无天日的管道暗渠中走七八十米才能完成扬名游戏的第一步。

七十至八十米的暗渠里定然幽暗肮脏，但对赵褚来说并不算远，他现在动身也绝对来得及。所以，看过图后，赵褚立刻便改变了方案，拿起车中下井的装备，急匆匆向102号检查井上游的101号检查井井口奔走而去。怀着渐感迫切的心情，赵褚按图索骥，大概忙活了十几分钟后，在一个长满了蘑菇的垃圾桶边找到了101号检查井的入口。一个写着“泠–临海（污）字101”的铸铁井盖。

一看见那黑紫色的铁井盖，时间紧迫的赵褚毫不犹豫，立刻从兜里拿出开井盖的特形钥匙，打开101号检查井的井盖。随着赵褚的动作，101号检查井沉重的盖子被迅速掀起，而后因为内外压力的差异，下水管道里立刻有一股夹杂着浓浓腥臭和腐败味道的气流从井盖下汇聚喷涌而出，直扑在赵褚的面上。

不知道为什么，这101号检查井中的腐败味道异常浓郁呛鼻，纵然是赵褚这种常在井下走动的人竟也被熏得眼泪直流。在奇特而令人作呕的味道中很是适应了一阵后，赵褚才拿出安全手电，打开照明，向101号检查井中探头看着。随着光线射入井下，他原本就紧皱的眉头变得更加紧皱。

在手电光亮的照射下，赵褚发现101号检查井下的黑褐色污泥水中漂浮着大量近椭圆形的东西。那些东西灰蒙蒙的，一个个毫无生气，周身却又黏着许多毛发，好像一条条被人扔在水里的毛毯。盯着那些“毛毯”颇为仔细地看了看之后，赵褚才辨认出那竟都是老鼠的尸体。污水井中漂浮的众多鼠尸让赵褚有些不寒而栗，他想不出为什么这井里突然有如此多的生物死亡，为什么这些死物全部汇聚在101号检查井的下边不曾随雨水冲走。

虽然突然出现的死物让赵褚愕然和恶心，不过他知道下水井是全城污秽汇集的地方，这种地方出现什么死物理论上都不奇怪。甚至他都在想或许这些死去的生物全是那个叫扬名的黑客出于某种龌龊的目的在前一天故意放在这里，成心用来恶心和吓唬自己的。毕竟，变态人自然有变态的爱好。

赵褚来此是为了求财，而为了求财，这些惊骇的东西他必须忍受。因而略微调整了一下心态后，他硬着头皮开始准备下井。

井下有太多腐烂的动物尸体，颇有经验的赵褚知道此时井下定然充满了尸体分解所产生的烷氨尸毒。那些毒气很厉害，如果他直接下井，定会被熏死。井下的形势颇为严峻，不过好在赵褚这次来前早已有了针对这种情况的后手准备——他从公司偷带出来的一种自给氧式的面罩呼吸器。

赵褚带来的呼吸器，由一副背带、一个空气压缩瓶和全封闭式面罩组成，戴上面罩之后他的呼吸系统不会和井里的空气发生一丁点儿接触，自然能彻底与毒气绝缘，而钢瓶里的压缩空气足够支撑三十多分钟的呼吸，理论上也足够他走到102号检查井再回来。

带着庆幸和自得，赵褚检查并穿戴好这一身的防化装备后，在101号检查井井盖的盖口挂上了“检修”的标志以避嫌。而后他才在街上行人的频频关注下，小心翼翼地踩着井壁的钢筋扶梯，慢慢下到了充满鼠尸的101号检查井井底。

虽然已经戴上了防护严实的供氧面罩，但当赵褚一下到101号检查井的底端时，还是感觉自己仿佛闻到了一种腐臭味，并同时产生了一种莫名的焦虑。也因为那种焦虑情绪，赵褚双脚踏进漂浮着满满动物尸骸的污水中时，忍不住向那些尸骸多看了几眼，观察了一下。

随即，他有了新发现。随着脚下传来的质感以及视线的扩展，赵褚愕然发现那些泥水中死去的老鼠其实远比他在井上时看见的要多。在污水液面以下的部分，它们一层垛一层，密密麻麻，不可胜计。如此多的鼠尸，难怪雨水冲不走。

细看之下，赵褚还发现鼠尸中有几具尸骸是肚皮朝上的，而肚皮朝上的老鼠尸骸又无一例外都有一个奇怪的共同点，即它们的腹部都被什么东西切开了，里边空空荡荡，似乎没有任何内脏器官。

赵褚皱着眉头，用脚轻轻将就近的老鼠尸体翻转过来，拿手电照着，发现骸骨里依旧没有内脏。由此，他的脑海里浮现出一个古怪而瘆人的推论——这些老鼠都是被什么东西取掉内脏后丢在101号检查井里的空壳。看着满井被杀戮和取掉内脏的老鼠，赵褚感觉这像是某种速率极高的猎食者所为。但是他实在想象不出，下水道里能有何种猎取老鼠的生物会做出如此怪异的杀戮。

一幕接一幕的奇怪景象让赵褚有些望而却步。不过就在这个时候，他的手机又振动了。赵褚于101号检查井的诡异黑暗中拿起手机，看见了扬名发送给自己的短信。上边写着：不管看见什么，继续往前。

看着扬名的信息，赵褚一阵沉默，眼睛又紧紧盯着手机上的时间。六点五十二分了，如果不能在八分钟之内赶到102号检查井，他就什么都得不到。为了这个所谓的游戏，赵褚已经走到了现在，仅仅因为几只死老鼠便放弃他自然是不甘心的。况且，既然这个游戏的第二章被称作“富贵”，赵褚想这一趟“富贵”自然得从险中求来才是正解。

在扬名的提示下，赵褚没有了过多的踌躇。他收起手机便踏着满是泥水和鼠尸的承插管道，向102号检查井进发。虽然时间紧迫，但从101号检查井向102号检查井前进的路上，赵褚依旧走得小心翼翼，留心观察，生怕一着不慎满盘皆输。其间，他发现管道里的老鼠尸体渐渐少了，却又多了新的东西来刺激他的眼球。

在前进的过程中，赵褚看见下水道的管壁上有许多用油漆甚至蜡笔画出的图画。那些图案线条粗犷，歪歪扭扭，有的是人，有的是动物，很有些古时原始人所作壁画的味道。不过，冷城这样的现代化大都市里终究是没有原始人的，因此赵褚推测这些粗糙至极的壁画只能是一种人所作——那些偷渡到冷城的非洲偷渡客。

冷城作为东南亚经济发展最好的城市，从多年前开始，便吸引了许多非法的偷渡客来此淘金。而淘金的偷渡客中，来自非洲的家伙最为特别，因为他们既带来了各类病毒，同时也带来了他们故乡的原始文化和巫毒迷信。而这些夸张而怪诞的壁画，便是他们那些迷信和文化的一部分，是他们走到哪里，便留到哪里的“地标”。

看着那些壁画，赵褚推测他身处的这条下水管道里曾经甚至现在都还居住过不少的偷渡客。这些家伙在无聊时会依照过去在非洲大陆的原始习惯，将他们的所见所闻、所想所思都变成原始至极的线条，用油漆或者随便什么东西，描写绘画出来。

偷渡客涂绘在墙壁上的东西非常简单原始。不过正因为极端的简单和原始，赵褚在看了几眼后便从中辨认出了满载着人的船、在临海区海边经常看见的红树，以及排着队下船进入巨大下水道洞穴的人群。而在那些管道洞穴里除了人，还绘画有老鼠、蜈蚣，以及人们拿着刀在刨开老鼠和各种生物的肚子。

当赵褚看见偷渡客画下的杀戮老鼠的画面时，下意识地放慢了脚步，低头看向自己脚下接连不断的老鼠残躯，看着它们空空的肚子。联想着壁画的内容，他突然想到，难道那些死去老鼠的内脏，都是被这些偷渡客吃掉的吗？

虽然人吃老鼠内脏这种行为有些恶心，赵褚想了想却感觉那些偷渡客绝对做得出来。一来，内脏是很好的营养补充剂，这对生存在下水道里的人来说也算得上是天赐的珍馐；二来，据说非洲大陆某些地方的人甚至以人肉为食物，对经常吃人肉的人来讲，老鼠恐怕也算不得什么难以下咽的玩意儿。

随着自己的判断，赵褚自认为对于满地的老鼠皮有了一个合理的解释，而找到答案的他，继续一边走一边饶有兴趣地欣赏着偷渡客的那些“画作”。

在人吃老鼠的恶心画面之后，赵褚又看见有许多人或躺，或跪拜在地上，这些人的肚子被画的很凸出，似乎是孕妇，又似乎得了什么奇怪的病症，或者腹部长了什么东西。这些人倒地的姿势起初毫无规律，不过随着赵褚的深入和壁画的延续，他渐渐发现这些简单线条的人物身上多了许多藤蔓一样的线。那些线有的生长在人的腰上，有的从人凸出的腹部延伸，有的甚至生长在人的头上。

随着赵褚的前进，那些连接着人的线条越来越多，并产生交集，把壁画上的人都串联了起来。到后来，偷渡客的壁画中只剩下弯弯曲曲却又方向一致的黑油漆绘制的线条。那些线条顺着下水管道，一直延伸向102号检查井的方向。惊讶中，赵褚看着那些与自己前进方向完全一致的单调的线，不由得加快了脚步。他既想早些到达扬名所指示的102号检查井，又好奇地想看见这些偷渡客所画出的线条到底连表达着什么，尽头又连接着什么。

偷渡客们用油漆画出的线一直延伸了将近十米的距离，直到赵褚看看102号检查井的承插管入口时，那些线才戛然而止。在102号检查井入口，赵褚看见所有的线条最终都汇聚进了102号的井内。而当他顺着线条进入井口，打开手电，又沿着线条继续搜寻时，第一眼便看见了这些线条的“最终归宿”。在102号检查井内正对着赵褚的井壁上，有一幅与众不同的图画。那幅图画是所有线条汇聚的地方，也是偷渡客们一切图画的终结之处。

赵褚站在102号检查井的入口，惊愕地看着对面的井壁。

在那里，那些偷渡客用黑油漆绘制的线条汇集成一幅黑色的涂鸦。那幅涂鸦中，线条密密麻麻，渐渐连接成树的模样，在那棵大树的上部，又画着许许多多、大小不一的方块。那些方块的指代意义本不明确，但是赵褚是经历过47号检查井中的诸多离奇的人，特别见识过那棵生长在其中，挂满了电子设备，还会自己流血的榕树。

因为半个月前的刺激经历，赵褚在看见井壁上的那些绘画时，便坚定确认偷渡客所绘制的这黑色树木，正是他曾经见过的榕树，那些方块所表示的就是在那榕树上镶嵌的手机等电子设备。

47号检查井中的榕树竟然再次以这样意想不到的方式出现在了他的面前。看着那壁画，赵褚终于完全确定，自己在47号检查井里所看见的一切都是真实的，因为有人看见了类似的东西并记录了下来。这是惊人的发现和证据。

眼望榕树的惊讶中，赵褚举起手机，给扬名发送短信：你为什么引我到这里，你的游戏到底有什么目的？榕树和你什么关系？

面对赵褚的问题，扬名那边沉默了很久才回了信息。信息中，扬名只字不回赵褚的质问，只是告诉他：扬名的游戏第二章，第二步提示——请将你看见的树连根拔起。

“拔树？”看着扬名这简直不可能的要求，赵褚惊呆了。他看着面前井壁上用黑油漆画出的树木，无论如何也想不出该怎么把一幅油漆壁画里的树连根拔起。

一时间，赵褚陷入了困顿。

就此放弃，他不甘心，但就这么干耗下去，赵褚又实在不解其理。面对井壁上黑色的树，赵褚略微抱头，在没脚踝的沉渣泥水中想了又想，只越发感觉扬名的这第二步似乎像是一个谜题，但谜题的答案他参悟不出来。

而正在他想破脑袋拼命思考的时候，手机再一次响了。赵褚看见扬名如戏谑一般告诉他：友情提示，呼吸器见红了。

呼吸器？见红？

赵褚看着扬名的提示先是一愣，而后忙回头，往背上自给式呼吸器的钢瓶看去。他背后盛放压缩空气的钢瓶上，还连接有一只用于指示内部剩余空气含量的压力表。此刻，压力表中的黑色指示箭头已经走过了三分之二的刻度，即将跨入表盘上的一片红色区域。这是个很危险的警告，因为表盘中的红色区域表示钢瓶内氧气快要耗尽，而一旦氧气耗尽，赵褚就会被憋死在那些鼠尸所散发的毒气里，绝无侥幸的可能。又一次，那种与死神赛跑的恐惧感随着渐渐减少的压力指示，笼罩向赵褚的心头。

赵褚不知道神通广大的扬名是如何知道他背后氧气的储量的，但是他知道自己不想死，更不能死。在看见仪表上的警示后，他展现出自己作为监理师的缜密一面，在略微估摸了现在的形势后，立刻做了一个紧急计划。根据他的预估，此时氧气瓶里的空气还能坚持十分钟左右，在这仅有的十分钟里，自己必须用五分钟解开扬名的谜题，再用五分钟从充满毒气的竖井里逃出去。如果到了规定时间还解不开迷局，他只能认输，放弃游戏保命为上。

拿定主意后，赵褚索性坐在满是腐败泥水的井底地面，一动不动地盯着眼前的油漆画面，思索着解决办法。

灰黑的油漆树木画的杂乱无章、原始随意，在赵褚的仰望中却又透着一种莫名的沧桑感和威严感。看着那树，赵褚心里涌起了许许多多的杂想，又过了不多时，那些杂想突然汇聚成一条线，引着他有了更深入的思考。他想到，如果扬名游戏的第二步是一个谜题的话，谜题应该会给人提示的，否则那就不是猜谜，而是蒙。

蒙，恐怕不符合这场游戏的规则，因为扬名在开始游戏前明确说过，他每一步都有提示。扬名还明确说过，只要严格按照他的提示去做，就不会有危险。回想中赵褚再一次拿起手机，翻看扬名的短信，品着那句“请将你看见的树连根拔起”。

拔起？根？

看着最后的这句话，赵褚终于有所顿悟。他急忙起身，用手电仔细照着井壁上树木的根部。井壁上树木的根部画的乌黑浓密，缠缠绕绕，杂乱无章，赵褚仔细地观察过一阵之后发现这树木的根系虽然多而乱，却极少有绘画到污水液面以下的部分。作为一个专门给系统挑毛病的监理师，赵褚很快看出这不正常，是与扬名的提示所对应的重大线索。顺着这个思路，赵褚在仔细观察壁画后更是突然发现，在满墙的黑色线条里，只有一条能被称作“根”的线条深入到了井内乌黑混浊的污水液面下。

“根？拔起？”赵褚重复着提示，伸出手缓缓摸索向那根深入污水液面的线条。

而就在刚摸索到墙壁上那“根茎”的时候，赵褚立刻便被那根茎所传导的异样触觉弄兴奋了。因为他发现，那一根深入井中污水液面以下的黑色线条，并不是用油漆画出来的，而是一根粘在井壁上的、墨黑色的防水尼龙绳索。赵褚将绳索从井壁上弄下来后，试探着一拉，顿时便感觉这条通往污水液面下的墨色绳索沉甸甸的。

显然，这绳索连接着什么被沉在水面以下的、极沉重的东西。看着有货的“树根”，赵褚心中一阵激动，终于彻底明白了“连根拔起”的意思。

怀着解开谜题的兴奋劲头，他双手抓住那根直插污水的墨绳，狠狠向上一拽。随着他的发力，污水液面“哗啦”一声翻涌起了一个巨大的水花，紧跟着在水花翻腾的地方，很快浮现出一个巨大的、被绳索捆绑的手提袋。那被“树根”牵引出的手提袋由墨黑色的防水布制作，袋子反射着油亮的水光，正中还有一条不锈钢的拉锁。

赵褚观察防水袋，第一眼便注意到，这手提袋的拉锁并没有拉严实，在拉锁接缝的末端俨然有一段是开着的，里边有一些发白的玩意儿正反射着惨淡的光泽。看着开口的白光，赵褚忍不住举起手电，向其中看了一眼。他马上看清楚在这防水袋的缝隙里泛灰白的东西，竟是一只惨白色的人的手掌。

虽然只看见了一只手，赵褚却全都明白了，这是一只裹尸袋，里边的人是不知道被什么家伙杀死又弃尸在这井下的。他惊恐地看着防水袋中的人手，不自主地后退了几步，而偏偏这个时候，手机又适时地振动起来。那自然是扬名的提示。

扬名的提示永远来得很是时候，赵褚随着振动急忙打开手机，而后他在闪烁的屏幕上看见扬名发来的内容是：游戏第二章第二步完成，现在进入第三步，请把尸体运送到101号检查井，抓紧时间。

其实不用扬名提醒赵褚也知道一定要抓紧时间。因为不抓紧时间，他就得憋死在这里边。急切中，赵褚顾不上裹尸袋的恶心，双手提起袋子，半拖半背着沿原路往101号检查井的出口跑去。

赵褚移动的速度还算快，可是当他走到井口的时候还是感觉到呼吸面罩里的压缩氧气在迅速变稀薄。那是钢瓶里的氧气已接近全无，就像是一只手在渐渐挤压他的喉咙。

随着面罩里空气的急剧减少，赵褚绝望地意识到拖拽裹尸袋的动作加剧了氧气的损耗，眼下已告竭的气瓶已不足以支撑自己继续做什么过大的动作。抬起头，赵褚面对101号检查井上空的蓝天，品着自己面罩里渐渐快速发闷的空气，意识到眼下自己正面临生死之难。

如果想要活命，就必须出井，马上！

在越发困难的呼吸中，赵褚勉强完成扬名的安排，毫不犹豫地将裹尸袋丢弃在101号检查井内，拼尽窒息前最后的一丝气息，沿着101号检查井的扶梯奋力攀爬了上去。

当赵褚踏着井壁的钢筋扶梯，将头探到检查井外的地面后，他急忙伸出颤抖发紫的右手，猛然抓住脸部已近真空状态的氧气面罩。“砰”的一声响动后，赵褚摘掉了面罩，检查井外的新鲜空气迅速充盈进他的鼻腔。他大口地喘息着，贪婪地品尝着，仿佛刚出生的婴儿。赵褚第一次感觉到能够呼吸是一件多么美好的事情。

坐在井口的他拼命呼吸了许久后，裤兜里的手机又一次响了。他伸出颤抖的手，艰难地从裤兜中拿出手机，看着扬名发给他的信息。上边写着：第二章第四步，请马上把你留在井下的东西带上来。

“我留下的东西？”看着手机上的文字，赵褚一阵愣神儿，他能想到的自然只有那只裹尸的袋子。只是，此时钢瓶里已经没有氧气了，在那种充斥着腐尸毒气的环境里，人如果贸然下去，不出五秒，定会被毒死在里边。到时候别说那裹尸袋里的尸体，恐怕就连自己也要变成一具尸体。

扬名的要求未免太过分，因而赵褚在看见之后，十分犹豫。不过也就在赵褚犹豫踌躇的时候，他忽然听见在那101号检查井的井底，竟响起了一阵噔噔噔的清脆声音。在七点多的夜色中，那诡异的动静听在赵褚的耳朵里，异常刺激分明，也让他下意识地去揣测那动静到底是什么玩意儿发出来的。

而就在赵褚绞尽脑汁思考时，他突然意识到，这井里传出来的声音他刚刚才听到过。那声音极类似赵褚往井面上爬时，他的防水鞋踩踏在101号检查井那钢筋扶梯上的动静。想起那声音的出处，赵褚心中打起鼓来。在满是死人和死老鼠的腐败水井中，正有什么东西在沿着扶梯往井口爬？可到底是什么样的东西会在那种环境恶劣的井里顺着扶梯往上爬呢？

赵褚有了一个极端不好的推测。

虽然感觉很迷信，虽然可能性几乎为零，但赵褚在听见井里噔噔的响动后，第一时间的反应竟觉得是那裹尸袋里的尸体在自己向上爬。那怪诞的想法一经形成，便在他头脑里挥之不去。

战战兢兢中，听着那井里传来的声音距离井口越来越近，赵褚终于有些按捺不住了。他向后退了几步，与101号检查井的井口保持了一个自我感觉安全的距离后，急忙拿出手机，向扬名问询：这井里有什么在向外爬？我知道你知道，告诉我！

扬名则慢悠悠地回复赵褚：请翻看我以前的提示，如放弃游戏请回复N。

赵褚呆呆地看着扬名冷血的回复，一阵愕然之余又不由得按照他的话，回想着之前他给自己的提示信息。须臾后赵褚再次想起来，扬名在这游戏的第二章开始前就说过：只要严格按照他的提示于规定时间内完成任务，绝不会有生命危险。

仔细想想，虽然赵褚在这第二章游戏里被玩弄得不轻，吓得不轻，但是直到现在为止，他并没有受到任何实质性的危险和威胁。既然这样，那他试一试也无妨。

扬名的提示给了赵褚莫名的安全感，让他有勇气再一次靠近101号检查井，向下望去。此时，那井里先前传出的莫名"噔噔噔"声已然消散全无，取而代之的是腐败气体不断从井口涌出外界时，摩擦井壁所共振出的呜呜嗡呜。那声音像极了一个女人在井下极深处，时断时续哭泣。

在让人不安的背景音中，赵褚捏着鼻子，再次将安全手电向井下照去。光亮中，他在竖井的金属扶梯上看见了让自己诧异的一幕。手电下，原本发出鞋踩声音的扶梯上并不见活人或者死尸，却无端多拴了一根长长的黑色绳子。

那湿漉漉的尼龙绳既普通又不普通，因为赵褚认出，这绳索正是那根不知道被什么人伪装成壁画中树木根系的、捆绑裹尸袋的绳索，而它下边连接的，就是那身份不明的弃尸。连着裹尸袋的绳子自己捆绑在扶梯上了吗？绝对不可能！

看着绳索和无解的场面，赵褚丝毫想不出到底是什么人能在这样充满了毒气的井里完成在扶梯上捆绑绳索的步骤，又为什么要用如此的办法“帮”他。最后的最后，他只能勉强认为这一切都是那个黑客扬名设计好的“玄虚”，或许现在自己下井去追，还真能追到扬名的本尊。不过，已然没了氧气储备的赵褚，终究没办法那么做。

看着捆绑在扶梯上的绳索以及绳索连接的裹尸袋，赵褚掏出手机，又问扬名：刚才是你在井下捆的绳子吗？

片刻后，扬名回答：要么完成你的第四步，要么放弃。

扬名顾左右而言他的回答很让人窝火，但偏偏就是这样一个让人看着极不上眼的黑客，赵褚却拿他没有任何办法。赵褚面对扬名的那种感觉，就好像在徒手面对一个烧到通红的铁球般无计可施。赵褚咬牙看着短信，终究还是克服了心中的不安和困惑，伸手拽住防水的绳索，将那绳索下连接捆绑的裹尸袋，一点点提了上来。

101号检查井并不深，因而赵褚抻着绳索没多久便将那装着未知尸体的袋子拽出了水面。在赵褚的俯视下，井中裹尸体的袋子如一只黑色的包裹密实的蚕茧，只拉链的部分稍微有些惨白色的东西渗透出来。那唯一的惨白的颜色，自然还是其中死人的腐朽手掌。

赵褚忍受着腐败的味道将裹尸袋拉出深井后，一屁股坐在地上。喘息休息的同时他又拿出手机，问扬名：下一步是什么？我又能得到什么奖励？

扬名在须臾后回复：第五步，把东西就近交给警察局。

赵褚放松一笑，感觉这一步简直是白送的。几乎是唯一的一次，扬名的想法和自己的想法惊人的一致，这让赵褚感到身心轻松了不少。看完提示后赵褚急匆匆恢复了现场，将裹尸袋扔进汽车后备厢，打开导航，往最近的警察局奔去。

去警察局的路上赵褚还算平静，只是当他在一个红绿灯的路口等变灯时，隐约听见后备厢中有什么东西发出“咚咚”的声音。那声音沉闷而微弱，像人在敲门，又像什么东西在用爪子拼命地抓挠车体。

突兀出现的诡异声响让赵褚再次皱起了眉头，更让他本能地想起那具身份不明的腐尸。如果平时遇见这样不正常的场面，赵褚一定会吓个魂飞魄散，今日他却不会，因为今日赵褚按照扬名的提示，所做的每一步都是刺激的。在那连串诡异的刺激面前，这种“小小”的动静，反倒算不得什么新鲜事情了。

在略微思考后，只差最后临门一脚的赵褚惰性地选择忽视掉那状况，他猛踩油门，用马达声掩盖了后备厢中的动静。片刻后，赵褚按照扬名的提示，将自己破旧的老车开至距离最近的一处警局，以报案人的身份把那尸体交给了值班的警察。

晚上十点十分，赵褚还在警局的接待室里喝茶。

看着面前早已生出彩色油膜的红茶杯子，赵褚在担心自己医院中妻子的同时，还忍不住将扬名游戏的事情深入地思考着。这半个月以来，他已经在扬名的提示下完成了两章怪诞离奇的游戏。

平心而论，这个扬名所布置的游戏一丁点儿都不好玩儿，而且在一环扣一环间，还夹杂有各种用常理和科学无法解释的现象。随着游戏的进行，赵褚发现扬名预判事情极为准确，而且此人对自己的一举一动似乎了如指掌。显然，这个黑客可以随便入侵公共或者私人的网络，借助手机、视频监控上的摄像头作为他感知的扩张。而这也就意味着只要手机还在赵褚身上，这个扬名便可以二十四小时不间断地监视自己。

随着赵褚的深入思索，他还感觉这个扬名所布置的怪诞游戏也不仅仅是害人整蛊那么简单了，特别是今日在寻找尸体的过程中又一次“看见”了曾在47号检查井里所见的那棵诡异榕树后，他越发坚定自己的判断。赵褚隐约感觉，扬名支配自己所做的一切，绝对都和47号检查井中的那棵榕树有着千丝万缕的联系。但可惜，现在的47号检查井已经被赵褚的上司从内到外彻底封堵了起来，他再没有机会进去一探究竟。

正在赵褚因榕树而做更深入的思考时，警察局接待室的门被推开了，一个看上去资历颇老的警察带着一堆手下人神色匆匆地向赵褚走了过来。那人见到赵褚后急忙伸出手，紧紧握住他手的同时，用激动的口气道："哎哟，英雄啊，你可知道你的发现帮助我们破获了全冷城最大的失踪案吗？"

"不知道。"赵褚如实回答，并问，"你们查出那死者的身份了？"

"死者的身份牌还在身上，所以查得很快。"老警察告诉赵褚，"而且死者的身份说出来，我怕你会惊掉下巴。"

老警察先给赵褚打了预防针，又告诉他："你在下水井里找到的尸体是田宝鹤！"

"田宝鹤！"赵褚愕然开口，虽然没有被惊掉下巴，但旁人也绝对能看见他嘴里的后槽牙。对赵褚这样的普通冷城人来说，告诉他裹尸袋里的尸体就是田宝鹤，简直和晴天拿雷劈他没有什么区别。而之所以赵褚会有如此巨大的反应，是因为田宝鹤是冷城几乎人人都如雷贯耳的一个名字，也是冷城巨无霸企业"天眼集团"的三号创始人。

他的一生，可以说就是天眼集团崛起的历史。

第二章　田氏姐妹花

表面上看，玉蔓酒吧除了那些多到让人震惊的藏酒，其余的一切似乎都普通得不能再普通。在仔细观察了这里几分钟之后，赵褚却突然从那些闲谈慢聊举止优雅的客人间，品出了一丝极端怪异的味道。他感觉除了自己，那些客人似乎都不太正常。

田宝鹤在冷城叱咤风云半个多世纪，有关他和另外两个天眼集团创始人的商业传奇，足够写本《三国演义》的。不过相对于老爷子过往的成功传奇，现在冷城人议论最多的，却是他离奇而诡异的谢幕。

一年多前，八十七岁高龄的田宝鹤驾鹤西游了。

田宝鹤是有着政商双重背景的大人物，因而冷城政府和天眼集团都十分重视他的葬礼。按照计划，政商要员本要在冷城香火最旺的大成法寺里给田宝鹤举行遗体告别仪式，再由冷城市长和东南亚地区各国领导人亲自吊唁。

一开始，田宝鹤葬礼的安排按部就班，可就在尸体即将从天眼集团医学部的太平间移驾到大成法寺的那天晚上，老人的尸骸突然如蒸发般不翼而飞。有关田宝鹤尸体失踪的细节，田家、天眼集团和警方虽然三缄其口，冷城民间却传得沸沸扬扬，各种版本和描述层出不穷。

老爷子丢尸的诸多传闻版本中，赵楮恰巧还知道其中的一个。在那段市井传说里，田老爷子丢失尸体的那一晚曾有一个医院的护工在路过太平间时，偶然听到里边发出了一串类似人打赤脚走路的响动。因为那声音太过吓人，护工没胆量进去，便找了天眼集团经保部JBD在医学中心的值班人员做处理。

而当JBD的七八个全副武装的大男人随着声音冲进太平间后，全都如石沉大海般很快没了动静。直到第二批赶来支援的人员进入太平间时，大家才愕然看见第一批冲进去的人横七竖八地躺在地上，七窍出血，早已气绝多时。据说，他们都被人生生拧断了脖子。赵楮所知的传闻怪诞无比且明显有添油加醋的成分，但是田老爷子的尸体在一年前被人偷时，天眼集团确实有人受伤甚至送命是公认的事实。

一年多来田宝鹤的尸体没人寻到，丢尸的事情也俨然成了一桩悬案。到底什么人偷了田宝鹤的尸体，又为什么要偷田宝鹤的尸体，天眼集团又为什么对田宝鹤丢尸的事情不予评论等种种悬疑，自然都成了冷城人议论不绝的话题。可谁能想到，就是这个连警察都感觉玄之又玄的悬案，今时今日却在赵楮这里有了下文。

当得知自己找到的尸体是田宝鹤后，赵楮内心是又激动又诧异。赵楮激动是因为这一桩“义举”，自然会带给他绝对意想不到的好处。他诧异是因为他非常困惑为什么扬名能如此确切地知道田老爷子的尸骸被藏在什么地方。难道说，这个躲在手机后边的扬名，便是前年盗窃老爷子尸骸的始作俑者?

结论太惊人了!

警察握着赵褚的手说了许多好话后，便将身心疲惫的他送出了警局。赵褚开车，一离开了警方的视线后便急匆匆将车停下，打开手机颤抖地发送信息质问扬名：你为什么知道田宝鹤的藏尸所在?

扬名出人意料的简洁回答：我干的!

“这么痛快就承认了？”赵褚愕然，旋即质问扬名：你太残忍了，连个死人都不放过，为什么?

扬名那边沉默了很久才回答赵褚：他活该。

“活该”两个字透着深深的愤怒意味，那愤怒让屏幕这边的赵褚看着都害怕，更从中感觉到扬名身上散发出的一种有些扭曲的情绪。他意识到，这个扬名恐怕和天眼集团有重大的纠缠和恩怨，否则他绝不会用“活该”两个字来形容一个死掉的老人。扬名到底与天眼集团有什么样的纠缠呢？赵褚忍不住想深挖一下。不过就在他对着手机屏幕编辑质问信息的时候，扬名又给了他新指示。

信息上写着：游戏第二章第六步，赶紧编一些恭维的妙语，以及一个得体的谎言，明天早上九点108层001，接受女神的感谢和第二章的奖励。

“谎言？女神？”赵褚盯着手机屏幕困惑不已。

就在他看着手机上的信息感到困惑时，手机突然打进了一个电话。在闪亮的屏幕中，赵褚看见了一串熟悉的数字，在数字的上方还有他熟悉的人名——廖庭。

将近十一点的深夜，副经理廖庭给自己打电话，这让赵褚意外得很。他接通后，上来便问：“师爷，怎么这么晚打电话，单位出事了？”

“小赵，你发达了呀。”廖庭则颇为激动地告诉他，“集团总部范秘书连夜给我电话，让你明天早上九点，去咱们集团的总部大楼108层001房间见一个人。”

说完会面的时间和地点，廖庭又故意卖关子般问赵褚：“你知道谁要见你吗？”

赵褚自然不知道谁要见自己，不过联想着扬名的短信，他试探性地回答：“一个女的？”

“田婷！”廖庭得意地告诉他，“集团人事部的总监，田宝鹤的孙女，二十八岁还没嫁出去的那个。”

“她？”赵褚一阵惊愣，彻底明白扬名所说的“女神”是谁了。正如廖庭所言，这位天眼集团人事部的总监是田宝鹤的孙女，今年二十八岁，和她爷爷一样，是冷城电视和新闻上的常客，年轻有为，更是田宝鹤家第三代中最有能力的接班人。

不过可能也因为田婷太过年轻有为的原因，这女人至今一直单着，虽然偶尔也曾传闻这女人和公司里一些董事家的公子在拍拖，但终究没有更进一步的消息和发展。赵褚偶尔在电视里看见田婷时，总感觉她应该属于带刺的玫瑰——看着漂亮，一碰扎手。

田婷大半夜打电话点名要见赵褚，自然不是为了相亲，因而赵褚在得到这个消息之后，第一时间便将这女人的召见和田宝鹤现世的尸体联系了起来。显然，现在的田家已然知道是谁帮他们找到尸体的了。

怀着小小的激动，赵褚冲电话那边的廖庭道：“知道了师爷！我明天准时去。”

“好好表现。”廖庭用激动的语气鼓励他，“人事部总监找你，肯定是好事，抓住机会努努力，你能活得轻松点，你媳妇也好过些。”

“是。”赵褚满怀期待地点头。他挂掉电话，又给扬名编辑了一条短信：谢谢你。

须臾后，扬名回复：不用，各取所需而已。

第二天上午八点五十五分。赵褚盯着桌子上的红茶杯，一动不动。

十四小时前，他还在臭烘烘的下水道里捞尸体。仅仅十四小时之后，他却已坐在天眼集团总部第108层楼的顶配办公室里喝茶。此时，赵褚的面前不光有茶水，还有三面透光的玻璃观景台。这观景台放眼所及处，是大半个冷城的街道景色。下边的一草一木，一人一车都仿佛孩童的玩偶。

绝好的风景永远是让人惬意的，更能给赵褚这样的人一种无端的平步青云的感觉。当然，赵褚明白真正让自己平步青云的并不是眼前梦幻般的景色以及即将接待自己的田婷，而是扬名和他的游戏。

黑客扬名邀请赵褚参加的游戏虽然过程匪夷所思，而且总有一堆堪称反人类的设定和不可解释的灵异现象，但与之相对的，扬名所带来的改变与机遇也堪称梦幻，足够对得起甚至远超出赵褚的付出。经历过两章游戏，切实感受到扬名带给自己的改变后，赵褚原本被动踌躇的心态好了很多，他甚至有些期待继续那个游戏。继续第三章，第四章，以及最终的第五章。

正在赵褚对着茶杯和手机胡思乱想时，这间漂亮办公室的门被人从外边推开了。而后，一女一男两个人前后脚走了进来。在这一对人中，女人走在前面。穿着黑色西服工装的女人五官标致，气场也很足，走起路来将紫石英的办公室地板踩得啪啪直响，仿佛自带的背景音乐。除了气势，女人的身材也很高挑，在高跟鞋的加持下已几乎能与赵褚平视。

不过这高挑的女人如果与身后的男人相比的话，又显得相形见绌了。她背后的男人身材魁梧，如熊似虎的身躯上是一张不苟言笑的刀疤脸。那些错落垛堞的伤痕让人看着便敬畏三分，更知道这绝对是一个有故事的狠家伙。赵褚看着那男人，特别注意到在他的胸口上，有一块写着“JBD-0146”的号牌。由那号牌，赵褚知道了对方的身份，更知道了这男人是前方女人的贴身保镖。

黑制服的女人带着自己的手下走到赵褚身边后，用杏子一般的美目打量着他，而后开口问：“你就是赵褚？”

“是，集团环境部污水公司的排污系统监理师。”赵褚回答之后，冲那女子笑笑，“田婷小姐！”

女人见赵褚能说出自己的名字，微微皱眉：“我见过你吗？”

“没有，但我必须知道您。”赵褚主动解释，“您是田家的千金，田老爷的长孙女，您还是天眼里最美的‘玫瑰’，在天眼集团上班的人，不认识您就等于有眼无珠了。”

听着赵褚用一晚上精力编出来的恭维，田婷的嘴角浮现出一丝不容易察觉的笑。这女人屈腿坐进沙发里，向桌对面的赵褚开口：“说正事吧。首先我得谢谢你帮我找到爷爷的遗体。”

赵褚微微颔首，礼貌性地回了一句：“节哀顺变。”

女人在赵褚的客气话中，眼神突然变得警惕起来，又问：“但我有一点不太明白。”

“您讲，”赵褚特别强调，“我尽量解答。”

女人问：“我看过你的巡线图，看过你的资料，发现捞取尸体的102号检查井不在你的辖区。换句话说，你根本不应该出现在那里，更不应该发现我爷爷，对吗？”

田婷的话，充分展示着这个女人缜密的心思，如果没有先前扬名的提示，赵褚恐怕一时是回答不上来的。不过有了扬名的提示和提前准备，一切便另当别论了。

赵褚在田婷问话之后，按照自己事先的预定回答："我有些不入您眼的关系，偶尔打牌时，听几个偷渡的朋友说102号检查井里有腐尸，出于赚悬红的私心，才决定下去看的。"

"哦，机缘巧合，你很诚实。"田婷眼神中的警惕消失了，她又对赵褚道："赵先生，我听说你是南洋大学的硕士？"

"土木工程硕士，主修测量和造价。"赵褚回答。

"你学历很高，不应该被埋没。"田婷满意地点了点头，又道，"集团的基建部缺一个造价师，你有没有兴趣过去干工程造价的工作？"

"这……"赵褚有些犹豫，脸上也浮现出一种难以割舍的矛盾表情。平心而论，田婷向赵褚伸出的橄榄枝太好了。

天眼集团作为东南亚乃至全亚洲扩张最快的公司，各种内部和外部的建筑工程很多，也因此，建筑部的工作一直是炙手可热的，更何况田婷向赵褚推荐的还是建筑部里管理资金造价的要害部门，可以说如果干好了，真的会前途无量。如果换成别人，面对田婷给予的"奖励"，一定会感激涕零地答应下来。可是赵褚不一样，因为他还有一个瘫痪在床五年的妻子需要照顾。

赵褚知道工程部工作的最大特点是经常出差，需要在整个亚洲甚至欧美国家跑，而且不是出去一两天，是一两个月，甚至一两个季度。在如此长的时间里见不到自己的妻子，就无法给予她特定的生理和情感照顾，赵褚感觉绝不行。因此，在听了田婷的话后，他才迟迟没有答话。

田婷看着赵褚的样子问询："怎么？有问题吗？"

"是的，"赵褚咬了咬牙回答道，"我恐怕不能接受您的好意。"

“为什么？”田婷诧异，一副全然没有想到赵褚会拒绝的样子。

“我有个妻子。”赵褚如实告诉田婷，“她五年前受了创伤，成了植物人。我需要随时照顾她，不能做太多外出的工作。”

“哦。”田婷应声从沙发中站起身子，同时向赵褚伸出手，“既然这样那我也不勉强你什么，再次感谢你对于公司的贡献，感谢你把我爷爷的尸体找回来，再见。”

田婷将手伸给赵褚，赵褚则握着她尖尖的指尖，做了礼节性的告辞。和赵褚会完面，田婷便在那个编号为0146的男人的护送下离开了办公室，赵褚则呆呆地坐在空荡荡的办公室里，六神无主地看着面前的茶水杯。

恰就在这个时候，赵褚兜里的手机振动了。随着振动，赵褚拿出手机，立刻看见扬名质问他道：这么好的奖励，为什么不要？

赵褚一声苦笑后回复：我不能让妻子没人照顾。

扬名回答：有了这份工作，你可以赚成千上万，可以给妻子雇用最好的护工。

赵褚回复：护工永远比不上我，因为我爱她，我欠她。

扬名久久没有了动静。不过在赵褚即将踏出办公室的房门前，他还是回复道：真有趣。

“他竟然说有趣？”赵褚看着手机屏幕苦笑一声，感觉自己被扬名这个家伙的话刺痛了。

田婷见过赵褚之后，心绪很不平静。

说实话，赵褚算是自己当上人事部总监以来第一个拒绝她的人，虽然田婷勉强理解这个男人对自己妻子的感情，但是心中依旧不畅快。毕竟这是她的好意第一次被人拒绝，而且尤为难堪的是，拒绝她的并不是那些身价奇高的商政二代，而是一个小小的监理师。他有什么资本？

正在田婷因为赵褚的拒绝而微微发火时，她身边胸牌编号为0146的男人向她递过来一部手机。

“二小姐找您。”男人递给她手机的同时告诉她。

田婷拿着自己的手机，亲切地问：“妹，什么事情？”

“听说爷爷找到了？”手机里一个焦急的女音问田婷。

“是。”田婷回答，并告诉她：“爷爷现在被我安置在公司总楼的技术部。”

“我现在已经赶过来了，我想看看他老人家。”手机里的女人要求。

“现在恐怕不行，”田婷拒绝道，“爷爷的尸体状态很糟糕，你看了会受不了，而且公司还需要从他身上回收一些‘资产’。”

“那，”手机那边犹豫了一下，问，“我见你一面成吗？爷爷的事情，我想和你谈谈。”

听着二妹的要求，田婷看了看手腕上的钻石表，发现距离下次的商晤还有半小时。她回答道：“我在你休职前的办公室等你。”

“马上到。”手机那边回了一声，迅速挂断了。

结束通话后田婷回身，仰头看着她身后面无表情的保镖，吩咐他：“0146，你去技术部的实验室看一眼，把他们解剖尸体的进展以及公司资产回收的情况汇报给我。”

那个被田婷称作0146的人点头后转身而去，之后田婷一个人走进电梯，下楼来到了编号为1073的办公室。1073号办公室的空间不大，但装饰得很温馨，里边有粉红色的墙壁和天蓝色的地毯，在办公桌和布艺沙发间还有一套专门用于品酒的醒酒器以及各种各样的玻璃酒杯。显然，这里曾经的主人很有情调。

当田婷走进办公室里时，看见一个穿着暗色运动服的高挑姑娘站立在自己的对面。这姑娘与田婷的五官容貌有九成九的相似，如果不是两个人穿着的衣服不同，田婷看着自己同母同卵的二妹，一定会以为自己在照镜子。

妹妹见到姐姐，有些动容地告诉她：“一年了，我以为我的办公室早被别人占了。”

“你是田家的二小姐，谁敢占你的办公室，况且你只是休职准备婚事，又不是不干了。”田婷见面招呼，而后直问自己的妹妹，“田楚，谁告诉你爷爷被找到的，又是那个信息部的雷昂？”

“姐，这不是重点好吗？”田楚巧妙地回避了姐姐的问题，而后问，“家里人让我来问你，你打算什么时候安葬爷爷？”

田楚的话相当急切，田婷听过之后却给出了一副冷酷决绝的面容。她竟然告诉自己的妹妹：“爷爷的尸体需要做技术分析，近期恐怕不能安葬，不过我会安排举办一个象征性的葬礼，最好在偷尸贼被抓住的时候。”

“姐，你这样太过分了。”田楚皱眉质问自己的姐姐，“把爷爷的尸体当成公司的财产来研究，这样做是不孝你知道吗？”

听着田楚的话，田婷脸上划过一丝无奈，但还是告诉自己的妹妹：“这是爷爷自己的意思。”

“什么？”田楚惊诧。

“事到如今，我也只能告诉你了。”田婷用颇为无奈的语气告诉自己的妹妹，“爷爷死前留了两份遗嘱，一份是留给家里人的，内容你们都知道。还有一份是留给公司的，你不知道。”

“什么内容？”田楚关切地问。

“我也不知道内容是什么，”田婷继续道，“因为爷爷留给公司的遗嘱在他的脑子里，还没有被取出来。”

“脑子里？”田楚听呆了，而后用震惊的口气问田婷，“你，你是说你们现在就在……”

“对。”田婷点头，“爷爷的第二份遗嘱以数据的形势保存在他脑部的‘ANS’里。这件事只有我和几个董事知道。去年为了照顾舆论，我们本想等办理完爷爷的葬礼再动手术取出来，但没想到被人捷足先登，出了那种丢人的事情。”

“这，这么说，”田楚咋舌，“爷爷去年丢尸体，和那份遗嘱有关系？”

“一定有关系。”田婷颇为肯定地回答，“爷爷当年把遗嘱放在自己脑子里，就是为了随身携带以防止被人篡改，没想到我们还是棋差一招。”

“姐，”田楚问道，“你能不能告诉我当年爷爷丢的时候到底发生了什么，为什么公司至今都不把尸体丢失那晚太平间的监控视频给我们看？为什么爷爷快去世前几天突然不敢接触和看任何监控摄像头和手机设备？”

面对妹妹的问询，田婷语气异常沉重地回答：“妹，你休职了，我不能向你透露公司的核心机密。不过我可以告诉你，爷爷当年快去世时，技术部其实已经预期到。”

就在两姐妹叙旧交心时，天眼集团总部内响起了巨大而频繁的报警声，而后办公室顶端的消防警报灯也闪烁起报警橘光。

“这，”被迫停止谈话的田楚诧异地问自己姐姐，“火灾吗？”

田婷看着头上橘红色且不断闪烁的警报灯，想了一会儿后冷静地回答：“不知道，先不要贸然出去，否则容易被踩踏。”

“好。”田楚虽然同意了姐姐的安排，但依旧一脸的忐忑，远没有田婷的淡定。

田婷则在安慰完自己的妹妹后，从办公桌上拿起座机电话，准备向大楼的保安处问询。不过就在电话即将接通的时候，办公室的门“砰”的一声被人从外边生砸开了。在惊人的炸响里，田家姐妹同时向门口望去。而后她们两个愕然看见，就在门口，田婷的保镖，那个胸牌编号为0146的男人带着另外三个保安走了进来。

看着被0146砸坏的门锁，田婷对他讲：“其实你可以用敲的。”

“我就是用敲的。”0146神情淡定地告诉田婷：“技术部发生了火灾，不过已经扑灭，需要您去现场清点一下损失。”

“好。”田婷点点头，转身冲妹妹田楚吩咐，“我去看看，你和JBD的人待在一起，安全第一。”

“姐，”田楚惊讶地问，“是不是爷爷？”

“别乱想，就是着火而已，我去清点一下损失。”田婷制止了妹妹的揣测。她让0146带来的三个保安都留在田楚的身边贴身保护，自己则只带了0146，乘电梯往地下负五层的天眼集团技术部奔去。

在只有他们两个人的电梯上，田婷质问自己的保镖：“0146，是不是我爷爷又出状况了？”

“我刚到技术部，里边的人就报了警，说是遇袭。”汇报完情况，0146又告诉田婷，“目前已知的是技术部内发生了交火，不清楚和谁。但大概率是商业雇佣兵或者跨国特工潜入总部，二次盗取田老爷的尸体，进而探究咱们的技术。”

“你怎么处理的？”田婷问0146

0146回答：“按照您先前的吩咐，我尽量压制事态，封锁技术部时报的是火警，又派了一个小队先去‘招待客人’。”

“干得好。”田婷夸赞了0146一句，又吩咐他，“我爷爷的尸体是公司‘AN’技术的结晶，他老人家生前说过公司的技术高于一切，懂吗？”

“是。”0146忽然脱掉了身上的西装，将西装下他贴身随带的武装背带暴露了出来。在他的武装带里，有两把乌黑色的蝎式冲锋枪。

0146将其中一把递给田婷，但是田婷没有接，反而以质问的口气对他说：“给我枪干什么？你没有能力保护我的安全？”

“只是为了以防万一。”0146回答。

“公司制造你出来，又把你分配给我，就是为了以防万一。”田婷告诉0146。听着田婷的话，0146将枪收了回去，脸上依旧没有任何表情和变化，仿佛他的脸是一块铸铁。

三分钟后，田婷和0146乘电梯到达了总部地下负五层的技术部。

电梯刚打开，田婷就看见了惊悚的一幕。此时，整个技术部仿佛被人抄家过一般凌乱不堪，到处是枪械造成的弹孔和各种被打碎的电子设备。在正对电梯的走廊上上，还有一个背后脖颈满是鲜血的死人，直挺挺地趴在地面，仿佛是对田婷的警告，又像是震慑。

看着鲜血、尸体和满地的凌乱，田婷一阵皱眉，但她没有退缩。这女人很快跨过了这具尸体，在0146的保护下，向着解剖她爷爷的技术部深处进发。此时，整个技术部不见一个活人，她和0146没有办法确切知道这里几分钟前到底发生了什么。

不过死尸和满地的弹壳弹孔却都在明白地向田婷彰示着，这里曾发生很惨烈的枪战，而且恐怕0146派下来保护公司财产的武装保安也全军覆没了。踏着入侵者留下的痕迹，田婷急匆匆往爷爷田宝鹤的解剖室走去。沿着布满血迹与尸体的走廊走过许久后，田婷来到一处被标记为“04工作台”的半圆形磨砂玻璃房子外。田婷知道，这里就是负责解剖爷爷尸体的地方。

此时，04工作台的入口紧闭，磨砂玻璃内的灯泡在极不稳定地闪烁，田婷虽然看不见那些乳白色磨砂玻璃后的情况，却能看见玻璃上无端多了许多星星点点的红。田婷来到工作台入口的玻璃门后，从身上拿出一张权限磁卡，往那门的电子锁上划了一下。

“叮咚”一声，电子锁的智能AI回答田婷：“对不起，您的权限被撤销。”

田婷诧异地看向0146。0146则回答：“我和您说过，这里被封锁了。”

“真麻烦。”田婷命令0146，“把门直接给我‘敲’开。”

随着命令0146伸出宽大的手，满把抓住04工作台门上的磁卡电子锁。“啪”的一声巨响后，04工作台的电子锁连带着门闩被0146彻底揪拽了下来。扔掉电子锁，0146将门轻轻打开。田婷闪身走了进去。虽然有心理准备，但04工作台内的情景远比田婷想象的要恶劣惊人得多。

此时，半圆形的工作台里到处是血迹和工作人员的尸体。工作台正中的解剖床上也没了原本应该放在那里的田老爷子的尸体，只有一堆堆让人看着不寒而栗的污水黏液、解剖刀具、电子设备和管线。看着这些，田婷不由得倒吸一口冷气，而她身旁的0146则在冷静地检查过四周的尸体后，告诉田婷：“都死了，一招致命，拧断脖子。”

听完0146的汇报，田婷眼神里闪过一丝慌乱：“和爷爷当年丢尸时那些保安的死法一样，难道？”

“请别说话。”0146突然制止了田婷。他缓缓靠近了04号工作台里的一处冷冻储物柜。那灰白色的储物柜有冰箱大小，上边有标签写着：冷冻内脏、指示剂、显影液、疫苗。

“怎么了？”田婷看着0146的动作和储物柜上的字迹，颇为诧异地问。

0146没有回答主子的问话，而是伸手将储物柜的门猛然拉开。在一连串响动中，冷冻柜里有一个巨大如肉团一样的东西滚了出来。田婷看着那又圆又胖的“东西”，着实意外震惊，而0146则举起枪抓住那“东西”的肢体质问：“你是谁？田老爷的尸体呢？”

随着0146的问话，田婷这才看清那从冷冻柜中翻滚出来的家伙竟然是个肥头大耳的胖子，在胖子的胸口还挂着技术部工程师的牌子。胖子在冷冻柜里冻得不轻，在0146发现他后，这家伙磕巴着黑紫色的嘴唇，连话都说不利索。不过即便如此，在0146问话之后，他还是伸出一根指头，颤巍巍地指着田婷他们刚刚进来的玻璃门，口中惊恐骇然地喊着：“来了！”

“什么来了？”闻言，田婷立刻扭头看向那门。0146也松开那胖子，将枪口对着被自己拽掉了电子锁的玻璃门。在三个人警惕的目光中，他们很快听见在那玻璃门的后边，有一种似人走路的噔噔噔声音由远及近，缓缓传来。

而当那门外的脚步声逐渐停止时，三个人又看见在那扇乳白色的磨砂玻璃门后，有一个灰蒙蒙的影子，于04工作台外的走廊灯光下不自然地扭动并逐渐接近。

04工作台是被一层白色磨砂玻璃围挡起来的，因此不管是内部的人向外望，还是外部的人向里看，都只能看见朦胧模糊的影子。但即便如此，田婷也足够看出那门外的影子像是个人，他身体佝偻弯曲，像极了一个端着枪的雇佣兵。

“0146。”田婷下意识地呼喊保镖的名字。

“对方没有热信号，可能穿着隔热迷彩，也可能是机械体。”0146同时举起两把随身的冲锋枪，问田婷，“请求招待‘客人’。”

“批准。”田婷当机立断!

这女人一句话说出，0146两把枪同时开火，将04工作台的磨砂玻璃门打了个稀巴烂。三十发子弹的枪梭子很快便清空了，而后田婷在刺鼻的火药味间愕然发现，那磨砂玻璃后站着的人竟不是自己想象中的雇佣兵或特工，而是她的爷爷，被人丢弃在下水道里一年多的田宝鹤!

此时的田宝鹤，模样不可谓不凄惨。因为解剖的原因，老人苍白如纸的身体赤裸着，腹部被人剖开了一个大腔子，其中各种腐败的脏器和电线、塑料袋等杂物交织纠缠在一起。老人的头发五官还在，失神的眼睛和白色的瞳孔却只能让人感觉到一种可怖的震惊。

行尸走肉莫过于此!

“爷爷！”田婷震惊地叫喊了一声。

田婷惊异的时候0146突然将两把枪扔下，用庞大的身子将田婷挡在自己的身后并言：“那已经不是田老爷了。”

“小心。”那个钻冷冻柜的胖子此时缓和过来一些，在提醒完0146后，又向他呼喊，“田老爷这不是复活，而是逆命手术。”胖子的话没有喊完，又或者说田婷和0146没工夫听完。

就在这个时候，浑身赤裸惨不忍睹的田老爷子突然如发疯一般冲向0146，同时张开充满腐烂臭气和蛆虫的嘴，狠狠咬向0146的喉咙。面对田宝鹤骇人的攻击，0146丝毫没有躲闪的意思，而就在田老爷子的褐黄色牙齿即将咬到自己的时候，他猛然伸手，一把抓住尸体的头颅，狠狠往地上一摁。

“啪”的一声后，田宝鹤的尸体被0146死死摁在地面，与此同时，老人的脑袋如皮球一般被0146捏爆了。随着那爆炸之声，田宝鹤的尸体重新归于平静，一动不动。

“送走”田宝鹤后，0146站起来，一边将“镶嵌”在自己手上的人牙拔出来，一边告诉身后有些瑟瑟发抖的田婷：“我消灭的不是老爷，是0122。”

田婷呆呆地看着田宝鹤破碎的头颅，看见血管和腐肉间夹杂有一个小小的金属盒子，那盒子上的编码是0122。

在最初的惊慌后，田婷扭头问那个瑟瑟发抖的胖子：“技术部的惨剧都是我爷爷造成的？”

“是，突然就暴走了。”胖子瘫在地上，一边打冷战一边回答。

“那，你们在我爷爷的脑里找到遗嘱了吗？”

“没，没有。田老的AN被人格式化了。不过，我们在老爷的嘴里找到了这个。”说话间胖子急忙扭身，将04工作台上的一张卡片双手捧着递给田婷。胖子一脸的惶恐不安，宛如他捧着的不是卡片而是什么致命武器。田婷看见胖子给自己的是一张天眼集团内部的门禁卡。

卡上有它曾经的持有者的信息。在门禁卡的照片栏里，有一个眉目清秀且颇有疲态的短发女子，在女子的工号一栏写着诡异的“0000”，姓名一栏则写着具有同样意义的一个“零”字。

“零？”看着那门禁卡上的姓名，田婷一脸震惊的神色无以复加。那样子远比她刚才看见爷爷“复活”时还惊恐骇然。

“零！”技术部的胖子也是一脸惶恐地说，“能支配田老的死尸袭人，能把AN格式化，只有‘零’能办到。她回来了，她回来讨债了！”

“胡说什么，那家伙死了五年了，死人怎么会回来！”田婷厉声制止了胖子的猜测，命令他道，“现在我升任你为技术部主管，你先把这里收拾干净，现场拍照留底，数据备份留用。我出去联络支援，马上让JBD的人过来帮你处理善后。”

说完善后的事情，田婷带着0146先一步出了04工作台，任凭那瘫软在地的胖子如何呼喊着让把他也带出去，都没有回头。两个人走到电梯附近后，田婷突然回身告诉自己的保镖："0146，今天的事情只是技术部着了大火，明白吗？"

"是！"0146应答，又向田婷请示，"后续处理还有什么吩咐？"

"公司的财产全部'回收'，包括那个胖子。"田婷坚决道。

"那人只算粒沙子而已，有回收的必要吗？"0146追问。

田婷想都没想，就用无奈又无情的口气告诉0146："你别忘了，天眼虽大，但容不下沙子。"

"明白。"回话间0146转身，握着拳头又走回了04工作台。须臾后，04工作台的方向传来一声清脆的骨头碎裂声。

从集团总部回来后，赵褚与往常一样回到高岭街康复中心照顾妻子。

在康复中心的404病房里，他一如既往地在护工的陪同下为妻子擦拭身体、修剪指甲，而后按摩穴位、播放歌曲。当一切看护工作完成之后，赵褚送走了护工，一个人坐在椅子里看着妻子那熟睡一般的脸，有些满足又有些失落。

正在这个温馨而无奈的时候，赵褚的手机响了几声。赵褚将手机点开，发现果然是扬名的短信，但是当他打开短信时发现内容并不是稀奇古怪的游戏和规则，而是一条质问。

扬名问赵褚：五年时间，你天天这么看着她?

赵褚看着扬名的问询，须臾后回答：是的。

扬名接着问：不累吗？有没有想过放弃?

赵褚有些犹豫，说实话，面对瘫痪在床的妻子，他确实曾经想过要放弃，特别是头一年，他甚至想过离婚，想过拔管。但是，当他一想起妻子为什么会变成这个样子，一想起妻子对他的付出，便感觉自己的那种想法是有罪孽的，是绝不允许的。

看着扬名的质问，赵褚思考再三后回复：因为负罪感。

扬名在接收到赵褚的短信后，经历了非常长久的沉默：罪？她变成今天这个样子是因为意外的车祸，你变成现在这个样子却是她造成的。你对她没有罪，反而是她拖累了你，你有什么罪？

看着扬名的话，赵褚感觉到了对方冷酷的辩证思维。扬名的想法如一台机器，无情但绝对正确，但人终究不是机器。

因此，他思索后回复扬名：人世间的对错不是简单的辩证。如果你结了婚，如果你有了家庭会明白的。

在长久的沉默后，扬名问赵褚：如果给你一个重新选择的机会呢？

赵褚困惑地看着手机上的信息，回复：什么机会？

对方没有回答，而是告诉他：游戏开启第三章，章节名称“机会”，参与请回复Y。

赵褚依旧在问：什么机会？

扬名依旧道：参与请回复Y。

赵褚默默地看着扬名那机械执拗的问询，终究在苦笑中回复了一个Y。

赵褚答复后，扬名告诉他：游戏第一步，后天晚上七点，去泉城路玉蔓酒吧，请准时到场。

或许是怕他中途放弃，扬名在发布了第三章游戏的名称和第一步的内容后，又告诉赵褚：本章一共三步，完成后你会得到远比前两章要多得多的报酬。

看着扬名的信息，赵褚只剩下颇为无奈的苦笑。从那些有限的文字接触中，赵褚看出这个扬名的思想方式很幼稚，也很特别。在旁人看来是美好品质的东西，在他看来则像是无用的累赘。正常人是不会有这种思想的，扬名大概率是个整天坐在电脑前装上帝的技术宅或者被雷劈中脑袋却没劈死的精神病。

不过相对于扬名的怪癖思想，赵褚却对此人游戏的目的更感兴趣。至今为止，扬名已经引领着赵褚进行了两章游戏，第一章是将一只死鼠拿出下水道。第二章是将一具死人的尸体背出污水井。这两件事情都和47号检查井里的榕树以及赵褚自己的生活八竿子打不到一起，而且这两个任务之简单，似乎随便什么人都能完成。但扬名为什么偏偏选择自己来帮他做这些呢？这两个所谓的任务又能带给他自己什么好处或者实质性的意义呢？

在久久的费解中，赵褚忍不住发了一条很长的短信质问扬名：我到现在也不懂，为什么你引诱我来参与你的所谓游戏？你应该知道我对你的所谓游戏并不是真感兴趣。而且，你有这样神通广大的能力，也应该有更好的方法和更好的人选来帮你自己做那些无聊的工作吧？

这一次，扬名很快答复了赵褚。和赵褚冗长的质问比起来，他的答复显得极短：因为你不起眼，因为我对你足够熟悉。

“熟悉？”赵褚瞬间惊愕。

“熟悉”这个词可不是乱用的，扬名用了这个词，也就意味着他很可能是赵褚身边最为贴近的人。

赵褚不认识特别懂互联网，或者拥有黑客潜质的朋友，看过扬名的回复后，他却下意识地开始回想身边所有能称得上熟悉的人。阿炳、刘茄子甚至他师爷廖庭，在那些表面上和和气气的朋友和同事之间，正有一双阴森得意的眼睛，通过摄像头和液晶显示器，在电脑或者手机的那一边，猥琐地监视控制着赵褚的一举一动，通过所谓游戏的方式，以达成他不可告人的目的。想着那些，赵褚不寒而栗。不管赵褚如何去猜测扬名的真实身份，他都想完成这第三章游戏，更想见识一下扬名所说的“机会”到底是什么。

因此，在接下任务没多久后，他便开始研究起扬名游戏的第一步来。扬名告诉赵褚，游戏的第一步是后天晚上七点，去泉城路的玉蔓酒吧。从表面上看，这一步的内容远比前两章游戏的步骤要正常和轻松很多，而且尤为难得的是，赵褚的妻子以前开过酒吧，借妻子的光赵褚也相当了解酒，了解酒吧的规矩和冷城的酒吧文化。

从字面上讲，这一步的难度系数为“0”。因此，赵褚仅仅是拿着手机，在互联网上查询了一下这家玉蔓酒吧的信息和地址后便动身了。

第三天晚上，赵褚按照扬名的提示赶去了玉蔓酒吧。第三次参与扬名的游戏，赵褚准备充分，提前避开了晚高峰，到达酒吧时距离扬名的提示时间还有半小时。只是当他闲庭信步端着导航，走到了玉蔓酒吧的门口时，却只能望而却步了。

在赵褚面前，玉蔓酒吧的大门是深入地下的，酒吧没有标注店名，门口处除了一个两米多高戴着金色指虎的男保安，便只有一个黑底金字的“M”状标志。

玉蔓酒吧门口的保安气势唬人，但是真正让赵褚望而却步的，是那个“M”标志的黑色牌子。五年前的赵褚也是经常泡吧的潮人，对于冷城的酒吧非常熟悉。因此他知道这个“M”其实是“member”的意思，也就是该酒吧是会员制的，不对外开放。

赵褚没有玉蔓酒吧的会员卡，那个大写的“M”对于他来说就等于谢绝的令牌。匆匆瞥了一眼玉蔓酒吧的入口之后，赵褚发信息给扬名：我好像进不去。

扬名很快回复：友情提示，你可以说是吴哥介绍你来的。

赵褚并不知道吴哥是谁，不过看着扬名的提示，他感觉可以一试。收起手机后，赵褚走向玉蔓酒吧的大门，在门口果不其然被那个带着指虎的看门保安拦了下来。

保安居高临下地看着赵褚，满脸警惕地向他伸手："会员卡。"

面对拦路虎，赵褚按照扬名的教导忐忑地回答："是吴哥叫我来的。"

"吴哥？"看门人并没有因为这个名字而有所退让，反而在赵褚报号之后用身体彻底挡住了玉蔓酒吧的入口，并问他，"哪个吴哥？"

赵褚自然是回答不上这样的问题的，因此他只能硬着头皮道："就是玉蔓酒吧的吴哥！他……"

那两米高的保安突然抓着赵褚的衣领，将他整个人凌空提起。赵褚被那保安的巨大手掌弄得有些喘不过气，而对方则不屑地告诉他："小子，我不是那种几个字就能吓尿裤子的劣等保安，玉蔓酒吧也不是那种你放个屁就能进去的低等地方。"

说话间，那人将赵褚放下，同时喊出了一句："还不快滚！"

迎头吃了闭门羹，让赵褚十分不爽却又无可奈何。但就在他转身准备悻悻然离开时，兜里的手机响了起来。随着手机的振动，赵褚很快看见屏幕上显示着扬名的信息：把手机给他，告诉他是找他的。

"这……"看着扬名的提示，赵褚略微犹豫后还是照做了。

门口的保安诧异地接过赵褚的手机，立刻用狐疑的声音向电话那边说道："喂，你是吴哥？"

随着"吴哥"两个字的出口，两米高的保安瞬间变得惊慌起来，他对着电话连连称是，面色则从最初的阴狠不屑变成了惶恐不安。而当通话彻底结束后，那家伙更是双手捧着手机，向赵褚恭恭敬敬地还回去并满脸堆笑："赵，赵哥，小人有眼不识泰山，希望您不要记恨。"

赵褚惊愕于此人接电话前后的变化，不过他很快明白这其中定然是扬名做了什么猫腻，模仿了那个吴哥的口气所致。而既然扬名帮自己摆平了前路，他便也不想和这个看门的家伙有过多的纠缠。说过一句“无所谓”后，赵褚便在那看门人的千恩万谢中走进了玉蔓酒吧的大门。

一番让人咋舌的曲折后，赵褚终究还是踏进了这家“M”制的高级酒吧。进门后，赵褚感觉这间玉蔓酒吧的装潢看上去十分普通。红砖搭建的吧台，十几张黑玻璃桌面的客桌，外加一个配有架子鼓的表演台便构成了这里的一切。初望中的酒吧很普通，不过当赵褚在吧台上看过一阵之后，逐渐从酒吧的硬件里看出了许多亮点。

首先，他发现这酒吧的酒器异常齐全，酒的品种繁多到让人眼花缭乱。赵褚的妻子以前也是开酒吧的，所以他对于酒吧这个行业相当熟悉，他也曾热衷于酒道。略微扫视后，赵褚从酒吧的酒架上一眼便认出了比较大路的香槟、卢瓦尔、布尔高尼、阿尔萨斯、保姆利、波尔多、茅台、竹叶青等名酒，还认出了在冷城绝不常见的奇安梯、委地其奥、浩克、莫赛尔等珍稀小众酒种。因为酒品种类过多，整个酒吧的墙壁有三面都摆放着整齐归类的酒瓶，那些五颜六色各式各样的晶莹酒瓶交织在一起，给人一种极大的享受和震撼。

在冷城，酒吧以酒的种类多少定档次，因而赵褚立刻从这酒吧的酒架判断出，这个看似普通的酒吧其消费水平和来客的品位应该都不低。所以，来这里品酒找乐的，一定都是些高消费的上流人。

因为赵褚来得过早，此时酒吧还有些空荡，桌椅间只有八位客人、一个调酒师与三个负责招待的酒保。虽然稀稀落落，倒也显得安静惬意。在这样让人放松的气氛和环境中，赵褚走到吧台前，按照自己曾经的喜好，向调酒师要了一杯“芳草”鸡尾酒，而后就坐在吧台的高脚凳上，一边慢慢品着，一边更进一步深入地观察了解整个酒吧的情况。

表面上看，玉蔓酒吧除了那些多到让人震惊的藏酒，其余的一切似乎都普通得不能再普通。在仔细观察了这里几分钟之后，赵褚却突然从那些闲谈慢聊举止优雅的客人间，品出了一丝极端怪异的味道。他感觉除了自己，那些客人似乎都不太正常。

刚一进入玉蔓酒吧，赵褚就感觉这里的气氛似乎不太正常，杯盏间总有一种自己说不清道不明的异样感在刺激着他的神经。那种淡淡的不适应感一直萦绕在他的心头，促使他不停地仔细打量四周的环境，企图找到让他心中产生那感觉的缘由。

而在赵褚坚持不懈地留心观察后，他终于从这里的客人们身上找出了他那种感觉的根源。此时，这间酒吧里共有八位客人。客人中猛一看有四男四女在成双入对鸳鸯双飞，但赵褚深入观察过那些男女特别是女人后，发现那些陪酒的“女士”都不太正常。

作为女人，她们却都有喉结，有些说起话来还粗声粗气的，说笑谈吐都不像正常女人应该发出的声音和应该有的举止。

难道说这些女人其实是……

赵褚在察觉到这酒吧“女客”的与众不同后，心里深深感受到了扬名的恶趣味。果然没有一章“游戏”是不埋雷的，也没有一章游戏任务是正常的。赵褚避开某些男女宾客不断投向自己的暧昧眼神，拿出手机问扬名：你把我引到这种地方来干吗？

过了很长时间，扬名慢悠悠地回答：喝酒啊，你不是正在做吗？

赵褚忍住没有爆粗口，而后快速编辑短信回复扬名：任务只是喝酒吗？没有特殊要求吗？

就在赵褚发出急迫的问询后，扬名却告诉他：有。游戏第三章第二步，在一小时之内请穿红袜子的男人喝酒柜的125号酒。

125号酒？红袜子？

品着这些信息，赵褚抬头望了一眼放酒的酒柜。玉蔓酒吧的酒柜有许多隔断，每一个隔断都有编号，循着编号他很快在上边找到了编号为125的酒阁子，并在其中看见了一瓶中国白酒“五加皮”。

为什么扬名一定要让穿红袜子的男人喝这瓶五加皮？这引起了赵褚内心强烈的好奇。而正在他盯着那瓶五加皮看的时候，听见背后有一个阴阳怪气的声音呼喊：“哎哟，洛少爷来了，快请！”

赵褚移目往发出声音的地方看去。他在酒吧入口看见了一个身形干瘦戴着眼镜的男人，以及一个有着魔鬼身材，紧贴着那男人手臂，穿着镂空蕾丝装的厚唇欧美女人。

虽然赵褚过去和这对男女从未谋面，但他还是一眼便认出了他们两个的身份。因为那男的是冷城天眼集团洛家的三少爷，天眼集团网络安全部的部长洛天赐。而他身边的女人，则是红遍东南亚，号称俄、荷、日三国混血的顶级人妖巴巴鲁娃。这对组合，一个是天眼集团的顶级钻石王老五，一个是冷城堪比一线当红女星的人妖，赵褚想不认识都难。

相比于魔鬼一般的巴巴鲁娃，赵褚对那位天眼集团洛家的三少爷更感兴趣一些。因为他看见这位钻石王老五正穿着一双扎眼的、红色的袜子。显然，他就是扬名要灌酒的目标人物。

“你来的也太是时候了。”赵褚愕然看着那小眼、揽美人的家伙，忍不住开口。

在赵褚的惊叹中，洛天赐紧搂着巴巴鲁娃的腰肢进了酒吧一处极隐蔽的包间。而在那包间的门口则早已不知在何时站立了两个身着西装、挂着配枪的保镖凝神戒备。洛天赐完全消失在眼前后，赵褚才发现自己已不知何时起了一身的鸡皮疙瘩。这时，他才意识到扬名游戏的这一步太难完成了。

洛天赐是田婷那个级别的天眼集团顶层人物。平时不要说普通员工，就是冷城特别市的市长想要见面也得提前预约，更何况他还身在如此隐秘的酒吧中与巴巴鲁娃幽会。这个时候想要见他，想要让他喝那瓶扬名指示的五加皮，简直难如登天。

在困难面前，赵褚毫无头绪，只得发信息问扬名：这个任务太难了，能不能放弃?

扬名回复：可以，但是你必须从头开始我的游戏。

赵褚看着“从头”两个字，回想着加入扬名的游戏以来经历的那些险阻，以及由险阻而得到的奖励，便实在舍不得放弃了。在略微思考后，他又问扬名：能不能再多给一些提示，让我更好地完成这个游戏。

扬名回复赵褚：没有更多的提示了，你必须在一小时内把125号酒灌进洛天赐的喉咙。

赵褚警惕地问：为什么一定要让洛天赐喝那酒？你是不是在酒里下了毒?

扬名回复：没有毒，我不会陷你于不义。我只要你严格按照我说的办，只要你坚持。

看着扬名的回复，赵褚无奈地关了手机。压制了退却的想法后，他抬起头盯着洛天赐包间的门，寻找着能够接近洛天赐，并让他喝下125号五加皮的时机。

时间一分一秒地过去，赵褚一分一秒地观察，但面对着那些武装的保安，他丝毫想不出该如何进去并和洛天赐搭话的方法。这个时候，他真的想放弃了，不过因为扬名先前的话，他却依旧如机械般看着那个方向，期盼着能够出现奇迹。毕竟，扬名规定的时间还没到。待到一小时过了，他真正无法完成这任务再放弃也没有遗憾了。

就这样，赵褚摇晃着酒杯静静地等待，但时间终究是不会等人的。不知不觉中扬名所限定的一小时很快便过去了五十分钟。而就在第五十一分钟，赵褚迎来了自己的转机。

第五十一分钟时，洛天赐包间的门开了，赵褚看见那个魔鬼一样的巴巴鲁娃脸色潮红地走了出来。那美人先去了一趟男厕所，而后回到酒吧吧台，向酒保打着响指喊话："来两杯烈焰红唇，少放苦艾，加双份伏特加。"

听着巴巴鲁娃的话，赵褚立刻意识到自己的机会来了。因为赵褚对于酒和酒吧颇为了解的原因，他知道烈焰红唇是一种用伏特加、苦艾酒和糖制成的混合饮料，后劲极大且容易让人亢奋。而这个巴巴鲁娃还特地让酒保加双份的伏特加，完全是想让喝酒的人不能自理的意思。两杯加料的烈焰红唇是给谁喝的，赵褚心知肚明。而此时如果他能借巴巴鲁娃之手将那瓶125号五加皮带进去的话，自然最好不过了。

为了完成游戏，在听到巴巴鲁娃的需求之后，赵褚立刻笑着凑过去对她说："巴巴鲁娃小姐，烈焰红唇不符合洛少爷的品位，我劝你不如让他喝'福临门'吧？这个酒寓意更好也更补身体，洛少爷一旦喝了，快马加鞭呢。"

赵褚所说的福临门也是一种鸡尾酒，不过却是用中国酒调制出的"东方鸡尾酒"，其中主要用到五加皮和苏打水。按照赵褚的想法，酒保如果调制这种酒自然就会用到五加皮。而洛天赐喝了福临门，自然也就等于喝了五加皮。

赵褚的如意算盘打得飞快，巴巴鲁娃却在听到他的建议之后警惕地问："你是谁？为什么我要听你的？"

赵褚知道她必有此问，因此低声告诉巴巴鲁娃："我是天眼集团一个不起眼的底层。之所以给您建议，是因为我懂鸡尾酒'酒语'，还通过特殊途径，知道一些洛少爷的特殊爱好，并想用这些捞取点好处。”

说完自己的想法，赵褚又告诉巴巴鲁娃：“来这种地方，大家都是为了捞好处。您按我说的做，如果成功了可以收获更多，如果失败了您也没什么损失。”

巴巴鲁娃一双美目转悠了一下，又问赵褚：“你想得到什么好处？”

赵褚原本想说些“求钱求位”之类的大俗话，不过转念一想，他感觉来到这玉蔓酒吧的人似乎都不缺这些，说出来必定显得很假。在思索后，他硬着头皮回答：“我不缺钱，我想得到的只是美人一笑！”

“呵呵。”巴巴鲁娃竟真的给了赵褚一个美艳的微笑，而后她伸出手摸了一下赵褚的大腿，同时双唇贴近赵褚的耳根道，“你可以更直白一些的，如果你的酒真的灵，散场之后我有奖励哦。”

一番比女人还娇还嗲的话后，巴巴鲁娃向酒保改要了“福临门”。那早已在一旁候着的调酒师听到吩咐，果然转身拿了苏打水、柠檬片以及125号酒柜上的五加皮。取到福临门，并向赵褚抛了一个魅惑的眼色后，巴巴鲁娃转身回了洛天赐的包间，赵褚则在她进门后拿出手机，看着上边的时间。

距离扬名所规定的一小时，还有三分钟。洛天赐喝不喝那酒，全看这三分钟了。

在这三分钟里，赵褚目不转睛地盯着手机屏幕上的时间，期盼着扬名的回复，期盼着扬名告诉他第三章的第一步成功完成。可让赵褚意外的是，他并没有等来扬名的回复。在那三分钟刚刚结束的时候，赵褚听见在洛天赐的包间里突然响起了一声尖锐的号叫。

包间里的声音震耳欲聋，宛如鬼嚎，紧跟着守在门口的两个保镖立刻取枪踹门冲了进去。不到半分钟，洛天赐被那两个保镖抬了出来，他的样子惨不忍睹。出了包间的洛天赐面色如纸，咳喘得极剧烈。在剧烈咳喘中，洛天赐先是吐出了许多痰液，而后吐出了许多暗色的不明冻块，最后又吐出了许多褐红色的血迹与泡沫。

“血！”在洛天赐身后，巴巴鲁娃瘫软在门口，连声鬼喊，“流血了！”

随着她的话，酒吧的客人乱了套，有的吓得四散逃跑，有的急忙打电话报警，还有的看着那恶心而惊人的一幕，也跟着呕吐起来。

在人们的行动与呼喊之间，赵褚呆呆地立在原地，看着不断咳出黏稠血液的洛天赐，看着那一摊摊他吐出来的呕吐物。在那些呕吐物中，赵褚死死地盯着其中一个椭圆形的，形状十分规整的，他感觉似曾相识的奇怪血污。

而后，他壮着胆子走过去，将洛天赐吐出的那一摊污迹用吧台上的苏打水冲开。在血污退去之后，赵褚愕然看见，那污迹之下所隐藏的，竟然是一片小小的嫩叶。榕树的叶子。

一小时后，赵褚被请进了警察局，关押了十四小时后，又被警察连续审问了六小时。仔细算一算，这已经是赵褚这个月第三次进警察局了。如此高频率的进出警察局，让赵褚对警局这种地方竟然有了一种莫名其妙的熟悉感，看着审问自己的那三个警察，他感觉也有些亲切。所以，这二十个小时，他倒并不是十分难熬。

赵褚“三进宫”第二十个小时零一分时，主审的黑脸警察如复读机一般质问他：“为什么去那个酒吧？”

“我说过十一遍了，还说？”赵褚不满意。

“回答！”主审警官厉声呵斥。

“喝酒。”赵褚回答。

“为什么只和受害人搭讪？”旁边的警察又问。

“要我讲几遍？我没和受害人搭讪。”赵褚回答并强调，“我只是和他身边陪酒的美人搭讪。”三个警察中，最年轻的小声笑了一下，而后在同事犀利的目光中再次将脸绷紧。

“严肃点。”老警察提醒年轻人，又问赵褚，“老实交代，是不是你在酒水里做了手脚？”

“你们怀疑我下毒？”赵褚反问警察，“那酒是酒保调制的，我从没碰过，凭什么怀疑我？”警察们互相使了一个眼色，其中一个将几页纸拿了出来。

“老实把这个签了就可以走了，要不然再关你一天。”那警察告诉赵褚，同时将那几页纸放在他面前。

赵褚看着警察递给他的纸，有些诧异。他看出那是一份保密协议，协议的双方是赵褚和洛天赐的家属。在这份协议里有许多条条框框的内容，不过赵褚在看完之后从中只总结出了两个字——住口。

根据协议内容，洛天赐的亲属要求赵褚对于受害人的死绝对保密，不能胡乱透露任何有关洛天赐的死亡时间和死亡地点等信息，否则就要付出高额的民事赔偿，足够让他倾家荡产。

赵褚看着保密协议的内容，又看了看警察，很快明白自己处于一个什么样的地位了。很明显，洛天赐的家人碍于亲友的脸面和一些赵褚并不知道的原因，才委托警察以威逼利诱的手法逼迫赵褚签这样一份协议。这东西一签，赵褚的嘴就被封了，而能让警察帮着威逼利诱赵褚签这东西的人，也一定拥有极深的背景和能力。这确实很符合洛家在冷城，在天眼集团的地位。

洛天赐的死过分血腥而蹊跷，但赵褚终究不是个爱多事的人。所以，他审查过那些条条框框后，立刻便下了决心想先脱身为上。急匆匆签字后，赵褚将文件还给警察并问：“可以走了？”

警察点头，为他解开手铐，而后把手机、车钥匙等个人物品交还给他。赵褚拿到自己的东西后，开车出了拘留所。

第四章　冤家路窄

那视频的真假，赵褚心中最清楚，况且天眼集团在冷城可谓一手遮天，连冷城最高法院门口的天平雕塑上都写着“天眼集团铸造赠送”几个字。依照天眼集团的势力，就算他有理，真闹到法庭上，也不会有好果子吃。

离开警局之后，赵褚便拿出手机发信息质问扬名：人是你害死的吗？

须臾后，扬名回答：是！第二步完成得不错，我看好你。

“混蛋！”坐在车里的赵褚叫骂一声，回信息质问：你为什么害人，我因为你变成杀人犯了你知道吗？

扬名很快告诉赵褚：你没有杀人，我也没在那酒里下毒，你忘了吗？你既没有法律责任，也没有道德责任。

想着扬名冷冰冰的话，赵褚有些摸不着头脑。正在这个时候，扬名又回信息告诉赵褚：游戏第三章第二步完成，最后一步开启。

请于今晚九点半至蒙莎路，老佛头服饰102更衣室外偷一双皮鞋。

“偷？”看着扬名的信息，赵褚的心又一次紧张起来。

原本赵褚以为扬名的第三章很好完成，不过在经历过第二步的恶心和惊悚后，他意识到第三章的难度比第一二章完全有过之而无不及。眼下，那心里黑暗异常的扬名还嫌不刺激，又让赵褚去高档商场偷什么皮鞋，这已然涉嫌犯罪，并直接碰触了赵褚心里的底线。

带着极不愿意的心情，赵褚发信息给扬名：你也太不正常了吧，商场偷皮鞋一旦被发现，我连工作都保不住的。

扬名则回答：再强调一遍，只要你严格按照我的提示于规定时间内完成任务，绝不会有生命危险，也不会有法律风险，我已经向你证明过了。

赵褚看着扬名的回答，缓缓吐了一口气，思考了一番。

虽然他十分抗拒扬名的口气与办事动机，心里却绝对默认扬名的能力。在思考后，赵褚问扬名：什么样的皮鞋？

扬名回答赵褚：你会认出来的。因为在你进行游戏的那个时间，102更衣室门前只会有一双皮鞋，特殊的皮鞋。

赵褚感觉自己永远也猜不透扬名的真实目的。他不可能猜出偷皮鞋和陪人妖喝酒这两件事有哪怕一毛钱的关系，更不可能猜测出偷别人鞋，能给自己换来什么好处和“机会”。

不过既然想不出来，赵褚便决定不去想了。而且，毕竟他连出卖色相这种龌龊事都干了，偷人皮鞋的事情虽然不耻，但总不会比卖色劝酒更加不耻吧。

下定决心后，赵褚望了一眼手机上的时间。八点三十五分，距离扬名所说的九点半，还有将近一小时。

扬名让赵褚去的蒙莎路是冷城最繁华的一条商业街，老佛头服饰旗舰店则是这繁华街道上最高端的商场。那里的道路常年拥堵，赵褚也因为消费档次不够而常年不去，故而虽然还有一小时，赵褚却感觉心中打鼓，不知道能不能于扬名规定的时间赶到那地方。

而当赵褚开着车，按照导航真正往蒙莎路去的时候，才发现这条路远比自己想的要拥堵得多。也因为道路的拥堵，当赵褚刚刚将汽车开至蒙莎路上走了一半行程时，他便已然被海量的汽车夹住，寸步难行了。看着前后都不见尽头的车龙，赵褚十分着急，而偏偏这个时候，扬名还给他发了一条信息：友情提示，只有二十分钟了吧？

赵褚看着提示，知道以此时的拥堵，别说二十分到老佛头服饰的102更衣室，就是能把车开到老佛头门口也几乎是奢望。车队长龙里，赵褚无助地摁了几下喇叭，苦笑着向扬名回复：我可能到不了了。

扬名回复他：友情提示，请看你的右方后视镜。

“后视镜？”赵褚诧异地看向后视镜，立刻在里边看见了引人注意的东西。在晚上九点的昏黄街灯中，正有一个灰白色的影子一步步向他的汽车方向走来。那影子佝偻着身体，每走一步都颤抖一下，像极了刚刚诈尸的死人。不知道为什么，看着那灰白色的影子，赵褚下意识地想起了前几日他从102号检查井里捞出来的死尸。

扬名的提示加上灰白的影子让赵褚紧张，当那影子真正走近赵褚的车后，他却发现原来是自己在吓唬自己。因为那车外后视镜里的影子，只是一个身形佝偻、穿着灰白色风衣的褴褛拾荒老人。手提着废纸皮的老人很快从他的车前过去了，连看都没看赵褚一眼。而赵褚也诧异于这只是一个收纸皮废品的老头儿而已，为什么扬名要让自己如此注意这个家伙。

虽然不很懂扬名的意思，但是赵褚知道这终究是他重要的提示。所以，看着老人远去的身影，赵褚并没有放弃思考和观察。而随着老人渐渐远去的身影又略微思考了须臾之后，赵褚很快悟出了扬名的意思。老人经过赵褚的汽车后，赵褚看见他拐进了一个极不起眼的小巷，那小巷里边黑暗不堪，还弯弯曲曲的，看大概方向却是向着老佛头服饰旗舰店的方向去的。

赵褚看着老人消失的背影，又想起他手里拿着的许多服饰和鞋物包装的纸皮，立刻意识到这老头儿八成是去老佛头那里收捡废品的。如果跟着他走，或许会找到一条通往老佛头服饰的捷径。

估摸出老人行动的赵褚不知道扬名为什么会知道这些杂七杂八的事情，那老人为什么又如此凑巧地给了赵褚“提示”，但是他知道自己必须尽快行动才能赶上时间。又一次看了看手机上的时间，拿好主意的赵褚急匆匆将车随便停在马路边缘，向着老人进入的窄巷追奔而去。此时，赵褚只剩下十七分钟。

赵褚穿过的巷子很窄很弯，不过没什么岔路。赵褚在追上那老人，问清这窄巷所走的方向确实能到达老佛头服饰旗舰店的后门后，便急匆匆跑了过去。在几乎以百米冲刺的速度疾跑了十六分钟后，赵褚终于看见了老佛头服饰旗舰店的后门，而后他顾不得喘息，猛然将门推开，一头扎进了店内。

冲进门后，赵褚面前豁然开朗，眼前的景色由充满腐败味道和肮脏泥水的狭窄街巷，瞬间变成了挂着高档水晶灯和各种鲜艳时髦衣物的高级商场。说来更巧合的是，就在赵褚从后门进入老佛头服饰内装修奢华的店面后，立刻便看见在距离自己不到二十米的地方，有一个挂着镜子镶嵌着金边的玫瑰色更衣室。那更衣室的金色门牌号上写着“102”，在门口不远，正有一双女士的黑色高跟皮鞋摆放在那里。

“有没有这么巧合？”看着那双皮鞋，赵褚惊了。他诧异于扬名惊人的引导和预测能力。

赵褚就仿佛置身于一出被人编排好的大戏一般，他所走的每一步，都是扬名这个导演提前规划好的，虽然赵褚没有参加过排练，这出“戏”却按照既定的剧本一步步发生着。而扬名这出大戏的“剧本”，正是他发送给赵褚的一条条短信。

此时距扬名规定的时间只有不到一分钟，为了完成第三章任务的最后一步，得到垂涎的奖励，他也自然不能罢手。赵褚向四周看了看，确定没有人注意到自己时便横下一条心，急忙低着头走过去，将那双皮鞋拿在手中，又快速放进自己的外套内低头走人。

行动如此顺利，顺利到赵褚自己都感觉怪异。就在他以为自己又完成了一章任务即将得到丰厚奖励时，他裤兜里的手机响了。“嗡嗡”的提示让赵褚又惊又喜，他将手机拿出来仔细看着其中的内容。那果然是扬名发来的信息，那信息上写的是：恭喜完成第四章，记得咬紧牙关，并和你背后的财主要五十万奖励（赔偿）哦。

“财主？我背后？”赵褚诧异地看着扬名的提示，本能地向后转身。

就在赵褚按照扬名的提示回头去看时，他也同时听见自己背后102更衣室的方向，有人冲自己大声喊话。

“那个偷鞋的贼，给我站住。”喊话的是一个尖锐的女人嗓音。

赵褚站住了，不过却是因为扬名的提示。而当他按照扬名的提示回望更衣室的方向时，立刻看见了一张熟悉的面孔。田婷？天眼集团人事部的总监，他顶头上司的上司的上司的上司。此时的田婷穿着十成新但不太整齐的衣衫，应该是正在试衣。和赵褚上一次见她相比，这女人今天只画了淡妆，没了曾经的高冷干练劲头，显得清纯许多。

赵褚看着四天前才见过面的田婷有些愕然，而当田婷将脚上的拖鞋脱下砸中赵褚的时候他更加愕然。最让赵褚愕然的还是田婷在拿拖鞋砸了他之后，又冲四周狂喊："保安！范秘书！有变态偷我的鞋，快抓住他，快！"

在田婷的一阵呼喊中，七八个保安和一个秘书样的女人变戏法般从四面冲向赵褚。那些保安赵褚不认识，那个范秘书他却是在天眼集团的总部见过一面的，知道正是她给廖庭打了电话，通知自己去天眼总部的108楼会见了田婷。

保安一照面，便将赵褚摁在地上。其中有一个十分愤怒的保安头目狠狠冲他骂道："你小子从什么地方冒出来的？敢偷田小姐的鞋，活腻歪了吧？"

百口难辩的赵褚看着那两只被人家从衣服里搜出来的鞋，一声哭腔道："我哪儿知道这是田小姐的啊？我不是偷。"

"没偷？"田婷愤怒中一边把扔出去的拖鞋捡回来套在脚上，一边指着自己那双精致的小牛皮鞋，"你偷鞋的时候我在更衣室都看见了，你以为我瞎？"

"这……"赵褚只喊出了一个字，便被一个急于表现的保安狠狠打了一耳光。

"啪"的一声后，这些保安不由分说将赵褚押到了商场的监控室，愤怒的田婷也在范秘书的陪同下跟了进去。此时此刻，被打了一顿的赵褚心中如一万匹马践踏而过般难受。作为一个遵纪守法的高才生，他知道在这种商场偷鞋被抓是什么后果，更知道鞋的主人是自己上司的上司的上司的上司时会是什么后果。

为了挽回自己的工作，为了挽回自己的声誉，赵褚万般无奈之下放下了自己作为一个男人的架子甚至尊严。他向田婷哀声求饶："田小姐，我求您饶了我吧！看在我把田宝鹤他老人家的尸体找回来的分上，我只是晕头做了一点错事，看在那一桩功劳上您饶了我。”

“我爷爷？”闻言，田婷诧异，“我爷爷的尸体是你找到的？”

“对啊。”赵楮看着田婷那茫然无知的脸又提醒：“您忘了吗？我是赵楮啊，污水公司走下水道的赵楮。是我从102号检查井里把田老爷的尸体捞出来的，这个事范秘书知道。”

在赵楮回话的时候，田婷也将困惑的目光移向范秘书。那个身材微胖的姑娘推了推眼镜后，先告诉赵楮：“你认错人了，你面前这位不是田婷小姐，而是她的胞妹，田楚！”

“田楚？”赵楮皱眉。

得益于互联网和新闻，赵楮很早就知道田婷有个妹妹，但是这个女孩远比姐姐低调，所以他并不知道她长什么样子，更没想到她能和姐姐相似到如此程度。不过既然是田婷的妹妹，赵楮便感觉也是一样的。

在说完田楚的身份之后，范秘书又告诉田楚：“二小姐，是有这么个人把田老爷子的尸体从下水井里捞出来的，这个人也确实是叫赵楮，我和环保部门核实过。”

“哦？”听着范秘书的话，田楚眼神中的愤怒情绪瞬间消散了许多。至少那种恨不得把赵楮嚼碎了咽下肚子的表情是没了。

在认清对方的身份后，赵楮又苦着脸哀求：“二小姐，您看在老爷子的面子上饶了我吧？我真的不是有心偷您东西的，我就是一时受妖人蛊惑了！”

“这……”看着卑躬屈膝的赵楮，田楚表现得十分犹豫，似乎大有放赵楮一马的意思。

赵楮也看出来，这个女人远比她姐姐要心软。赵楮品出田楚有放自己一马的意思后，立刻想再说几句讨好的话以了结事情。但偏偏就在这个时候，商场监控室的门开了，几个穿制服的巡逻警在保安的引领下走了进来。那巡逻警看见田楚后先是一惊，紧跟着恭恭敬敬地敬礼："田小姐，是谁这么大的胆子敢偷您的东西，我们马上处理。"

"不用了吧，"田楚看了赵褚一眼后言，"又没偷走。"

"未遂也是偷，更何况偷的还是价值二十万的定制高档鞋。"巡逻警不依不饶道。

"啊？"听着巡逻警的报数，赵褚吓坏了。二十万！这么贵重的东西如果被判刑的话，恐怕足够赵褚关个十年的。他关十年，妻子怎么办呢?

正在赵褚惶恐的时候，一个巡逻警用手铐将赵褚铐住，另外两个巡逻警一个在保安的协助下调取监控视频，一个则坚持要给田楚做笔录。和赵褚猜测的一样，田楚似乎碍于田宝鹤那件事情的恩情，并不想置自己于死地。

因此，在巡逻警追问的时候，她只是非常好心地一再强调："当时我只是在换衣服，他什么也没有看见，或许他以为那是废品，总之饶了他了吧。"

田楚有意放赵褚，那个主审的巡逻警却摆出一副黑脸包公的模样坚决道："不行，司法就是司法，犯罪就是犯罪。咱们冷城能成为东南亚治安最好的城市，就是因为完善的法律和制度。如果随便糊弄结案，那是对犯罪分子的纵容。"

"警长。"就在主审的巡逻警痛陈利害时，那个被派去调监控的巡逻警走了回来。

他神色惊慌地打断了自己上司的话，讲道："警长，事麻烦了。"

"怎么了？"主审的巡逻警诧异问询。

调监控的巡逻警用奇怪的眼神望了田楚一眼，而后将主审的巡逻警拉到商场的监控器前：“监控不太对。”

“放出来我看看。”警长命令。

调监控的巡逻警皱眉看向田楚：“我看还是别了吧。”

“放，”警长命令，“不放我怎么知道如何定罪，不放我怎么知道哪里有问题？”

听到上司的命令，那个调监控的巡逻警无奈打开了刚刚记录赵褚犯罪的商场监控视频。紧跟着，一段让所有人目瞪口呆的画面，迅速在液晶显示器里播放了出来。

在监控器九点二十九分的画面里，赵褚急匆匆从老佛头服饰旗舰店的后门闯了进来。但是让赵褚自己都感觉愕然的是，画面并没有显示自己冲过去偷那双放在102更衣室前的皮鞋，显示的是田楚手里提着皮鞋主动走出了102更衣室。而后田楚和赵褚打了一个照面，紧跟着田楚竟然向赵褚抛了一个媚眼，并说出了一句让在场所有人都感到咋舌的话。

“哎哟，这不是赵哥吗？上次多亏了你帮忙。”田楚的语气撩人，充满了感激和挑逗的意味，听得在场之人身子一抖。

在田楚搭话之后，赵褚赔笑点了点头，准备离开。但就在这个时候田楚忽然一只手拉住赵褚，又将裙下的一只穿着拖鞋的赤脚伸出来，蹭着他的腿道：“哥哥，我刚买了一双鞋，你进更衣室帮我穿上吧，好不好？”

画面里的赵褚犹豫，而后摇头：“田小姐，要我说几遍，我有妻子的，请自重。”

“不识抬举，滚吧。”田楚没好气地将皮鞋扔到一边，盯着急匆匆离开的赵褚。可就在赵褚刚走出监控区后，田楚突然拎起那双皮鞋，又脱下脚上的拖鞋向赵褚追了过去。

而后画面里再看不见赵褚和田楚的身影，大家只听见监控器里有田楚尖声的呼喊：“那个偷鞋的贼，给我站住。”

视频看至此，所有人的嘴都张得很大，大到都能看见对方嘴里的后槽牙。在久久的沉默之后，田楚首先开口，用惊慌到无以复加的声音喊道：“不对，事情不是这样的，有人作假，有人陷害我。”

“是，绝对有人作假，谁都不许胡说。”巡逻警首先在房间里大喊了一句，而后小声冲旁边帮忙的保安道，“快，把视频删了，省得田小姐烦心。”

会意的保安急忙将手往鼠标伸去。可就在这个时候，心思敏捷的赵褚忽然不顾一切地冲了过去，一把将那监控器的鼠标给拽了下来。赵褚不傻，在看见那样的视频，又联想着扬名之前发送的信息后，立刻便进入了他该扮演的“戏份”。

完成一连串惊人的动作后，他冲所有人喊：“都不许动，这视频里的是证据，是我惨遭诬陷和性骚扰的证据。”

巡逻警看着赵褚的行为，惊愕道：“你要袭警？”

“你在毁灭证据。”赵褚针锋相对道，“老子被姓田的调戏了，老子的清白没了，你们却在毁灭证据。你们太坏了，我要告你们司法不公。”

说话间，赵褚指了指监控室里自监的摄像头：“这也是证据。”

巡逻警听着赵褚义正词严且颇为激动的控诉，不由得向后退缩了几步。

“你血口喷人！”最为憋屈的田楚指着赵褚的鼻子，旁边的范秘书急道：“我换衣服的时候你在外边站着，你告诉他们，事情不是他们看见的那样。”

范秘书十分无奈地告诉田楚："您换衣服的时候，有只老鼠突然蹿出来吓了我一跳，我跑开了没看见。"

"老鼠？"赵褚诧异，旋即向田楚叫嚷，"视频在，你还有什么可狡辩的。要不给我五十万的精神损失费咱们两个私了，要不咱们法庭上见。"

事情闹到这个地步，上法庭对田楚，对田家的声誉相当不利，这是显而易见的。也因此，范秘书立刻向田楚讲："二小姐，私了吧。不是什么大事，没必要。"

"法庭就法庭，我清白的，我不怕。"田楚表现出了一种特别的执拗，而后又指着赵褚和那监控视频道："一定是他雇用黑客，修改了视频。视频你们给我留好了，让专业人员来检查真伪，咱们磕到底了。"

"啊？"听着田楚的话，赵褚有些慌了。

那视频的真假，赵褚心中最清楚，况且天眼集团在冷城可谓一手遮天，连冷城最高法院门口的天平雕塑上都写着"天眼集团铸造赠送"几个字。依照天眼集团的势力，就算他有理，真闹到法庭上，也不会有好果子吃。

种种的原因，使得赵褚在田楚突如其来的强硬面前，反而有些不知如何下台。可就在这个双方僵持，谁也说服不了谁的时候，田楚身上突然响起了一阵手机铃声。

"姐，什么事？"田楚接通后问了一句，紧跟着面色便如凝华般冷了下来，"你说什么？"

在手机里一阵吩咐之后，田楚的脸变得越来越僵硬和惊慌。就连赵褚都看得出，田楚的家里恐怕出了什么大变故。大概一两分钟后，田楚挂了电话，深深地吸了口气。紧跟着，这姑娘竟然主动对赵褚道："五十万是吧，我给你，不要纠缠我了。"

“啊？”周围的保安和巡逻警都听愣了。

田家的二小姐从没想过今日会成为她有生以来最为窝囊的一天。和所有星期六一样，爱逛街的田楚带着闺蜜小范来老佛头商场试穿她定做的衣服和皮鞋，却被个脏乎乎的管道工偷了鞋子，失了兴趣。

在得知赵褚曾经做过的贡献后，她本有意放过赵褚，还大人有大量地替他开脱，却不曾想商场的监控器里竟然播放出了那种骇人听闻的视频，让自己的形象毁于一旦，还让自己被这个天杀的赵褚反咬勒索。

田楚不是傻白甜，面对凭空捏造出来的视频她没有慌，并坚信这是一个被人设计的圈套，是赵褚串通保安和狗仔做出来，败坏他们田家声誉的。可就在田楚准备和那个为人卑鄙的赵褚死磕到底的时候，姐姐突然打来的电话，让她彻底没有了和赵褚扯皮的心情。

因为姐姐告诉她：“家里出大事了，马上回总部大楼10680室见面，不管手头有什么工作全都放下。最重要的一点，别和任何不认识的人纠缠。”

田楚一向听姐姐的话，眼下又面临蹊跷的困境，所以在听到这惊人但又含糊不清的消息后，她立刻写了五十万的支票摆脱了赵褚的纠缠，驱车离开了老佛头服饰店。

按照与姐姐的约定，田楚开车直奔天眼集团那耸立于市中心的108层楼高的总部大楼。当她急匆匆赶到大楼里位于10680房间的会客室时，看见姐姐早已坐在椅子上等着自己的到来。

此时，身边放着一沓资料的田婷屈腿坐在办公椅里，端庄而凝重。田楚看出姐姐状态非常不好，似乎心里强压着一团火气。

“姐。”田楚小声叫了一声。

田婷则先吩咐妹妹：“把门关上再说。”

“哦。”田楚将门反锁后问田婷，“姐，发生了什么事情？”

“洛天赐死了。”田婷上来便直接告诉田楚。

“啊？”田楚愕然，宛如惊雷劈空，须臾之后竟流下两行泪。

缓和了好半天，花容失色的田楚惊慌地问姐姐：“我们还有半年就结婚了，他怎么……”

“那种人死了最好！”田婷愤怒而反常地冲妹妹回了一句，又说，“你知不知道洛天赐死在什么地方？”

田婷愤怒地告诉妹妹：“玉蔓酒吧，一个提供高档妓女、明星和人妖服务的脏窝！”

“什么？”田婷愕然，“不会吧，我们都要结婚了，他怎么会去那种地方？”

“他要是不死我也不会知道这些。”田婷不顾形象，口出怒言，“我让0146带了JBD的人去调查过，洛天赐是玉蔓酒吧的常客，尤其爱那里的人妖，巴巴鲁娃就是他捧起来的。这个人和你结婚只是因为贪图咱们田家的股份，最可恨的是洛宝赞那老东西早知道儿子这样却还撮合这婚事，事发之后还千方百计地掩饰，一家子衣冠禽兽！”

田楚失了魂似的跌坐进沙发，如崩溃般趴在姐姐的腿上，嘤嘤戚戚地哭起来。

“平时衣冠楚楚，背地男盗女娼！”田婷则愤怒至极地咆哮道。

骂完撒气的话，田婷喘息着平复了一下呼吸，又告诉抽泣的田楚：“妹，你坚强点，不能哭，不能让人看不起咱们田氏。”

或许是因为田楚对于洛天赐还有些感情，或许是因为一时受的刺激太大她有些接受不了。在姐姐的劝慰后，田楚依旧问田婷：“姐，会不会搞错了？”

“不可能。”说话间，田婷将身边放着的十几张文件递给田楚。田楚看见那是一份保密协议的影印本，上边写着洛天赐的名字，以及许多有关他死在玉蔓酒吧的诸多细节和保密条款。协议的最后，田楚在协议人确认签字那一栏看见了许多目击者的签名，而其中一个名字很让她惊异。因为那名字是赵褚，刚刚讹了自己五十万的赵褚。

“赵褚？”田婷指着那名字诧异地开口，“这个赵褚，是不是把爷爷尸体还回来的那个赵褚？”

“你连这也知道，是你那个信息部的同学雷昂告诉你的？”田婷警惕地问。田楚想了想终究没好意思说她怎么认出赵褚的，不过田婷似乎也没有兴趣与妹妹探讨一个污水工的情况。

待田楚情绪稳定一些，田婷又开导妹妹：“妹，我这么着急找你，是怕有人拿你的感情做文章，损害咱们田家的声誉，所以提前通知你，也省得回头洛天赐的死一报出来你受狗仔队纠缠，至于姓洛的没必要为这种人心痛。”

“哦。”田楚无奈地点了点头，心里五味杂陈。

正在田楚的心情刚刚好了一点时，一阵敲门声打断了田婷与田楚的对话。田婷警惕地站起来，亲自去开门。待姐姐将门打开，田楚看见一个个头儿极高、面色极冷的男人走了进来，那是天眼集团经保部JBD专配给田婷的保镖0146。

“0146，事情查的怎么样了？”田婷关上门后问他。0146没有回答，而是扭头看着田婷的妹妹田楚。

“说。”田婷告诉0146，“我让你去查洛天赐的死因，就是为了让我妹知道他是个多么龌龊的人。”

0146告诉姐妹两个：“洛天赐不是死于艾滋病或者冰毒，而是……”他突然不开口了，只是从上衣口袋拿出了一张照片，交给田家姐妹。田楚看见，那是一张影印的X光照片，似乎是人的胸肺图像。在此人的肺部，有许多如闪电似藤蔓一样的黑色物质，弯弯曲曲地生长其间。

0146向田婷解释："这是医疗部给洛少爷做尸检时的胸肺造影，那些根藤状的组织是一种病变物。正是那种病变物的快速生长导致了洛少爷的胃穿孔、胸穿孔和心脏穿孔。"

"那这照片里的病变物到底是什么？"田婷有些惊颤地问。

"从生物学角度讲是一棵榕树。"说这话时，就连0146那一向平静的声线也变得隐约有些抖动。

"榕树？你是说有榕树的种子在洛天赐的胃里以极快的速度生根发芽，然后一下子戳破了他的脏器，要了他的命？"

"不是，"0146告诉田楚，"不是一下子戳破的，法医说洛少爷死前至少挣扎了半小时至一小时，直接死因是肺部血液倒灌入气管造成的缺氧。"

"不用说了。"田婷制止了0146过分详细的描述。她自言自语道，"先是爷爷，然后又是洛天赐，难道真的是零？"

"零？什么零？"田楚追问自己的姐姐。

田婷动了动红唇，终究没有向妹妹透露什么。她只是告诉田楚："你回去休息吧，公司的事情自然有公司的人处理。别想太多，把心情调整好。"

说话间，田婷又看向0146并吩咐他："把我妹妹安全送回家。"

0146拉开房门，向田楚道："二小姐请和我来。"

田楚最后望了一眼姐姐，顺从地离开了房间。

在回去的路上，田楚宛如一只金丝雀般被0146严密地护送着。0146从办公室送她到地下停车场，又代劳驾驶着汽车护送她往家的方向驶去。在整个过程中，田楚很反感0146的存在。虽然知道这是姐姐对自己的关心和保护，但是她感觉这种关心和保护是过度的。而且0146是个极沉默的人，自从田楚认识他以来，这个家伙没有笑过，也没有谈论过工作以外的事情，仿佛就是一具会说话的机器。

这种沉默如铁但又让人无法忽视的人田楚很看不习惯，感觉他是一具僵尸般压抑的存在。相对于姐姐来说，田楚的性格很开朗，故而在0146创造的压抑环境里，她很快便有些受不了了。为了缓解气氛的压抑，在一个漫长的红灯时间里，田楚壮着胆子开口问这个刀疤脸的男人："0146，你真名到底叫什么？"

"忘了。"0146回答。

"什么？一个人怎么会忘记自己的名字？"0146的回答让田楚愕然的同时又起了巨大的好奇。

0146指了指自己的头脑，告诉田楚："我和公司有协议，在合同期的三年里，公司删除并保存我的记忆和真名。三年之后，公司把我的记忆归还给我，我撤编JBD，调任到经济部门。"

"他们怎么做到的？"田楚嘟囔了一句，问0146，"为什么公司要剥夺你的记忆？"

"为了效率。"0146指了指自己脸上的伤疤，"人没了过去，便没了痛苦的回忆和牵挂，干起工作来才能心无旁骛，才能有效率。"

田楚咋舌了老半天，问："变成这样你后悔吗？"

第一次，田楚看见0146的脸上露出了一丝笑容。但那不是温馨或者坦然的笑，而是一种尴尬又无奈的笑："我已经忘了当初为什么要接受这样苛刻的条件了。但是我想如果当时不接受这样的交换，恐怕会有更不好的事情发生在自己身上。"

田楚听完0146的回答，对面前的这个男人既敬畏又同情。当红灯结束，0146驾驶着汽车再次上路的时候，田楚用细微到不能再细微的声音说了一句：“棋子。”

0146是个神奇的家伙，除了那黑洞一般的身世，他的开车技术也让田楚感到惊讶甚至惊恐。在主城区满是汽车的拥挤道路上，0146依靠让人咋舌的娴熟车技和精准的判断能力以八十多迈的速度狂飙着，这样可怕的时速让他的乘客时刻保持着心惊肉跳的感觉。在狂飙了近二十分钟后，0146便将田楚送回了田家位于郊区的别墅，其速度比田楚平日自己开车整整快了一倍。

田楚下车后，0146将车交给了田家的保姆，冲田楚深深鞠躬便准备告辞。不过在临走前，他突然提醒田楚：“田小姐，您一定留意一下那个赵褚。这个人神出鬼没，恐怕是有问题的，当心。”

“赵褚？”听着0146的提醒，田楚脑海里立刻浮现出那个容貌猥琐的偷鞋贼。如果0146不提醒，田楚恐怕会把那个家伙忘掉，不过在0146提醒之后，她无论如何都忘不掉这个名字了。

最近田家发生的怪事太多了，这些事之间似乎没什么必然的联系。田楚经过略微梳理之后，又很容易地发现在这些接二连三的怪事之间有一个最大的蹊跷和疑点可以贯通串联。这个疑点便是赵褚，一个看上去相当普通的下水工程师。

田楚爷爷的尸体是赵褚发现的，关于洛天赐之死的保密协议有赵褚的签字，眼下自己的鞋又被赵褚偷盗，监控器里还播放出那样不堪入目的画面。当这些八竿子打不到的事情都和一个人有关系时，田楚便感觉这不再是毫无牵连的巧合。她觉得或许这个赵褚正在密谋着什么可怕的、针对田家的阴谋，又或许这个赵褚与姐姐嘴里的“零”有着某种联系。

带着深沉的思索，田楚回到家之后将自己关进了闺房。锁好门后，这位二小姐拿出手机，从中搜索出“信息部雷昂”的电话，略微迟疑后拨了出去。

在一阵沉闷的等待铃声后，电话被接通了。紧跟着手机里有一个年轻而慌张的男人声音问：“田小姐，这么晚打电话是有急事吗？”

听着雷昂的声音，田楚带着歉意回答：“打扰你休息了吧？”

“没有，我正看电影呢。”雷昂回答的时候，口气正常了一些。

田楚回想着今天晚上发生的离奇事情，问：“雷昂，你是信息部搞电脑的，我想问问你，有没有什么办法把一段捏造的视频剪辑进监控视频里去？”

雷昂肯定：“当然有了，不过还得看什么样的监控设备。”

“老佛头旗舰店的监控设备。”田楚回话。

“老佛头旗舰店？”电话那边的雷昂惊了一下，告诉田楚：“这个难度可就大了，一般的黑客绝做不到。”

“为什么？那店有什么特别吗？”田楚费解。

雷昂告诉田楚：“老佛头旗舰店是咱们集团首席执行官刘糯媳妇的娘家财产，全冷城最高档的服饰定制店，多少达官显贵要在那里买衣服的。所以，为了保险，那里的监控设备是委托咱们公司信息部和特种技术部给研发制作的。”

“你们部门制作的？”田楚意外，旋即问雷昂，“水平很高吗？”

“当然。”雷昂用自鸣得意的声音告诉田楚，“我们制作它时，参照的是‘冷城联合放空指挥部’的军方安保设计图，采用封闭式局域网。这个系统只有两个后门端口，而且这两个端口一个连通警察总厅，一个连通市政府的‘三联动应急指挥中心’。黑客如果想进入，就得同时黑这两个安保更加复杂的政府部门，基本等于找死。”

“是这样啊。”田楚嘀咕了一下，而后问电话里的雷昂，“但你还是有办法进入商场的监控系统，修改监控视频的对吧？”

“我不行。”雷昂十分惋惜地说。

“但你不是说那是你设计的。”

“我只是参与了部分设计。”雷昂告诉田楚：“主要的‘铸墙人’不是我而是另外的高人。”

“这样啊。”田楚又问雷昂，“当初参与设计那系统的人还有谁？有没有一个叫赵褚或者零的人？”

“零？”电话那边的雷昂在听到“零”这个字后，呼吸都跟着变了。

“你知道零？”田楚听出蹊跷后追问雷昂。

“我只是和她共过事，没什么深入接触。”雷昂的话带着搪塞感，明显有某种掩饰意味在其中。

听出雷昂有掩饰的意味后，田楚本想再追问一些有关零的信息，可是转念一想，又没有开口。有关零这个人的情况，连姐姐田婷都三缄其口，如果一味地问雷昂，恐怕会让他为难，还容易让他犯错误。

田楚不想陷人于不义，思考再三后，她只是问电话那边道：“那你帮我查一下赵褚行吗？咱们集团环境部的赵褚，在下水道系统工作。”

“这好办得很！”雷昂满口答应，“明天中午十二点之前我就把这人的资料发给你！”

“谢谢。”田楚礼貌性地回了一声，“有你这样的朋友真好。”

“嘿嘿，等我好消息吧。”手机对面的傻小子如品到蜜般憨笑了几声，挂断了电话。

赵褚在得到五十万的支票后，心中并不平静。拿着支票走回车里后，他便立刻发信息质问扬名：你害死我了！

扬名回复赵褚：我实现了我的承诺。

赵褚回复扬名：可我得罪了田家，田家马上会派人来查我，来搞我。我会被天眼开除甚至整死的，天眼可容不下沙子。

扬名诱惑般回复赵褚：只要完成我游戏的最后两章，你不会再有任何烦恼，而且你的妻子还可以恢复意识。

“恢复意识”几个字永远能刺痛赵褚的神经，让他停止一切抱怨和愤怒。在赵褚眼里，没什么比得上妻子的康复。

无奈中，赵褚看着扬名的信息苦笑，他不知道该怎么形容扬名这种怪癖而危险的游戏，也不知道是该感谢还是该埋怨这个神通广大、自称为“神”的黑客。思考了半晌，赵褚回想起自己在大学曾经学过的一句话，那句话似乎恰好可以形容他现在的心情和处境。苦楚中，他将那句话编辑出来，发送给扬名：人皆曰予知，驱而纳诸罟擭陷阱之中，而莫之知辟也。

扬名过了很久很久才回复赵褚：述圣《中庸》里的第七章，什么意思？

“居然还有你不知道的东西？”赵褚冷哼了一声，回复扬名：这句话就是我现在的处境，明知道你在布置一个大陷阱，明知道已经走进了你的陷阱，我却避无可避。

扬名沉默了很久，而后回复赵褚：陷阱不是针对你的，你只是游戏里的棋子。

赵褚回复：棋子会被牺牲掉的。

扬名回复：那是你们人类的思想，我是神。我给了你选择的机会，是你选择参与了我的游戏。

“你这叫诱拐！”赵褚不想细品扬名那生硬且自以为是的话。

他质问扬名：第三章游戏结束了，这一章不是叫机会吗？可你到底给了我什么样的“机会”？

扬名回复：当第四章游戏开始的时候你会明白的，现在警察来了哦。

“警察？”赵褚茫然地看了看四周，而后在左侧的后视镜里很快看见了一辆正缓缓驶来的流动交警执法车。

那执法车的扩音喇叭用中英文交替尖锐地喊叫：“您已进入禁停路段，违停车辆请立即驶离。”

在渐渐靠近的警告声中，赵褚急忙拉起手刹，将车驶离路边的绿化带。当天晚上，赵褚回到高岭街康复中心照顾妻子，其间他掏出那张五十万的支票反反复复地看着，渐渐变得兴奋。毕竟，这足够妻子二十五个月的治疗费用，也是赵褚五年来头一次见到的一笔巨款。

有了这笔钱，他的生活无疑会改善太多太多，他再也不用因为一些临时的用钱而提心吊胆。尤为让人期待的是，这仅仅是第三章游戏的奖励，照此以往，扬名给他的第四章、第五章的奖励又会是什么呢？虽不知道，但赵褚明白应该是更加不错的东西。

带着兴奋到不能自抑的劲头，赵褚和衣睡了一晚，第二天可能因为精神和身体都太过紧张，他遗憾地错过了上班时间。慵懒和疲惫中，赵褚摸索着五十万的支票，第一次没有因为迟到而胆战心惊，也第一次生出了懒惰工作的心思。在支票的撑腰下，他拨打出电话，告诉他的师爷廖庭说自己得了感冒需要调休静养一日。

挂断电话后赵褚回到妻子身边，静静地看着妻子那张恬静而令人心碎的脸，忍不住开口：“有好几个月不能陪你一整天了吧。”

说话间赵褚伸出手，轻轻刮了刮妻子的鼻头。在难得的温馨假日里，赵褚用一个多小时为妻子擦拭了全身，又细致地打理了他平时无暇顾及的头发，直到中午吃饭时间，他才离开了妻子的身边，走出404病房，去一层的便利店买了饭食。

可就在赵褚拿着一盒公仔面徒步走回404病房的时候，他裤兜里的手机“嗡”的一声响了。

经过这几日与扬名的接触，那熟悉的手机短信提示音已然让赵褚变得有些神经质样的敏感。他拿出手机后看见果然是扬名的信息。在蛇皮图案背景的信息中，扬名突发而毫无商量余地地告诉赵褚：游戏第四章开启，名称‘讨好’。第一步，请接待好你的客人！

“客人？”赵褚看着这两个让他感到诧异的字眼，立刻仰头，本能地看向距离自己很近的404号病房。

此时，赵褚距离妻子所在的404病房只有不到十步。当他按照扬名的提示，向那淡蓝色的病房门张望时发现门虚掩着，露出了一条不大的缝隙。但在他的记忆中，自己走的时候明明是将门带上了的。

当然，404病房的门在赵褚走后被打开了一条小缝隙本也算不上什么大事。毕竟这里是康复中心，门开着有可能是护士查房，或者收拾房间的护工帮忙倒垃圾之类的寻常情况。但问题是，就在盯上那门缝没多久后，他看见妻子的病房里有液体从那门缝流淌了出来。

随着液体的不断延展，赵褚很快看清那是一种鲜红色的液体，这颜色红得刺眼，分明就是新鲜的血液。妻子病房的门缝里在往外流血？目击中的可怕场面足以让赵褚惊出一个哆嗦，而当他再联系扬名所发的信息后，便产生了极端恐怖的推论。妻子遇袭了？正有什么可怕的家伙在对自己手无缚鸡之力的脆弱妻子做着可怕的事情。

推论和眼前的血迹让赵褚感到异常愤怒和不安。慌张中，他丢掉了手里的公仔面，略微环顾后从走廊的角落中抄起了一把木柄扫帚。他甩掉扫帚头上的高粱穗，拿着扫帚把冲到404门口。深呼吸，赵褚一脚踹开房间的门，举起扫帚把的同时，怒眼圆瞪，咬牙切齿地向里边喊："放开她！"

赵褚喊这三个字的同时看清了屋子里的状况，紧跟着他心头的火气和勇气便被忐忑的惊恐代替了，手里的扫帚把也开始颤抖起来。

顺着满地的血迹，赵褚在妻子的病榻前看见了两个人。那两个突然出现在404病房里的人，女的正是天眼集团田家一脉的田婷或者田楚，男的则是那位经常立在田婷身边、不苟言笑如僵尸一般的孔武保镖JBD-0146。

除了这两位不速之客，赵褚还发现地面上的血迹不是从妻子而是从0146的方向一路流淌滴答下来的。而在血迹的尽头，赵褚诧异地看见0146正拿着一张纸从自己的鞋上弄下一只被踩扁到血肉模糊的——老鼠？

看着赵褚拿扫帚把和他拼命的样子，0146的眼神里透出了困惑。那大块头的男人把压扁的鼠尸从鞋底上弄下去，以纸包裹后，用略带抱歉的声音问："它不会是你的宠物吧？"

"啊？不！我以为……"虚惊一场的赵褚摇了摇头，放下扫帚把之后，心中却感觉更加恐惧。

昨天他才惹了田家的二小姐田楚，今天这二位就上妻子的病房来找自己，显然来者不善。况且偷鞋的事情本就让赵褚心虚，再看看0146的铁拳，他现在想不怕都不行。此刻，赵褚算是彻底明白扬名这第四章的游戏为什么要叫"讨好"了。

略微调整了一下心态后，赵褚向正在横眉冷对自己的田家小姐笑道：“我是该称呼您田楚呢，还是田婷？”

“这是二小姐。”0146代为回答，并告诉赵褚，“二小姐今天专程找你是有事情问，我劝你老实回答，不要当沙子。”

0146又平静地特别提醒：“天眼可容不下沙子。”

0146向赵褚介绍田楚的时候，那位二小姐用喷火一般的眼睛盯着赵褚，一副时刻会扑过来吃掉他的样子。赵褚在知道对方身份后本着“人在屋檐下”的无奈，向田楚微微鞠躬：“田小姐，我错了，我不知道。”

“你的胆子真不小。”田楚上来便用七分愤怒三分佩服的语气道，“你敢一个人去下水道捞我爷爷的尸身，还敢闯全泠城保安最严密的商场偷鞋，我认识的人里找不出第二个了。”

“我不是故意的。”惊慌间，赵褚急忙把裤兜里那张早已被他揉捏得皱巴巴的五十万支票拿出来递还给田楚，“二小姐，这钱还您，我只求您别告发我。您也看见了，我妻子这个样子，您要是告了我，我会被开除坐牢，我妻子也会死的。”

田楚在赵褚向自己讨好求饶的时候，眼神便一直没有离开过他妻子那张熟睡样的脸。在赵褚说完后，她动容地问：“你做这一切，都是为了她？”

“是！”赵褚敏锐观察到了田楚脸上表情的变化，更进一步地讲：“我妻子出车祸变成植物人五年了，只靠我一个人赚钱养她，我们不容易。”

“这么爱她？”田楚困惑地质问赵褚，“可你为什么还去那种风花雪月的酒吧消遣呢？”

“啊？”赵褚被田楚问傻了，他诧异于为什么田家人会知道那件事情，更诧异于洛天赐和田楚的关系。

“还有，”田楚死死盯着赵褚的眼睛，进一步质问，“洛天赐的死，你知道多少？天眼技术部那个叫‘零’的女人，你又知道她些什么？”

面对田楚的连串质问，赵褚有些慌了神。洛天赐的死他是亲眼看见的，但问题是他和人家家属签了保密协议，对此一个字都不能透露。至于田楚后问的那个什么零，赵褚则是一丁点儿都不清楚了。不过隐隐约约的，赵褚感觉田楚所问的零，绝对和扬名有关系！

在田楚问话的时候，0146很“配合”地走到了赵褚的身边。0146伸出巨大的手掌，“轻轻”捏住了赵褚的肩膀，平静地告诉他：“二小姐问你话呢，希望你如实回答。”

在0146说话时，赵褚感觉到自己被他捏着的肩膀有透骨的酸痛。那种感觉在明确地警告赵褚，0146拥有远超常人的力量，绝对可以很轻松地捏碎他的肩膀乃至全身。在身体和精神的双重压力面前，赵褚面临巨大的选择性困扰。如果说出曾经在玉蔓酒吧里发生的一切，他恐怕会被人告上法庭，他的家就会毁掉。而如果不说，0146则立刻就会毁掉他的肩膀，让他变成残废！

在两难的抉择间，赵褚头脑乱糟糟的，没过多久却又突然如醒悟般找到了一根救命的稻草！而这根能够挽救赵褚命运的稻草不是别的，正是将他陷入如此被动局面的黑客——扬名。

赵褚想起来，自己此时已经进入了扬名的第四章游戏。既然已然身在扬名的游戏里了，扬名便一定会和前三回一样将整个游戏的过程都计算和安排好。也就是说，只要赵褚按照扬名的提示去做便足够。而现在的提示，只有“讨好”！

在0146的追问中，赵褚叹了一口气：“我说。”

0146松开了发力的手掌，略微后退。赵褚调整了一下情绪，用凝重的眼睛看着田楚：“田小姐，我确实在拉皮条的酒吧里看见了洛少爷的死，但我之所以去那种地方也是为了我妻子。”

“为了妻子去那种地方？这怎么讲？”田楚困惑。

赵褚的表情更加深邃了一些，手也开始微微抖动起来。长叹了一口气后，他告诉田楚：“田小姐，我们这种人的生活逻辑和您不一样。您是天上的星星，想的是怎么活得好，怎么活得精彩，怎么活得有味道。我们不是，我们这种人好比下水道里的老鼠，只是在想怎么活，能不能活。”

说话间，赵褚一屁股坐进椅子里抱着头，用痛苦的声音继续讲：“为了给我妻子挣治疗费，我耗子嘴里抢粮，苍蝇腿里挑肉。前几天听说酒吧三陪的兼职挣钱多，我便想去试试，可谁曾想刚去就碰上那种不堪入目的事情，倒霉啊。”

突然有人笑了，不过发出笑声的竟然是拥有那僵尸一样面孔的0146，这让赵褚和田楚都非常意外。在0146重归严肃后，赵褚又无师自通地告诉田楚：“后来我又听说，在高级商场能捡到很多富人随手丢弃的二手高档衣物卖钱，可谁知道我捡的是您的鞋，唉……”

赵褚摆出一副仰天长叹的样子，闭口不语。

“哦，原来是这样，那真苦了你了，我也没想到冷城的普通人活得这么艰辛。”听着赵褚连连的叹气感慨，田楚原本警惕愤怒的表情瞬间消散全无，语气中反而对带上了一种同情与佩服。

赵褚成功糊弄了田楚，0146却不是那么好对付的。在听完赵褚的话后，那大块头冷冷地开口：“我听说你在商场里改动了监控视频，怎么办到的？”

“我……”赵褚神经骤然一紧，嘴再次磕巴起来。

在赵褚慌张的时候，0146提着拳头，又问道：“老佛头的安防系统是军方A级标准。那种标准不是你这种人能够攻破的，必然有人帮你干这些，那人是谁？你和他怎么联系？他现在在什么地方？”

在0146连串的质问下，赵褚彻底乱了分寸，他支支吾吾“我，我，我”地呢喃着，却根本不知道该如何接茬儿。而偏偏在这个艰难的时刻，赵褚的手机还“锦上添花”地“嗡嗡”响动了两声，顿时让气氛更加尴尬凝重起来。0146眼神犀利地盯着赵褚响动手机的裤兜，质问他：“谁来的信息？”

赵褚本能地去捂放手机的裤兜，可是在0146面前，他的行为显得异常徒劳。0146走到赵褚身边，一只手轻松移开赵褚的手臂，另外一只手则将他的手机从裤兜里拿了出来。在这过程中，赵褚扫视了手机屏幕一眼，发现果然是短信图标在闪烁着红点。这下麻烦了，赵褚和扬名的龌龊全都会被暴露出来。

0146拿到手机后并没有立刻翻看，而是走到田楚身边，将手机交给她：“田小姐，这小子那么紧张，手机一定有问题。恐怕里边有什么陷害您的证据，因为可能涉及隐私，您先过目。”

“谢谢。”被手机提示再次弄得警觉的田楚紧张地接过赵褚的手机，快速点开查看起来。

在田楚查看赵褚自己的十几秒里，赵褚整个人都是焦虑不安的，他感觉自己像一只正被活剥皮的兔子一样承受着前所未有的痛苦，还随时会被人弄到火上烤。不过让赵褚感到惊愕的是，就在田楚看完一切之后，她并没有把他当兔子，其脸上原本警惕的表情还彻底消失了。

接着，田二小姐更是直接将手机亲自交还给赵褚，并劝他：“以后不要干这种铤而走险的事情，也不要被人当枪使，答应我永远做个好人，好吧？”

看着田楚的转变，0146诧异地质问：“二小姐，你怎么？”

“他什么都不知道，”田楚告诉0146，“这人只是个棋子，没有调查的价值。”

田楚说话的时候，赵褚在看着自己手里的手机。在手机里，他愕然看见原本属于扬名的短信此时竟然消失全无了，在手机信息栏里只有一个来电号码为一串乱码的人与自己对话的记录。

记录内容是：

乱码：九点三十分，田家二小姐会去老佛头取定制鞋，我要你到时候给我把她的鞋偷出来，扔进商场门口的垃圾桶。

赵褚：你谁呀，我凭什么帮你做这么变态的事情?

乱码：我只是一个爱慕田小姐的狗仔，你照着做，我给你一万块钱奖励，也不会有事情的。

赵褚：商场有监控。

乱码：我已经对监控动了手脚。

赵褚：我不做，我不想被人抓住判刑。

乱码：你没得选择，我知道你穷得叮当响，你媳妇缺医药费，已经快拔管了，没有这一万你的媳妇就得死。

赵褚看着手机里莫名出现的信息内容，突然明白为什么田楚会放自己一马了。虽然接触有限，但赵褚早看出田楚是一个心地善良而单纯的女人，她没有0146的果断决绝，也没有姐姐田婷的那份干练狠劲。在赵褚刻意的讨好和示弱面前，这姑娘为他对妻子的那份情谊所动容，故而才有意放他一马。

田楚的善良在天眼集团是罕见的，因而也同样让赵褚有所触动。所以，赵褚在庆幸自己躲过一劫之余，竟然对田楚产生了一种深深的罪恶感。正在赵褚感觉有些无地自容的时候，田楚迈着轻盈的步伐走到了病房门口：“0146，谢谢你陪我到这里调查，现在咱们回去吧。”

出去前，田楚又对赵褚讲：“赵褚，你是个好人，但是做事的方法不对。以后不要再受坏人蛊惑，不要再干龌龊的事情，还有……”

田楚指了指地板上那片早已干涸的血迹，满脸抱歉道：“进门时不注意踩死了一只老鼠，弄脏了你妻子的病房。十分抱歉，那五十万就当赔礼吧，再会。”

说完，她出了404病房的房门，消失在赵褚的视线之外。在田楚走后，0146对着赵褚说了一句：“你很幸运。”而后他便也迈着沉重稳健的步伐，出了404病房的门。

看着空荡荡的房间和门口的血迹，内心如坐过山车般地“扑通”一声瘫坐在椅子里。与此同时，他的手机“嗡”地响了一声，原本消失的扬名的信息和那蛇鳞一般的背景图又全部回到了其中。赵褚看见手机里有一条扬名新发的信息：第四章游戏第二步。回头，看看你身后。

“回头？”赵褚诧异，同时在人去声息的病房里听见了一种不同寻常的声音。那声音传到自己背后，滴答滴答像是水滴滴落，也像是人在赤脚走路的动静。赵褚起了特别的警觉，于是乎他缓慢地扭头，看向自己的身后。随即，他在背后的窗台上看见了一只老鼠。

老鼠正是先前0146踩在脚底下的那只，刚才因为状况太紧张，赵褚并没有注意到0146将老鼠放在了什么地方。此时，那被踩扁了的老鼠七窍流血，被一张纸包裹着放在那里，口鼻中依旧流淌出鲜血滴落在地面。

那血鲜红而醒目，让人看着扎心。不过得益于纸的掩盖，赵褚还是幸运地看不见，也非常不想看老鼠恶心的其余部分。他走到老鼠尸体面前，编辑信息质问扬名：你让我看死老鼠干吗？

扬名回复赵褚：不是鼠，而是包裹老鼠的纸，拿起来看一眼，有惊喜。

“纸？”赵褚诧异中缓缓接近那只死鼠，凝神看着包裹着它的那张纸。

包裹老鼠的纸张黑黄相间，花花绿又皱巴巴的，赵褚实在看不出那到底是张什么纸，上边又有些什么内容。为了弄清扬名的提示，他忍着内心强烈的恶心抗拒，伸手把包裹在里边的老鼠弄出来，将沾染着老鼠毛发和血腥的纸张摊开。

很快，赵褚看见了纸上的内容。那是一张邀请函，邀请函整体呈黑色。它样式复古，上下绣着金色的雏菊样花边，很有二十世纪法国人的范儿，就连内容也是用中文和法文同时撰写，透着刻意的奢华和造作。

上边写的是：卡门酒吧三十周年店庆，邀请尊贵的您！编号01452的朋友，进入时请出示该邀请函，并让工作人员扫描下方二维码。

在正文下边的部分，赵褚看见了一个沾染着血迹的二维码图标以及关于这张请柬来历的说明。借助说明赵褚很快了解到，这是那个叫作卡门的酒吧从后天开始的三十周年店庆日活动。根据活动内容，每一个在该酒吧年消费三十万以上的钻石会员都会得到两张类似的邀请卡。在店庆日里，卡门酒吧的会员可以将这份邀请卡交给他的任意朋友，其间凭借这张卡进入的人可以享受免费的酒水和果盘自助服务。

看着邀请卡上的内容，赵褚微微皱眉，发信息问扬名：你该不会是又让我去卡门酒吧?

扬名很快回复赵褚：你猜对了，那本来应该是属于0146的邀请卡，现在它归你了。

或许因为扬名了解赵褚的担忧，在点明后他又告诉赵褚：这次的酒吧很正常，很高档，你会认识很多朋友的。

赵褚看着信息沉默不语，其实不用扬名提示，赵褚也知道卡门酒吧是很高档的地方。因为它是整个泠城最顶配的酒吧，是天眼集团副董事洛宝赞家亲戚的产业。那里采取严格的会员制度，如果拿不出三十万的会费，连只苍蝇都别想飞进去揩油。

看着沾染了老鼠毛和血的会员卡，赵褚发信息问扬名：你又有什么阴谋？在酒吧里我会遭遇什么？

扬名回答赵褚：被称作“上等人”的虚无的灵魂。

“又是不知所以的话！”赵褚盯着手机屏幕，思索了许久，又发信息问扬名：刚才田楚来我这里的时候，她提到了一个“叫零”的女人，你知道她是谁吗？

扬名沉默了很久，回复：我母亲。

“母亲？”赵褚惊讶，但没有多问什么。

第五章　神龙坛

天眼集团之所以对那块荒地刮目相看，是因为在七十多年之前，天眼集团的三个创始人——洛昌辉、刘康和田宝鹤便是在这个地方仿桃园三结义之故事，结为异性兄弟，从此开拓出庞大的产业。为了纪念当年的结拜，兄弟三人在天眼集团上市的那一日买下了整座山峰，又在结拜日三十周年的时候于山峰上破土动工，建设了地上三层，地下七层的高山观景中心“神龙坛”。

整个下午，赵褚反复看着那张沾染了老鼠血迹的请柬，同时回想着自己与扬名的接触，猜测着扬名的身世以及他游戏的目的。自从扬名的游戏开启之后，赵褚便一直想知道这个黑客的真实身份。起初他不得要领，随着今天“零”这个名字的出现，赵褚却有了一个新的调查方向和想法。

赵褚还记得，扬名曾经对自己说过，他之所以选择自己参与到这样的一场游戏里，是因为“对赵褚足够熟悉”，而熟悉赵褚的人除了自己的父母妻子，只可能是与他朝夕相处的某个同事。

“零”这个名字很怪，知道的人不会记不住。如果零真如扬名所说是他的母亲的话，赵褚顺着这个线索去查，便应该能够找到扬名的真实身份，从而掌握主动权，以方便他必要时反制扬名。

赵褚不是警察，查人这种事情并不擅长，但是好在他对下水道系统的员工都十分熟悉。凭借这份熟悉，纵然没什么特别的手段，他也还是想出了一个查找扬名真实身份的主意。

在拿定那个主意之后，赵褚轻轻放下手机，走到妻子身边亲吻了一下她的额头。而后，赵褚在房间里略微闲坐了十几分钟，突然将眼睛睁得老大，急忙拿起手机看了一眼时间，惊喊了一声：“坏了！”

说话间，他如遗忘了什么大事一般匆匆离开了404病房，跑到康复中心护士的值班室里。在见到值班护士后，赵褚用抱歉的声音告诉她：“姐，我师爷今天生日，我得给他送礼物去，我妻子托付您多照顾一下好吧。”

值班护士点了点头：“好的。”

“谢谢。”赵褚说话扭头走人，不过就在即将离开之际，他又走回来道，“对了，我妻子爱听*You Are Beautiful*，麻烦您在晚上八点和十点之前给她各放一遍行吗？”

说话间他拿出手机，将那首歌的名字和演唱者信息调出来递给护士看。值班护士有些为难地说：“晚上不是我的班了，这样好不好，你写个条子，我让下个班的护士把条子交给你的护工。”

“这办法好。”赵褚忙把手机放在值班室的桌子上，拿起笔照着手机屏幕上的内容写下了歌曲的名字和演唱者，以及播放时间。写完一切，赵褚将字条交给护士后急匆匆离开了房间。临走时，他故意没有拿放在桌上的手机。

从康复中心出来后，赵褚走进一家酒水专卖店，买了他师爷廖庭最爱喝的中国二锅头，不紧不慢地出了店铺，去往污水公司总部的大楼。

大概下午四点三十分左右，赵褚到了污水公司廖庭的办公室。这位公司的副总看见自己的徒孙后惊讶地问："你今天不是感冒了吗？怎么来了？"

赵褚冲廖庭微微一笑，将二锅头放在桌子，一边用廖庭办公桌上的笔纸写字，一边告诉他："看我这记性，把师爷您的生日都忘了，今天是特意来祝贺的。"

"难得你有这份心。"廖庭看着赵褚带来的白酒笑了笑，不过依然告诉他，"我不是今天过生日啊。"

"我怎么可能记错呢，今天是您农历的生日啊，我的师爷。"说话间赵褚也写完了手里的字条，并把它递给了廖庭。字条上写着：扔通信设备，我们被监视了。

廖庭看着赵褚所写的东西微微皱眉，满眼都是困惑。不过即便如此，他还是非常配合地将自己的手机关机，将座机拔线，而后把设备扔进了隔壁办公室的厕所里。

完成一切后，廖庭走回来问赵褚："小赵，怎么了？谁在监视你？"

"不知道，也许是JBD也许是警察。"赵褚胡乱编了个谎言，"师爷，我可能卷进一场凶杀案里了，我需要您帮我。"

"你？"廖庭诧异，"谁死了？你是目击证人还是凶手？"

"目击证人，但谁死了我不能说，因为我和警察签了保密协议。"赵褚回答完，又迫切地问，"师爷，我来这里是想让您帮我分析分析谁是凶手。"

“你连什么案情都不告诉我，我怎么帮你分析谁是凶手？”廖庭费解。

赵褚则进一步告诉廖庭：“师爷，您不需要知道是什么案子，您只需要利用我已知的线索进行推测就好。”

“什么线索？”廖庭困惑满满。

赵褚解释：“据我所知，凶手八成是咱们下水道系统的人，和我应该还比较熟悉，最重要的他母亲应该是一个叫‘零’的女人。”

“零？”廖庭想了想，而后回答赵褚，“这么怪的名字，没听说过。”

“您再仔细想想，或许不是名字，而是什么代号呢？”赵褚进一步央求廖庭：“师爷您在公司的时间最长，资历最老，又一直关心下属，只有您对我们大部分人的家里情况最熟悉，也只有您能帮我这个忙。”

或许是因为赵褚的恭维让廖庭很受用，那家伙回了一声“好”后便开始眯着眼睛，认真想了起来。廖庭这一想便用了快半小时，直到赵褚感觉都已经要睡着的时候，这老爷子突然睁开了眼睛。而后廖庭匆匆走到办公室的文件柜子前，将其中的一份档案拿了出来，从中抽取出一张照片，交给赵褚。

“看看吧，就剩下这么一张合影了。”廖庭对着那照片讲，“右边第三个。”

在廖庭说话的时候，赵褚将照片接了过来。那是一张污水厂职工的合影，合影右边第三个的位置上，赵褚看见了一个面容清瘦且憔悴的姑娘。看着这十分面生的姑娘，赵褚问自己的师爷：“没见过这么号人，她现在不在公司了吧？”

廖庭点头，告诉赵褚：“她死了，五年前你快进公司的时候死的。”

“死了？”赵褚诧异，旋即又问，“给我看她干吗？她和‘零’有什么关系？”

“听我从头说。”廖庭示意赵褚安静，“这姑娘叫颜燕，是华人，2032年移民到冷城的，很老实的一个姑娘，挺内向，也挺温柔。”

廖庭告诉赵褚，颜燕初来冷城时，正赶上冷城的下水系统改建，扩招了一批编外，她因为能吃苦，便成了污水公司的派遣工。在廖庭的记忆里，那姑娘挺特别的，每次单位发了新工作服都舍不得穿，吃饭也总吃最便宜的蔬菜饭和白粥，还有人曾经看见她在临海区的菜市场里捜刮烂菜叶。

后来廖庭了解到颜燕的家庭很不好，有两个弟弟和一个得过乳腺癌的母亲。母亲需要吃药，两个弟弟需要学费和新衣服。在这种状况下，可以说这个移民家庭的一切都需要颜燕一个人扛。

颜燕在污水公司不声不响地干了半年出头，其间没有多少朋友，也没有什么对头。不过她工作到第七还是第八个月的时候，污水公司上属的天眼集团总部派出了一个以田宝鹤为首的专家团，突然如天降一般找到了这个默默无闻的姑娘，借用廖庭的办公室和颜燕进行了一次长谈。

“田宝鹤亲自找一个下水女工在这里长谈？”赵褚下意识地看了看廖庭的办公室，继续问，“他们谈了什么？”

廖庭摇头：“有关那次谈话的内容，我没权知道，也不敢知道。不过我知道在田宝鹤和颜燕谈完话仅仅一天之后，颜燕便被调离了，档案和人事关系也一并转走了。”

“调到什么地方您知道吗？”赵褚追问。

廖庭回答：“总部直属的技术部。”

“技术部？”赵褚惊愕不已。

天眼集团总部的技术部可相当出名，那个部门的人是由行业的权威与精英组成的，负责天眼集团最前沿的科技研发工作。赵褚曾经听自己的导师说过，如果想进入那种地方任职，其最低门槛是世界排名前十大学的博士学位+五篇世界性科学刊物的论文+PCT认可的科学专利一项。

像赵褚这种硕士学位的人到了那里连扫地都不配。赵褚不配去天眼集团技术部做研发，那么只有初中学历的颜燕去了自然也不能是扫地的。如此一来，田宝鹤为何亲自找一个初中生加入他最顶端的科研团队，就成了一个大大的疑问。

“技术部，田宝鹤。”赵褚嘀咕着，想起扬名曾经大方承认过，田宝鹤就是他杀的。而田宝鹤又曾如此关切一个污水女工，难道说扬名就是这个名叫颜燕的女工吗？零就是她的母亲？

赵褚思考后，不露声色地问师爷：“但您说了半天，还是和‘零’没什么干系啊。”

“马上有干系啦。”廖庭眉头紧皱看着桌面上的档案袋，“应该也是五年前，我去集团总部，也就是那108层的大楼里开过一次会。”

当时，廖庭与一群公司中层受田宝鹤邀请，聚在集团的顶层露台餐厅用餐。用餐中，他突然看见颜燕向自己的方向走了过来。再次见到颜燕，廖庭以老领导的身份站起来和她打招呼。但是让廖庭意外的是，颜燕连看都没有看他，便从其身边走了过去，仿佛她根本不认识他。

“我到现在还记得颜燕的那种表情。冷酷、理智，像僵尸一般，而且，当时我看见她胸口挂着一张技术部的通行证，上边名字一栏写的就是个‘零’字。”

“零，是颜燕。”赵褚费解地摇头：“对不上号啊，照您的说法，零就算是有孩子也不会超过五岁，再聪明的孩子应该也不能在五岁上害人呢。”

略微诧异了一阵后，赵褚又问：“师爷，您刚才说颜燕死了？怎么死的？”

廖庭回答：“挺蹊跷的，颜燕突然被人发现死在了下水道里，据说她的死尸浑身长绿毛，惨不忍睹，舌头还被人咬掉了。”

“她有孩子吗？”

“没有，至少离开污水公司前没有。”

“警察怎么结案的？”赵褚追问。

廖庭回答：“说是被临海区的偷渡客虐杀的。后来JBD的人把她的几乎所有资料都收走了，只留下你手里这张照片。”

赵褚看着手里的纸，看着上面的消瘦姑娘，一时无语。赵褚莫名感觉照片上人的眼睛深邃而冰冷，一如他曾经在47号检查井里见过的那条毒蛇。盯着颜燕的眼睛看了片刻，赵褚忍不住打了一个寒战。最后他问廖庭：“您刚才说颜燕死在什么地方？”

“下水道，”廖庭告诉赵褚，“临海区102号检查井。”

晚上八点多，赵褚从廖庭处回到了高岭街康复中心。当他经过康复中心护士的班房时，被里边的一位中年护士叫住了。那护士将赵褚的手机递给他，笑道：“赵先生，下午出门时你把手机落在这里了，刘护士拜托我还给你。”

“啊？我说怎么找不到呢，太谢谢了。”赵褚假装诧异地将手机拿了回来，嘴角划过一丝不易察觉的笑。

回到404病房，赵褚发现妻子的房间里多了一台录音机，其中正放送着那首他要求的*You Are Beautiful*。在舒缓的音乐声中，他将门关上，而后坐在椅子里闭目养神。就在这个时候，赵褚的手机一如他意料之中的响了起来。赵褚看见上边是扬名的信息：出去为什么不带手机？

赵褚立刻回答：给我师爷送生日礼物走得着急，忘拿了。

在赵褚回复之后，扬名沉默了很久，而后发信息告诉他：你是不是去找廖庭问了什么事情？

看见扬名的回复，头脑中“嗡”地响了一下，心中紧张得厉害，一度担心扬名会发现自己在调查他。但他很快否定了自己的想法，感觉扬名只是在试探自己。故而他强装镇定地回答：当然问了，我师爷有老寒腿和不举，我怎么也得关心一下，告诉他两个偏方才是。

扬名在赵褚的回复后又沉默了很久，最终只是回答：记得后天的事情，第四章游戏还没有结束。

赵褚回复了一个“嗯”字，将手机收起来，满心轻松。糊弄完扬名之后，赵褚一心想着第四章游戏，想着后天在卡门酒吧，等待自己的又会是什么样的离奇与安排呢。

在卡门酒吧店庆日晚上八点，赵褚按照邀请函上的信息准时到达了那家属上流的酒吧。和他想象中的完全一样，今日的卡门酒吧灯火辉煌，高档典雅。店庆日主办方在酒吧门口铺了五厘米厚的丝绒红毯，红毯两侧则有十个穿着燕尾服蝴蝶结的鹰钩鼻老外迎宾壮势。

卡门酒吧气氛奢靡，来的客人自然也是非富即贵。夹在那些人中，一无名牌，二无人缘的赵褚显得有些寒酸，也没什么人与他搭讪。不过也因此，他反而感觉这非常利于自己的行动。

赵褚交出邀请函扫描过二维码，在门禁保安的注视中走进酒吧一楼金红色调的大厅里，手机准时响了。赵褚走到人少的地方拿出手机，看见扬名发送给他的信息：第四章第三步，马上进南侧走廊第二扇门，三十秒计时！

扬名的言辞和时间要求非常急切，丝毫没给赵褚思考的多余时间，也骤然让他感觉到第四章游戏的难度在攀升。看过内容，赵褚便着急地穿过人群，按照酒吧里的标注走到那全部由红色地毯铺就的南侧走廊，并很快找到了扬名要求的第二扇门。

就在赵褚即将进入第二扇门的时候，他愕然停下了前进的脚步。仿佛那立在他面前的根本不是门，而是一堵墙。而赵褚之所以会如此无奈，全因为那门上正中写着一个字——女。

看着那字，想着那字后的世界，赵褚太佩服扬名了。因为扬名永远能刷新他的底线和认知，没有最低，只有更低。闯下水道搬尸，闯高级酒吧三陪，闯更衣室偷鞋，现在又要让他闯女厕所偷卫生棉吗？

游戏似乎无可避免地向着越发龌龊的方向发展，不过好在赵褚已是“三进宫，四游戏”的人了，虽然大本事没有多少，胆量却还是历练出许多。面对那一堵墙般的门，在仅有的三十秒里赵只犹豫了片刻，便死硬着头皮，用推墙一般的动作推开了面前的那扇门，闪了进去。

赵褚看见有十几个马桶隔间的女厕里边空无一人，这让他原本激动忐忑的心情放松了一些。就在这个时候，扬名的短信准时来了，一秒都没耽搁。赵褚打开手机，看见扬名告诉自己：三号隔间，进去，五秒计时！

三号？只有五秒！赵褚急切中茫然抬头，往隔间的方向看去，很快找到了三号隔间。隔间里边没人，只有全自动抽水马桶、纸篓和马桶垫。赵褚看着空荡荡的厕所隔间略微犹豫，偏在这个时候，他听见厕所的门开了，而后有两个人的皮鞋声“吧嗒吧嗒”越来越近。

忽然进来的人给了赵褚极大的刺激，为了不让自己的龌龊行为暴露，他立刻如苍蝇一般钻进了厕所的隔间，惊慌如躲避猎豹的羚羊。后进来的两个人是谁赵褚不知道，他们有没有发现自己他也不知道。赵褚只知道两个人急不可耐地走进来后，迅速进入了三号隔间旁边的四号。紧跟着，赵褚听见了裤带落地、男女哼叫的刺激声音。

在那不太悦耳的动静里，躲在二人隔壁的赵褚心中石头落地，尴尬迭起。他拿出手机，发信息质问扬名：你让我来到底什么目的？总不会是让我来听别人爽的吧？

扬名回复赵褚：把厕所纸篓里的东西提出来，离开厕所。在那两个人办完事前，你有两分钟窗口期。

“纸篓？”赵褚闻言略愣，而后往厕所隔间的角落里看去。在三号隔间的角落，他看见了一个黑色镶嵌金色边框的纸篓。典雅的纸篓里套着一只黑色垃圾袋，垃圾袋里则放着许多安全套和卫生棉。

“龌龊玩意儿！”看着那个典雅的纸篓，赵褚紧皱的眉头上满是费解。蹲坐在马桶上，顶着隔壁的巨震，他发信息给扬名：那些恶心东西我拿着干吗？

扬名则回复赵褚：你只剩下一分三十秒。

面对扬名冷冰冰的回答，赵褚略微犹豫后还是硬着头皮将垃圾袋提出纸篓，系住封口，而后便带着这包东西走出女厕。偷垃圾的行动十分顺利，不过在出厕所门前，赵褚很不幸运地在门口迎面碰见了一个赶来上厕所的女人。按常理在女厕所门口碰见女人是很尴尬且难以自圆的，不过有厕所里的那二位做背景音，赵褚突然感觉自己无所谓了。甚至，他还能指着那正在激烈晃动的四号厕所隔间，向那位高贵明艳、目瞪口呆的女士笑道：“三个人太拥挤了，还是两个人合适。”

赵褚的这一趟女厕所之旅，奇葩但顺利，不过依旧让他感觉尴尬不已。顶着尴尬，他找了一个清净的拐角停下来，问扬名：你让我捡垃圾干吗？

对方在略微沉默后回答：酒吧前台有一个穿着黑皮裙的女人，把这包东西递给她，并对她说“滚，你刚才在厕所干的事情我都看见了”。

“对一个女人说这种话？”赵褚犹豫，又问扬名：这样粗鲁地对一个女人，我不会被打吗？

这一次，扬名依旧冷冰冰地回道：快去，你只有五分钟。

赵褚紧紧皱着眉头，但还是去了。

拎着满是卫生垃圾的废品塑料袋，赵褚又一次在许多人的目光中穿过酒吧大厅，来到卖酒的前台。在那里，他果然看见了一个穿着黑皮裙、黑丝袜，身材微胖但依旧不失性感妩媚的女人。而且最关键的是，这女人赵褚还认识。她就是天眼集团人事部的范秘书，田楚的好友，田婷的骨干。

范秘书算是赵褚的上司的上司，虽然不直接管着他，却也依旧属于那种说一句话便能让赵褚的工作灰飞烟灭的角色。因为这个女人的位高权重，故而赵褚在和她打过照面之后，心中多少都有些打鼓。不过与赵褚的犹豫相比，范秘书的态度可就正常而强硬得多了。

“偷鞋贼！”范秘书颇为意外地看着赵褚，警惕地问，“这种地方你怎么进来的？”

说话间，范秘书下意识地向酒吧门口保安们站立的地方望去。看着范秘书的行为，赵褚也下意识地认识到这女人极端抗拒自己，长耗下去恐怕要对自己不利。

为了让荒诞的游戏继续下去，赵褚终于一反常态，用强硬的口气冲那女人开口：“范秘书，现在我请你马上滚！”

“你！”范秘书惊讶地瞪着圆滚滚的双眼，愤怒而激动地质问赵褚，“你敢这样和我说话？你算什么东西！”

“我是不算东西，”赵褚慢慢将头靠向范秘书，龇牙冷哼，“但你刚才在厕所干的事情又算什么呢？”

说话间，赵褚刻意将那垃圾袋提上来，放在了范秘书的面前。赵褚在说这些话时，其实心中也是七上八下没有底的。虽然他知道扬名肯定是在以那垃圾袋里的某种东西威胁范秘书，但他必定不知道那里边到底是哪张纸，哪滴液体能够威胁到这位堪称人事部二把手的精英人才。

不过就在范秘书将那双漂亮的眼睛聚焦在那只黑色的塑料袋上后，赵褚很快就意识到，自己的担忧都是多余的。范秘书在看见那只装满了卫生纸和卫生巾的垃圾袋后，吓得后退了几步。而后她看了看四周，见没人注意到自己，立刻靠近赵褚，用慌张的语气道：“我求你不要说出去，你不能毁了我的前途。”

赵褚不想多事，面对范秘书的苦苦哀求，他只是告诉她：“你现在走人，我不会和任何人说，一切就当没发生过，我说到做到。”

“就这么简单？”范秘书诧异。

“你走不走？”赵褚冷着脸下了逐客令。

面对赵褚的坚决，毫无办法的范秘书扭头走了。临离开时赵褚看见她裹着丝袜的小腿肚子都在打战，一副惶恐至极的样子。范秘书的表现让赵褚困惑，他想不通这废纸堆里到底有什么玩意儿能让她惊恐至此。他拿出手机，编辑短信问扬名：为什么范秘书如此恐惧？

扬名则回复赵褚：马上把垃圾扔掉，回到范秘书的座位上喝酒，你有两分钟时间解开心中的困惑。

两分钟。

赵褚明白了扬名的意思，而后他带着好奇利用这不多的时间，提着女厕所的垃圾快速来到男厕所，将那一包东西倒进了男厕边的大号垃圾桶。在有限的时间里，赵褚很仔细地倒着垃圾，他突然看见垃圾袋里有什么银色东西一闪而过，掉进了大号垃圾桶。循着银色闪光，赵褚在垃圾桶里翻找了一下，立刻明白范秘书见到这些厕所垃圾如此恐惧了。

赵褚在一堆女性卫生用品中看见了一支医用注射器，一支银色针头，还沾染着些许鲜血的注射器。看着注射器，赵褚彻底明白范秘书在恐惧什么了。显然，范秘书刚才是在厕所里用这注射器给自己打过什么不好让人发现的药物的，但至于打的是毒品还是黄体素之类，赵褚就不得而知了。

看着范秘书龌龊行为的证据，赵褚一阵别扭。他回到扬名指定的吧台位置后，忍不住发信息道：想不到范秘书会是这种人，你又是怎么知道这些的呢？

扬名回复：只要她还带着手机，对我而言便没有任何秘密。

赵褚看着扬名的信息，突然产生了恐惧，仿佛他手中握着一只随时会苏醒吃人的怪物。正在赵褚对着手机发呆时，扬名发信息告诉他：时间到了，第四章最后一步，坐在你现在的座位上喝酒一个钟头，一刻都不许离开。

“嗯。”看过扬名的信息后，赵褚收起手机。

扬名的提示依旧让人看不懂，依旧让人感觉到隐隐的不安。不过再怎么说，赵褚总算是不需要争分夺秒的东跑西逛了，这无疑让他内心的焦虑一下子缓解了不少。而且，过去的赵褚也是一个常逛酒吧的爱酒之人。对他来说，在酒吧里小酌甚至亲自调酿，已经是他五年多不曾有过的享受了。

扬名给了赵褚一个看上去颇为享受的任务，赵褚便也乐得在吧台上坐着品酒。在略微观察了吧台后的酒柜后，他很快便按照自己的品位，向调酒师点了一杯“呢帽”酒，并强调要加双份的牙买加劳姆。

调酒师将呢帽酒递给赵褚后，酒瘾勾馋的他立刻含起吸管慢慢地品了一口。不过就在赵褚这第一口酒刚刚喝到嗓子眼儿的时候，他的后背被什么人猛拍了一巴掌！

“啪”的一声过后，拍他的人还用戏谑的嗓音道：“范范，你平常不是不喝酒吗，怎么喝起呢帽酒了？”

背后之人的话很平常，但拍打赵褚的时机太巧合了。因为对方的刺激，那几滴酒水进了赵褚的气管，而后酒精刺激的赵褚剧烈地咳喘起来。在赵褚脸红脖子粗的咳喘中，背后拍打他的人也有些慌了。慌张中，那人递给赵褚一块手帕，连声道歉：“对不起，我和我朋友约在这里碰头，我没想到……哎？是你，偷鞋的贼！”

在拍打赵褚的人喊出“偷鞋的贼”四个字的时候，赵褚也看见了对方的容貌，并同时惊讶地喊道：“田二小姐？”

虽然惊愕意外，但是赵褚依旧确信那拍自己的人就是田家的二小姐田楚无疑，因为虽然她的容貌和她姐姐田婷趋同，却远远没有她姐姐的那种狠劲和冷静。最重要的，田楚是一个有良心会认错的姑娘，而田婷无论电视上还是私下里，从没有和任何人真正道歉过。

赵褚发现田楚满身酒味，双颊微红，已有三分醉意，手里还夹着一支盛放琥珀色鸡尾酒浆的玻璃杯，俨然是真心要买醉的架势。酒醉的田楚多了几分妩媚，也多了几分失态。

醉眼间，田楚满脸的困惑，嘴中更是嘟嘟囔囔地问赵褚："奇怪，明明刚才小范坐这里的，怎么？"

"范秘书说她有急事先走了，让我坐这里告诉您一声。"赵褚胡编完，又问田楚，"倒是您，怎么喝到连男女都分不清楚了呢？就算是失恋也不能这么喝啊。"

"失恋？"田楚警惕地看着赵褚，"你怎么知道我失恋，你偷窥我？"

"我哪里敢偷窥您？我只是来这里赚外快的。"赵褚急忙否定。

"那你怎么看出来的，快讲。"田楚不依不饶，"不讲我就让我姐开除你！"

"从你酒里看出来的！"在田楚的逼迫下，赵褚无奈地指了指她手里的酒杯，"你这种鸡尾酒叫'佳人梦'，一般懂酒的人会在失恋和惆怅的时候喝它。这种酒您一个人喝，不是失恋是什么？"

田楚用极为惊讶的眼光看着赵褚："你一个管道工，却懂'酒语'，又认识Widows Dream，很厉害啊。"

"我不是管道工，是下水道监理师，负责检查下水道裂缝和沉降的。"赵褚纠正田楚的错误，指着那杯鸡尾酒又讲，"我妻子以前开酒吧的，在我落魄到现在这副样子之前，我也有这方面的爱好。"

田楚突然给了赵褚一个灿烂的笑容，而后她竟然坐在了赵褚身边，对他说道："酒逢知己千杯少，你陪我喝一杯？"

"我又没失恋，怎么好陪您喝这酒呢，而且您听我一句。"赵褚看着田楚喝了过半的酒杯，"我曾听一个懂酒的朋友讲过，喝酒使人抑郁消沉，并不能让你真正的摆脱烦恼。"

"陪我喝一杯。"红着脸的田楚伸出一根指头来，冲赵褚耍大小姐脾气道，“你要是不喝，我就让我姐开除你。”

“又开除。”田楚把赵褚说无奈了，他不得已问，“小姐，为什么一定要我陪您喝酒呢？我又不是你闺蜜。”

“可你现在坐在她的位置上。”田楚醉醺醺地笑道，“我们田家人有规矩，谁坐在什么位置上，谁就得尽那个位置的责任。”

“这……”听着田楚的话，赵褚一下子有些傻了。

他忽然意识到扬名让赵褚赶走范秘书的最终目的，难道只是为了让自己陪田楚喝酒套话？

赵褚过去是常泡吧的人，而且会一手调酒的绝活儿。他虽然没有干过职业三陪和调酒师，但也是半斤八两差不多的。更何况他面前的女人又是田婷的妹妹，天眼集团的高层，和她处好关系，对赵褚可以说是一本万利。

在田楚说出那些幼稚而强硬的要求后，赵褚即刻回应：“好吧。我陪田大小姐浅酌，不过‘佳人梦催人睡’这酒您不能再喝了。得换个新花样，提提精神。”

“你喝什么？让酒保上！”田楚一脸期待地答应。

赵褚又说：“不用他们，我为您调一种酒吧，喝了之后或许能治好您的失恋。”

“很好，很好！”田楚更加期待地点头，并主动冲吧台后的酒保道，“酒保，给我朋友一个调酒瓶，他要大显身手啦。”

“您瞧好。”说话间赵褚向酒吧的前台要了粉塘、苦酒、青柠汁、苦艾酒、鸡蛋、白兰地。他拿着勺子按照过去的记忆将这些东西调配好，而后放进摇酒的钢瓶，猛然抛起！

这一次花式调酒，因为扬名曾说过不能离开座位的缘故，所以赵褚只做了高抛低接、背后投杯等几个简单但精准的动作。不过也因此，他的调酒少了几分花哨，多了几分绅士之风，还引起了许多男女宾客的侧目。

赵褚将酒浆调好后，打开调酒瓶，放入矿泉水和两小块冰，而后将那明绿色的酒浆倾倒出来，放进侍者递送的鸡尾酒酒杯里，给田楚推送了一杯。杯到美人前，赵褚同时向田楚言："尝一尝，第一口有点酸，第二口有点甜，第三口甘醇，第四口爽快，然后你就会好很多。"

"哦？"田楚瞪大了眼睛盯着面前的鸡尾酒酒杯，用吸管先喝了一口，皱了皱眉头后，又如赵褚所言，连品了三口。

四口酒后，田楚的酒杯见底，她原本充满彷徨和朦醉的脸变得振奋起来。不过醉意从三分变成了五分。

"你这酒不错，不过味道上你说的不太对。"田楚告诉赵褚，"第一口特酸，第二口特甜，第三口甘而不醇，第四口又冷又畅快。"

"正常的。"赵褚解释，"因为这酒里我加了双倍的青柠檬和糖，酒精却少了一半。"

"哇，你私改配方，够坏的啊。"田楚畅快地笑了，精神明显好了很多。

她问赵褚："对了，你这酒叫什么？为什么喝过之后，能让人心情好很多。"

赵褚小喝了一口自己的酒水后坦言："这酒叫'振作起来'，里边的青柠汁能缓解犹豫。"

"Brace Up？"田楚诧异，"Brace Up我喝过，绝不是你这个配方。"

"我这是Brace Up Saratoga，即'萨拉托加振作起来'。"赵褚微笑着告诉田楚，"在冷城曾经只有我妻子会调这个酒。"

"你妻子？"听着赵褚的话，田楚好奇地问，"她很喜欢喝这个？”

“不是很喜欢喝，因为正如你品到的那样，它太酸了。但是，”赵褚仰头将杯中酒喝尽后告诉田楚，“但是这酒确实能让人振作起来，一如人活着，酸甜得失什么都有，全品过方能畅快。”

“酸甜得失什么都有。”田楚看着空空的酒杯，一副若有所思的样子

接下来的一小时，赵褚和田楚聊了很多关于酒和人生的事情。田楚似乎很佩服赵褚对酒的认识，聊得很嗨，赵褚则为了巴结好自己上司的上司的上司的上司的妹妹而尽量逢迎着。在两个人说说笑笑不知道聊了多久后，赵褚听见背后有人喊话：“田小姐，您喝多了，该回去了。”

说话人的声音几乎没有感情，而也因为那种太过特殊的毫无感情的声音，赵褚没有回头便知道那人是天眼集团经保部的0146。

0146的出现让心情刚刚好了一些的田楚瞬间变得扫兴。她借着酒劲指着0146：“你又来管我，我姐姐是让你来保卫我安全的，不是让你给我当保姆的。”

“您必须走了，这是您姐姐的意思。”0146走到田小姐身边，看了一眼赵褚又说，“她担心有人会拿您的事情做文章，让您按时回去。”

虽然已经有了醉酒的意思，但是田楚在听见“姐姐”两个字后立刻变得顺从起来。

尽管她依旧满脸的不甘心，田楚放下酒杯，跳下椅子后，意犹未尽地向赵褚招手：“再见，偷鞋贼，谢谢你的酒。”

赵褚回以礼貌性的微笑，而后下意识地拿出手机，看着上面的时间。距离自己坐在范秘书的位置上，刚刚好一个钟头。

看着时间，赵褚非常无奈。看来这一次的任务扬名又把他当成

了专属陪酒的“三陪”，虽然这一次当三陪的难度远不如上一次大。田楚走后，赵褚发信息给扬名：第四章的游戏结束了吧？好像我该领取奖励了？

扬名回复赵褚：请看田楚的杯子。

赵褚缓缓低头，向田楚的酒杯中望去。须臾后，他惊呆了。

田楚被0146带离酒吧后，不满意地坐进了迎接她的专车里。0146坐进驾驶室后，从后视镜里看着田楚，冷冰冰地问：“二小姐，您怎么又和那个赵褚碰见了？”

“不知道，”田楚摇头，“不过他人心眼不错，挺照顾我的。”

0146发动汽车，同时警告：“人心好坏不是肉眼能看出来的。田小姐对待那种别有用心的人更应该小心。”

“哦。”田楚爱答不理地向0146回应了一声，而后坐在副驾驶的位置上看着夜晚的风景。

田楚满眼疲惫醉意地看着车外渐渐荒凉阴暗的景色，起初是轻松而慵懒的。不过随着路途的延续，她看着窗外风景的眼睛变得渐渐警觉起来，原本五分的醉意也逐渐只剩下两分。

她发现0146的汽车逐渐开出了冷城的市区，原本熟悉热闹的景象也渐渐变成了一座座墓碑和一片片诡异阴森的山区树林。诧异不安中，田楚质问0146：“不对，这不是回我家的路。0146，咱们到底要去哪儿，你为什么带我去公墓？”

“不是公墓。”0146告诉田楚，“您姐姐要我带您去神龙坛开会。”

“神龙坛？”听着这不常听见但是足够震慑的地名，田楚表情瞬间变得凝重，原本剩下的两分醉意也在0146这一句话后彻底烟消云散。

神龙坛，这是一处雄踞在冷城北郊至高峰“太平山大旗顶”上的观景建筑群，它原本是乱坟岗间的一块荒地，现在却是天眼集团最“神圣”的地方。

天眼集团之所以对那块荒地刮目相看，是因为在七十多年之前，天眼集团的三个创始人——洛昌辉、刘康和田宝鹤便是在这个地方仿桃园三结义之故事，结为异性兄弟，从此开拓出庞大的产业。为了纪念当年的结拜，兄弟三人在天眼集团上市的那一日买下了整座山峰，又在结拜日三十周年的时候于山峰上破土动工，建设了地上三层，地下七层的高山观景中心“神龙坛”。

这个观景中心，因为其特殊的意义，便成了天眼集团的“丰碑”和“会议之地”，每当集团高层有重大事件需要调解和协商时，一定会在这里举办会议，每当有政府的高官需要和天眼集团协商时，集团也一定在这里接待。相对应的，如果天眼集团选择在这里召开会议，一定也意味着冷城将要有什么重大的变化发生了。神龙坛，这是一个血腥、肮脏但又装点得无比神圣庄严的存在。这样的存在，田楚在懂事之后便一直不敢也不忍踏足。

怀着对神龙坛极不美好的记忆，田楚在盘山公路上越发紧张。而当汽车停在那正圆形、三层楼、能俯瞰整个冷城的山顶观景台前时，她急切地问0146：“到底什么会议要在这里开？这场会议谁主持？”

“田老爷的死讯需要在内部公开了，”0146为田楚开门的时候只回答了一半问题，“剩下的，您姐姐会说的。”

在0146的答复后，田楚精神紧张地下了车。

夜色中神龙坛高大浑厚的大理石主体建筑呈现着最灰暗的颜色，虽然它有许多装饰灯光的交相辉映，但就是让人看不通透，更让田楚感觉它像一只盘踞在冷城上空的多眼怪物，正贪婪地看着身下的城市。

田楚走到神龙坛的入口台阶处，一位穿西装的工作人员将她引导进了正门。进门后，田楚惊讶地看见这神龙坛内部已被天眼集团的经保部门接管了，时不时有三五成群、挎着冲锋枪的人员往返巡逻。在那些巡逻人的背后“JBD”三个白色的标志字母，显得刺眼醒目。

冷城的明眼人都知道，全副武装的JBD是冷城除了警察第二大的准军事组织。虽然天眼集团一再对外强调JBD这个准武装部门的人员并不多，也只有一般的自卫武器，但实际上他们的质量和数量都很高，战斗力足抵得上一支小型的正规军，至少远在冷城警察之上。而且，这些人除了拥有常规武器，还拥有天眼集团最先进的技术做助力。

JBD的武装力量是天眼集团的重器，这样的重器自然不会轻易使用。故而当田楚看见那些全副武装的队员后，便立刻确认今日的突击会议果然十分重要，恐怕会有许多天眼集团的上层领导到场，恐怕会决定未来天眼集团之生死。

尽管心中已经有了预想，当田楚跟着0146来到神龙坛地下负二层的半圆形背投式会议厅后，她还是被眼前的场面震惊了。她看见，把持天眼集团的三大家族中，洛家的当家人洛宝赞、刘家的当家人刘糯以及他们田家的当家人田婷悉数到场。除此之外，连田家早已分家单干的两个叔叔和三个堂兄也在这里。显然这是一次家族会议，会议的内容绝对涉及三大家族最隐秘的事情。

0146将田楚带到会议厅后，便离开了她，径直走到田家大小姐田婷的身后。田婷则在0146回来后，向身材矮胖的集团首席执行官刘糯客气地问话：“刘叔叔，我们田家当事的人都到齐了，我可以开始了吧？”

“好。”刘糯点了点头，面色凝重的像是冰冻般。

得到首席执行官首肯后，田婷向在场的所有人道：“今天把咱们三家人都着急叫来，是想通知各位有关我爷爷的善后。”

说话间，田婷走到会议室的投影仪前打开投影仪，放了几张建筑物着火的照片，告诉与会者：“我爷爷被偷盗的尸体在八天前被人发现了。我们进行了尸检，因为技术部大火的原因，爷爷的尸检报告现在才出来。根据法医和技术部的分析，爷爷尸体完好，除了脑部没有。”

“婷呀，”大叔叔打断了田婷的话，相当犀利地说，“你说的这些还是官面话，咱们田家人听得耳朵都起茧子了。我们只想知道老爹尸体丢失那晚到底发生了什么，为什么JBD和警察都抓不到偷尸贼？”

“对啊，”另外一个叔叔也指着田婷的鼻子警告，“婷，你再怎么说也姓田，不能胳膊肘向外拐，得给整个家族一个交代。”

“这……”田婷犹豫着，下意识地将头转向集团的首席执行官刘糯。

刘糯是天眼集团的首席执行官，也是集团第二代中最德高望重的。他看了看田婷那为难的脸：“当然要说，在神龙坛如果还不给诸位一个解释自然是不行的。”

刘糯发话后，田婷从身上拿出一张存储卡，插进了会议厅的数字投影仪。须臾后，她从存储卡里调出了一段视频。

在打开视频前，田婷的动作停顿了一番，神色凝重地向与会的所有人特别强调：“接下来我要播放的内容，很容易引起人特别是咱们田家人的不适，如果哪位亲戚受不了刺激血腥的场面，请退出会场，这不是在开玩笑。”

田楚随着姐姐的话环顾四周，发现每一个人的面色都异常凝重。但是即便如此，没有人退出去，因为毕竟这涉及的是他们的亲人，他们爷父的含冤之事。

在静默地等待了几秒后，田婷通告了一句“那我开始了”，终于摁下了投影仪的播放键。在一声清脆的咔嗒声后，一段黑白画面的监控视频迅速从投影仪中播放了出来。看着那视频里的日期信息，田楚得知这是去年爷爷田宝鹤尸体失踪当晚的监控。

画面一开始，田宝鹤干瘦死寂的尸体被写满了经文的幡布和诸多玲珑法器遮盖着，显得庄重、宁静而慈祥。不过在两分钟后，田楚却愕然看见爷爷原本紧紧闭着的双目竟然缓缓睁开，身体也从经床上直挺挺坐了起来，而后赤脚下地，机械地走动起来。

瞬间，田楚的心提到了嗓子眼儿，但眼睛依旧一动不动地盯着那画面。田宝鹤的尸体在地上漫无目的地走，每每遇到墙壁和阻碍物，便如皮球一般弹回来继续。随着老爷子的走动，地面上发出“吧嗒，吧嗒”的响动，那响声不大，但足够让会场的气氛紧张压抑到透不过气来。在极度的压抑中，每一个田家人都瞪大了眼睛，大叔叔更是惊愕地喊道：“老爹没死？”

“不对，”田楚的一个堂哥则愕然地讲，“是诈尸！”

“别胡说了，先看，我会解释的。”田婷无奈地说道。

在投射屏幕里，大家看见田宝鹤“复活”之后没过多久，便有JBD的武装人员冲了进来。那些人看见田老爷的第一反应和在场的诸位差不多，都是又紧张又愕然。不过纵然如此，还是有一个家伙走到田宝鹤面前，用慰问的语气道：“田老爷，您没死啊，太好……”

严格说，那人的“好”字只说了一半，而后田宝鹤便仿佛受到了什么刺激一样，全身猛然抖动了一下，紧跟着冲到那人面前，用他佝偻瘦弱但足够狰狞的手，将那人的脑袋拧了下来。

伴随着“咔嚓”一声脆响，画面里和画面外同时混乱起来。田楚被这可怕的画面刺激到了，尖叫中猛地闭上了眼睛。田家的两位叔叔则用惊骇颤抖的声音连连质问：“怎么会这样，怎么会这样？”

接下来的画面，田楚没敢看。不过她早知道，爷爷尸体丢失的那天晚上，有五个JBD的保安在太平间被活生生拧断了脖子，无一生还。虽然那五个人全部配枪，且都是退役特种兵出身。

在大概十分钟的骇然画面放完后，田婷关了投影仪，而后她用忐忑无奈的声音告诉田家的子弟：“现在各位叔叔知道为什么集团不能把这种画面公开了吧？影响太恶劣。”

在深深的刺激后，田楚第一个发问：“为什么爷爷会变成那个样子？”

听着妹妹的话，田婷却回身看了看坐着在的刘糯。在得到刘糯首肯后，她扭过头来，又向本家人讲：“爷爷七年前得了脑萎缩，记忆和呼吸退化严重，医生曾经说他活不过半年了，这些事情你们都记得吧？”

“当然。”大叔叔应答，“但不是做了个什么逆命手术就好了吗？”

“爷爷‘诈尸’，问题就出在那手术上。”田婷告诉众人，“那种手术，在集团内部的代号为‘逆命’，研发编号为‘天目18’，是一种器官代偿性手术，通过植入入侵式ANS设备来重建人的脑部功能。”

“ANS设备？”一个学习不很好的堂兄诧异，“那什么玩意儿？为什么我们大家都不知道？”

“ANS，英文全拼Artificial neuron system，意译为‘人造神经元系统’。你可以理解为我们在爷爷的大脑里植入了一台能够自持的电子计算机来代替他的部分脑功能。这台电子计算机功能强大，不光能够弥补爷爷衰退的脑力，还能进一步强化人体的运算和协调能力。这是当年爷爷牵头的一个前沿项目。里边涉及的技术价值一百五十亿，技术细节则是爷爷力主保密的。”

说完天眼集团逆命手术的神奇特点，田楚又强调：“从目前的结果看，当年的保密做得很对，而且手术也并不像原本预期的那样成功。”

田楚问姐姐：“那按姐你这么说，爷爷诈尸是因为这个手术里植入的ANS？”

“对。”田楚又讲，“爷爷脑里的AN有些像人造心脏，靠内置电源驱动，还可以存储生物电，不会自主停下。所以，如果有人用恶意代码攻击爷爷的AN，就可以借助AN里的残余电流刺激神经收缩，从而让爷爷自己跑出停尸房伤人。”

“明白了。”大叔叔拍着桌子道，“老爹的尸体价值一百五十亿，有商业间谍为了求财，便用黑客控制尸体，把那东西偷了出去。”

“这是目前的推测，”田婷又告诉在座的各位，“但我感觉真实情况远比这要复杂得多。”

田婷低头沉默了一阵，仿佛是对田宝鹤的默哀。之后又说道：“爷爷的尸体被找回来后，我让技术部的人对爷爷残留的AN进行了分析。分析结果显示咱们的损失十分惨重，爷爷放在头脑里的遗书和许多记忆都消失了，取而代之的是一段军方使用的机器人模拟战斗程序。也正是因为那战斗程序，才导致去年爷爷的尸体无差别杀人的。”

“那照你这么说，这个黑客很厉害。我们收回来的只是一个空壳，内部的文件全被人盗了？”大叔叔愕然。

“不只是厉害。”田婷告诉众人，“爷爷在死前似乎已经意识到他的AN会遭人入侵，所以他在生命的最后几个月拒绝翻看任何电子产品，也拒绝在任何有视频监控和二维码的地方活动。但即便如此他还是被入侵了，而且是在死后。”

田婷又一次沉默了，那种沉默让一旁的田楚深感不安。她能感觉到姐姐的无奈、愤怒和无助。在与会者一阵沉默后，首席执行官刘糯告诉大家：“今天我和田婷主持这个会，第一是告诉各位田叔的情况，好对大家有个交代。第二是提醒各位，有人在针对咱们天眼集团做大动作。所以，大家如遇见可疑的人事，务必和总部联系。”

“是呀，多事之秋，大家更得摒弃成见，抱团取暖。”这个时候，整场会议中不曾言语的另一位集团勋贵洛宝赞开口强调，语气中难掩伤感意味。毕竟，他刚死了儿子。

洛宝赞在说话间与田婷对视了一眼，却被她愤怒至极的目光瞪了回去。

“好了，到此为止吧，散会。”说完，刘糯起身离开，田家人和剩下的几位公司高管陪同他走出了会议厅。

看着渐渐空荡的会议厅，田楚感觉自己更紧张了。田楚寻隙追上姐姐，质问道：“姐，你和我说句实话，入侵爷爷大脑设备的人是不是你们所说的那个‘零’？”

“妹！”田婷脸上闪过诧异，又迅速平复下去。

她告诫田楚：“好奇会害死人的，所以去玩吧，放松放松心情，我会安排人保护你的。”

在这风声鹤唳的时期，田婷却让自己的亲妹妹去玩？这让田楚感觉到了一种被矮视的不甘，也让她感觉到自己地位的卑微。明明是一样的脸，明明是一个母亲，为什么姐姐可以挑起田家的大梁，而自己只能当个无足轻重的影子呢？这样的感叹让田楚非常不甘。也因为那不甘，田楚在田婷带着0146离开了自己的视线后立刻拿出手机，找到她的挚友、信息部的雷昂的电话，略微犹豫后拨打了过去。

雷昂很快接起电话，兴奋道：“田小姐，您又有什么事情啊？”

田楚在看了看四周，确定没人监视后回答：“我想让你再帮我查一个人。”

“谁？您说。”雷昂满怀期待。

“零！”田楚终究还是说出了那个名字，并解释，“我怀疑这个人和我爷爷的死有直接关系，甚至她还可能害更多的人。”

“她？这……”雷昂踌躇犹豫。

“求你了，看在咱们同窗同学的分上。”田楚软言央求了一句。

“好，好的。”面对田家二小姐的“糖衣炮弹”，雷昂终于答应道，“我帮您查，但是您要有心理准备，‘零’可不是一个能够随便调查的女人。”

第六章　抉择

赵褚终究没有看见手机上显示出第二十秒的提示，因为就在三十秒的倒计时刚刚过后，他把手机摔在地上，同时向田楚的方向疾速奔去。扬名那冷冰冰的诱惑，终究没有抵过赵褚的良心。

从卡门酒吧完成第四章游戏的赵褚，很快回到了妻子的404病房。在悠扬乐曲的陪伴下，赵褚低着头，拧着眉毛，一动不动地看着自己的右手。

此时在赵褚的右手中，有一枚戒指。

戒指是典型的“金镶玉”，在它金黄耀眼的戒托下部刻着一个小小的“田”字，上边则是一颗榕树叶形状的绿色宝石。那宝石通透如水，娇艳欲滴，惹人垂涎。这戒指便是扬名给赵褚的“章节奖励”了。

赵褚在田楚的酒杯里看见这枚戒指时非常惊讶，所以，他第一时间将戒指装进了衣兜，又第一时间问扬名这东西是怎么神不知鬼不觉地放到田楚的杯子中的。

对于赵褚的提问，扬名则坦诚告诉他：很简单，我把戒指冻在冰块里，在田楚要冰时加进了她的酒杯。

看着扬名的回复，赵褚立刻抬头寻找那个曾给他们加冰的酒保，却发现那家伙再也找不到了。依稀的记忆中，赵褚想不起也没注意那人的脸，只记起那家伙的衬衣似乎是花格子。

在得到宝石戒指之后，赵褚很长一段时间都在用手机上网查找这种宝石的资料。后来他经过反复对比研究确认，这榕树叶形状的宝石是顶级的翡翠“帝王绿”，如果卖掉，价值在大几百万至上千万之间。可以说，有这枚珍宝在手，赵褚和妻子的下半生，真的就衣食无忧了。面对着能让人荣升富贵的宝物，赵褚的兴奋可想而知。而也在那种兴奋劲头的支配之下，即便入夜很深了，他竟然没有一丁点儿困意。

就在赵褚盯着宝石戒指看了不知道多久的时候，他放在窗台上的手机突然响动了一声。赵褚的手机铃声是现在唯一能让他费神分心的动静了。他忙拿起手机，看见果然是扬名发来的信息。

扬名问赵褚：激动得睡不着吗?

赵褚面带微笑地回复：有些，谢谢你给了我这么大的奖励。

扬名回复赵褚：不用谢。这是各取所需的游戏，也是你应得的。

面对扬名的谦虚赵褚感觉不太适应，他想再和扬名说些客套话，内心的欲求感却迫使他发信息问：游戏的第五章什么时候开始呢?

扬名回复：已经要开始了，第五章的难度空前，甚至它的第一步便足够让你感到窒息，我希望你做好心理准备，想好是否还要继续参与。

看着扬名的提示，赵褚微微皱眉。其实从一开始参与扬名的游戏，赵褚便明显感觉到这个游戏的难度是逐渐加大的。扬名让赵褚干的每一件事情，都是建立在他强大的观察和调度的结果之上。所以，终章的难度飙升也并不是意料之外的事情。

也因为早有预期的原因，赵褚在看到扬名的提示后虽然皱眉犹豫但并没有思考多久。仅仅不到一分钟后，他就发信息回复道：我参与。

扬名须臾后回复赵褚：游戏第五章开启，章节名称“抉择”。第一步，请于明天早晨八点零三分打电话，将你手中的翡翠戒指还给田楚。

扬名又发了一串电话号码给赵褚，在号码的备注里写着“田楚”两个字，名字后还附加着一句话：最后的考虑，是否要参与第五章?

赵褚看着手中刚刚得到的极品翡翠，骤然感觉到了选择的困难。他更感觉到这第五章的“抉择”，一上来便给了自己一个堪称残酷的人性考验。

赵褚知道这枚戒指可以让他衣食无忧，再不用为妻子未来的治疗费用担心。但是如果他想更进一步，想赌把大的乃至把妻子治好，则必须要放弃眼前的“奖励”，去赢取一个通关游戏的机会。是舍弃眼前的戒指，争取一个可能的机会，还是放弃眼前的机会，守着这笔财富安安稳稳地过下半辈子?

面对两难的抉择，赵褚犹豫了很久，在犹豫之后，他却十分坚定地回复扬名：好的，我会准时给田楚打电话的。

扬名发信息问：真答应了吗？我很意外，你真的不需要再考虑考虑是否放弃?

赵褚回复：不能放弃，因为我欠我妻子太多，如果不能看到她醒来，我一辈子不会安生。

在沉默了许久后，扬名回复赵褚：人皆曰予知，驱而纳诸罟擭陷阱之中，而莫之知辟也。

赵褚看着那不知是讥讽还是提醒的回复，苦笑着回答：我本就一无所有，纵然身入陷阱也不会再失去什么了，所以我不怕。

又是一阵沉默后，扬名回复赵褚：唯一的提醒。明天你告诉田楚，这戒指是你从下水道捡到的。

赵褚对扬名回复了一个“好”字，恋恋不舍地看着面前的戒指。明天，它就不属于自己了。

一整晚，赵褚都没有睡好，几乎每过半小时便起身看一眼表，生怕错过了与扬名约定的时间。在这种堪称煎熬的等待中，赵褚挨到八点零三分后，立刻拿起手机，将扬名提供给自己的号码拨打了出去。

在短暂的提示音后，电话那边有一个慵懒的声音问：“喂，谁啊？”

“我，赵褚，偷您鞋那个，您是田二小姐吧？”赵褚激动地说，“我有一样东西想给您看一眼，保证您看过之后，绝对意外惊喜。”

“这么早。”田楚的口气略微精神了一些，并带着几分警惕追问，“你是不是又有什么阴谋？”

“绝对没有，我只是想还您一样贵重物品。”赵褚保证道。

“嗯，好吧。”田楚在略微犹豫后答应道，“我现在起床，一个半钟头之后咱们在贡茶水吧碰面可以吧？”

“哦，蒙莎路的贡茶，我马上去。”赵褚在约定好时间后长长地出了口气，而后他挂断电话，一往情深地看着自己躺在床上的妻子。穿好外套后，赵褚对妻子说了一声“马上你就会醒”，便急匆匆出了康复中心的门。

这一次，赵褚准时到达了与田楚约定的水吧，不过他还没在水吧的圆凳上坐稳，便发现有两个穿黑西服的家伙向自己冲了过来。那二人一高一矮，面色颇为和气，一上来便问：“先生，请问您是来找田楚小姐的吗？”

“是。”

在听到赵褚的话后，两人原本微笑的脸猛然拉了下来，同时伸手一把将他死摁在桌上，毫不客气。赵褚被这两个力量奇大的家伙摁压得有些喘不过气来，但还是喊出了两个字：“干吗？”

在赵褚喊出“干吗”二字后，个子较高的一位突然将一个冷冰冰的东西压在了他的脸上。

那是手枪。

感受着冷冰冰的枪口，赵褚再不敢乱折腾了。在枪口下，另一个人将赵褚身上摸索了一遍，似乎在确定他是否藏匿武器。直到那人完成这些粗鲁而专业的检查后，赵褚才被松开。松开赵褚之后，首先对赵褚施暴的家伙收起手枪。

他微微颔首，用无奈的语气告诉赵褚：“对不起，因为最近田家出了太多事情，我们JBD不得不小心，”

“田家又出事了？”赵褚诧异，旋即多嘴追问了一句，“出什么事情了？”

那人没有回答，只是指了指这家贡茶水吧的二层：“二小姐在楼上等您。”

“哦。”赵褚看着这人的态度，知道田家必然出了大事。而且田家的事情，他估计九成九和扬名有关。狐疑紧张中，赵褚跟随着“接待”自己的保镖进入了水吧二层的一处隔间，在保镖打开隔间门后，他看见了早已等着自己的田楚。

今天的田楚穿一身黑白两色的连衣裙，朴素的像是在给谁戴孝。不过她的精神状态比昨天好了太多，看见赵褚后还主动给了他一抹笑容。

田楚的笑，像极了三月里的桃花。

田楚没有她姐姐那种高高在上的架子，在笑过之后，还主动向赵褚打招呼道："你好，偷鞋贼。刚才他们对你动粗你不要太介意，这是我姐的安排，最近家里发生的事情太多了。"

看着美人的笑颜，赵褚略微一怔，而后急忙从裤兜中将那只戒指拿出来，递给田楚道："当然不介意。我这次约您出来，是想送您个东西。"

在赵褚说话的时候，田楚就已经盯着他手中的戒指了。田楚盯着戒指的眼神非常怪异，她起初是狐疑的，而后是惊讶的，没过多久，竟然又变得骇然。

"这，这是……"突然间，田楚竟然不顾大小姐的身份，一把将赵褚手中的戒指夺了过去，又含着泪讲，"十年了，我找了十年，竟然在你手里。"

"十年？"赵褚诧异地追问，"什么十年啊？"

"哦，我太激动了。"田楚说话间将眼角的泪抹去，缓和了一下情绪才告诉赵褚，"这翡翠戒指是我爸送给我妈的聘礼。"

赵褚恍然大悟，彻底明白了田楚激动的原因，同时又诧异于为什么扬名能找到十年前田楚丢失的东西。在赵褚恍然的时候，田楚满怀歉意地告诉他，说她十七岁那年曾因贪玩，把这只戒指偷偷拿到学校炫耀。可后来，因为自己一个不慎，这只漂亮的翡翠戒指便掉进了下水道的竖井中。那一日，她为了拿回戒指，一生中唯一一次揭开下水道的盖子，在充满腐臭的流水中寻找妈妈的聘礼，换来的却只有满身的污泥。

十七岁的田楚弄丢了妈妈最心爱的东西，虽然靠撒谎和姐姐的包庇糊弄了过去，但从那之后，不知道是因为心理作用还是别的什么原因，她便始终感觉自己是家里的累赘，是姐姐田婷的影子。

“找到了，居然找到了。”田楚激动得热泪盈眶，扑过来拉着赵褚的手说，“你是怎么办到的啊，你怎么知道这戒指是我家的啊？”

赵褚很不习惯被美女用水汪汪的眼睛盯着，用激动的手缠着，不过他还是尽量冷静地回答：“这是从下水道里捞起来的，这么名贵的戒指，自然是大家族的东西。我见戒指上有个‘田’字，就拿过来让您看看。”

田楚在听了赵褚按照扬名教导所说的话后，激动的情绪减退了几分。用匪夷所思的口气问道：“赵先生，我发现你的命真的很好，为什么你总能在下水道里捡到意想不到的东西呢？”

“算命先生说我最近时来运转了，看来是真的。”赵褚尴尬地笑了笑，给了一个不是答案的答案。

其实，他又何尝不想问扬名这个问题呢。赵褚诧异于扬名为什么总能找到这些隐藏于下水系统的物品，仿佛他就生存在那脏乎乎的地方，仿佛他和那些下水道里的老鼠、臭虫都是挚友一般。

正在赵褚对扬名的身份而有所思考的时候，田楚又激动地问：“赵先生，你帮我找回了我年少时的遗憾，想要什么奖励啊，只要我能给得起的，都可以给你。”

赵褚略微犹豫，正在这个时候，他裤兜里的手机振动了两下。不用看，那一定是扬名的“提示”。

面对田楚期待的眼神，赵褚没有拿出手机，也没有说出他内心的渴望，而是在颇为勉强的微笑过后，告诉这姑娘：“二小姐如此看得上我，真让在下受宠若惊。既然这样，我想先去卫生间洗脸冷静一下，然后再提要求可以吗？”

“好，你去吧。”田楚说话间眨巴着黑丝绒样的眼睛，专注地审视着她刚失而复得的珍宝。

赵褚满头冒汗地出了隔间，进入水吧的卫生间后立刻拿出手机。上边有扬名的提示：第五章第二步，今晚十点，你要带田楚去天棚山看月亮，一分钟也不能耽搁。

赵褚看着扬名的提示，特别是“天棚山”三个字，双眼猛一阵惊瞪。与此同时，他内心因激烈的纠结而颤抖着，心中仿佛被千万根针扎一般痛苦。

因为心里的活动过于激烈，赵褚不得不扶着卫生间的墙壁才勉强站稳。也因为“天棚山”三个字，他终于真正感觉到扬名这游戏的第五章内容有多么残酷了。在缓和了好一阵后，赵褚向扬名恳求道：我求你，换个地方让我把田楚带出去行吗？只要不是天棚山，你让我带她去哪里都好。只要不是天棚山，你就是杀了这女人我也不会管。

等待了好一阵的扬名回答：那山你不熟悉吗？

赵褚回答：熟悉，太熟悉了。

扬名又问：那山上有什么让你十分害怕的东西，你不敢去？

赵褚的手指抖动得更厉害了，在紧张和恐惧的压迫下，赵褚又喘息了很长时间，才回答扬名：是的。

扬名质问赵褚：你害怕什么？告诉我！

在扬名的质问下，赵褚更加剧烈地抖动着。他愤怒地回复：我妻子之所以变成植物人，就是在那里的盘山公路上被车撞的。

可以说，天棚山有赵褚最为痛苦和扭曲的回忆。虽然那里是整个泠城夜色最美的地方，虽然那里有种稀罕至极的昆虫，虽然那里埋着扬名写给妻子和妻子写给扬名的两封最重要的情书。

天棚山是赵褚心头的伤疤，任何人提起那个地方，他都会想起那噩梦一般的车祸，想起妻子插满管子，满脸伤痕，头骨外露的可怖场面。那些，足以让赵褚情绪崩溃。所以，他再次哀求扬名：不要揭开我的伤疤，好不好？求你改个地点。

扬名那边先是长长的沉默，而后那家伙回了一句让赵褚异常绝望的话：一切都是计算好的，临时的改变会导致游戏的失败。所以，抱歉。

赵褚看着扬名的回复，心再次如刀扎一般疼痛。如有可能，他真的很想暴打扬名一顿。

在愤怒中，赵褚回复扬名：你这个冷酷无情的家伙！

扬名则回复赵褚：不，我比任何人都渴望情感。以后你会明白的，且你一定会明白的，但现在快去把田楚引诱出来。

扬名的话彻底断了赵褚退缩和求饶的念头，在妻子的康复和痛苦回忆的煎熬中，他只能选择前者。

从卫生间出来回到田楚身边后，赵褚笑道："那个，我只有一件事情想拜托二小姐您。"

"哦，你说，只要我能做到。"田楚满眼期待。

赵褚回答："今天晚上十点，和我去趟天棚山。"

"天棚山？为什么？"田楚有些费解地问。

"没别的意思，我就是……"赵褚拍了拍自己杂乱的头脑，稍微组织了一下谎言，告诉田楚，"您不是最近失恋了吗？我想带您放松一下心情。让您看一幕全冷城最为稀罕的山野景致，从而忘掉所有的烦恼。"

赵褚怕田楚误会自己想要拍拖，也害怕扬名真的会在那人迹罕至的山上要了田楚的命，故而他又特别强调："当然，您能带保镖，对于您这样地位的人，什么时候安全都是第一位的。”

“这样啊。”田楚点点头，说，“你这人真有意思，拾金不昧就算了还处处为别人着想。”

“我不是拾金不昧。”赵褚颇为“诚实”地告诉田楚，“我只是想和您交个朋友，毕竟您是田家的二小姐。”

听着赵褚如此直白的话，田楚先是一惊，而后笑着道：“你很诚实，我爸爸曾经说过，交朋友一定要交诚实的人。”

赵褚向田楚表示感谢，感觉自己的脸有些烫。田楚答应了赵褚的邀请，之后还非常盛情地挽留他，两个人共进了午餐和晚餐。

或许是因为赵褚的话，在这一天里田楚果真像朋友一般看待赵褚，与他聊了很多很多。而随着了解的深入，两个人在交谈中逐渐发现他们有许多共同的爱好，比如登山，比如美酒。也是在交谈中，赵褚发现田楚活得很精致很纯粹，一如五年前的自己，一如他未曾陷入昏迷的妻子。

晚饭后，赵褚在田楚的盛情邀约下又去了冷城的一处高档酒吧小酌，而后他才坐上田楚的专车，在两个保镖的护送下去了全冷城夜景最好的天棚山。须臾后，赵褚在盘山公路一个急转弯的地方看见了一块明黄色的反光警告标志，那标志上有亮白色的四个大字“危险路段”。

“唉。”看着那四个大字，赵褚撕心裂肺般哀叹了一声。

赵褚的叹息声是如此的不自然，以至于座位旁边的田楚都诧异地问他：“怎么了，哪儿不舒服吗？”

面对着给予自己巨大刺激的警告牌，赵褚发泄般如实道来：“我妻子就是在这里出的车祸，然后变成植物人。”

“伤心地。”田楚脸上一副颇为意外的表情问赵褚，“既然是伤心地，为什么还要带我来这里看风景？”

“为了二小姐的心情，也为了我自己。”赵褚强忍着扬名带给他的无奈，向田楚回答并解释，“不管什么事情，人总得面对才能解决。”

“你真坚强。”听着赵褚的话，田楚语气中竟有了几分佩服。

天棚山虽然叫山，但不是什么高山峻岭，所以他们的汽车出了市区，在盘山路上行驶了十几分钟，走过仅有的几个弯道之后就到了这座山的山顶。

初来山顶的赵褚是极为忐忑的，因为扬名让他在这样夜黑风高的夜里约一个姑娘出来，明显是动机不纯的。他害怕在天棚山的山顶上，那个躲在背后的扬名会对田楚不利，一如他曾经对田宝鹤以及洛天赐用过的手段。紧张的赵褚跟随田楚下了车，用提防的眼神扫视着周遭的景色。

天棚山远离市区，山峰也不高大，山顶上更没有奇花异草和神仙洞穴，不过得益于泠城的开发，这里还是有一片不小且带路灯的观景停车场，场地周遭还有一个用水泥铸就的凉亭可供游人休憩。田楚下车后，站在凉亭的路灯下看着四周颇为荒凉的山峰，有些难掩失望地问赵褚：“这里的景色不像你说的那样好啊。”

如果说别的地方，赵褚可能无法应对田楚失望的感叹，在这天棚山上，他却能够轻易地说出此处最与众不同的美丽景致。毕竟，这里曾经有赵褚最美好的回忆和最痛苦的烙印。赵褚伸出手，指着漆黑夜色中一个极朦胧矮小的山包告诉田楚：“天棚山最漂亮的景色马上就会出来的，您多留意那里。”

“哦。”田楚有些期待地回了赵褚一句，看着那山丘静等了几分钟后，突然问他，“我能不能问你一个感情方面的问题？”

“您说。”赵褚点头，表情却无比紧张。

“你妻子变成植物人有五年了。”田楚好奇地问，“这五年你没有想过放弃？你有没有想过再找一个呢？”

赵褚不知道田楚为什么会问出与扬名一般的问题，不过在惆怅颓唐了一会儿之后，他还是回答：“说实话，想过但做不到，我亏欠我妻子太多了。”

“你亏欠她什么？”田楚费解地问。

赵褚抿了抿嘴，似乎难以启齿。或许是赵褚那难以启齿的态度引起了田楚的好奇，又或许是这姑娘真的把赵褚当作了自己的知心朋友，总之她在察觉到赵褚的踌躇后，又告诉他：“有什么堵心话，趁现在说出来呗。你会好受点的，毕竟是你告诉我——人总得面对。”

赵褚诧异于田楚的交心鼓励，不过因为她的话，他有了一吐自己内心隐晦的勇气。他开口道：“我和我妻子当年来这里看风景，徒步下山时遇见一辆失控的汽车。”

当时，那个本来应该被汽车撞到的人是赵褚，但是他在被汽车撞击的最后一刻，被跑过来的妻子猛然推开了。就这样，赵褚免于一死，而他的妻子却成了现在的模样。赵褚在说完那些他从未与人说过的隐秘后，嘴唇颤抖得厉害。不得已他伸手紧紧地捂住自己的嘴，好让自己看上去不至于过分脆弱。

身边的田楚默默地盯着他，满眼同情。过了许久她才开口道：“你活着真难。”

“谁活着不难呢。”赵褚强笑了一下，而后抬起头，重重地出着气。

时间又过去须臾后，赵褚突然用手指着先前向田楚指过的那座山丘，急切地告诉她：“快看，天棚山最，不，应该说全泠城最稀罕的景色要出来了。”

随着他的指点，四周的气氛顿时显得激动起来，在场的每个人都向那个方向望去。在宁静之中，大家突然看见在那座弯月照耀的小山丘上，在悄然间早已出现了一个巨大如黑云般的影子，盘旋上升着。

开始的时候，那黑色的影子很像是雾气，但是随着影子渐渐扩大，便像极了一片将下雷雨的巨大云朵，且越来越厚。在云层渐渐地聚拢中，田楚紧张急切地问赵褚："那是什么怪物？"

"那不是怪物，"赵褚指着山丘上缓缓盘旋的黑色道，"那是光，泠城最美的光。"

"光？"田楚诧异地看向那黑压压的东西，一脸费解，似乎丝毫不能把那黑洞洞的"云"和光联系起来。

在这个时候，天棚山周围那些灰黑色的"烟云"迅速向赵褚和田楚的所在的山峰聚拢，并快速旋转飞翔，一幕让田楚目瞪口呆的画面出现了。那些原本在黑暗中模糊不清的"云"，在进入天棚山山顶的停车场路灯照明范围后，立刻便变成了一点点，一片片荧蓝。

借着路灯的照明众人这才看清楚，原来那些飞翔于天的不是乌云，而是一种明艳至极、拇指大小、翅膀呈淡蓝色的飞虫。那些循着光源环绕飞行的飞虫有蝴蝶样的翅膀，它们围绕着天棚山山顶快速地盘旋，一进入天棚山路灯光源的范围，奇特的翅膀便会在路灯下反射出荧蓝色的光。虫翅的反光汇聚在一起颇为壮观，让人看在眼里，仿佛是一道从天而降，顺风而飘的蓝色丝绸凌空舞动，其中变化妙不可言，更壮观震撼！

在飞虫盘旋的包围中，田楚和他的两个JBD手下都看得呆了，赵褚却将眉头皱得更紧，丝毫没有欣赏这大自然奇观的心情。此时此刻，他放在裤兜里的手机，突然振动起来。

在手机振动的刺激下，赵褚原本有些好转的心情再次紧绷。他趁着田楚专注于观看“飞蛾扑火”的妙景时拿出手机，查看上边的内容。扬名告诉赵褚：第五章第三步，你亲自开车送田楚下山，至第二个转弯口红色禁停标志牌时，请仔细看清那标志牌左侧的东西。

看着扬名的信息，赵褚心中一阵不安。

在短暂的空隙中，赵褚发信息问扬名：你在那标志牌旁边放了什么？

扬名回复：你会看见的，看见了自然会明白。

扬名的话让赵褚越发紧张，他刚想发信息再质问一下扬名，却在这时听见田楚叫自己的名字：“赵褚，你是怎么知道冷城还有这种奇景的啊？那些飞虫叫什么，为什么这么漂亮？”

被田楚盯着的赵褚自没有可能再质问扬名，忐忑中他收起手机，强笑着告诉田楚：“这是一种月光蛾，鳞片能反光。白天时藏在对面山丘的山洞里，晚上飞出来在天棚山上边飞行边交配。”

说完这些，赵褚又告诉她：“这是我和我妻子以前登山时发现的奇特景色，每晚十点左右持续十几分钟，很短暂，很漂亮。像人的生命，转瞬即逝。”

田楚看着漫天丝绒飘荡一般的飞蛾，痴痴地看着。赵褚则愕然发现田楚的手已不知在什么时候，紧紧拉住了自己的臂膀，用力地扣着。

十几分钟后，一切都烟消云散了。但是美丽的回忆不会就这么散去。田楚在飞蛾远去后，异常兴奋，原本写在她脸上的淡淡忧郁也一扫而光。

“心情好些了吧？”赵褚问。

“嗯。”田楚笑得如一朵兰花。

“那回去吧。”赵褚指了指田楚的汽车告诉她，“回去之前，我还有一个小要求。”

“什么？”田楚问。

“我来开车。”赵褚看了一眼田楚身后那两个表情颇为诧异的保镖，又小声向他解释：“您的专车是意大利公羊吧，好气派。我做梦都想试着开一把，看看是什么感觉。”

“好吧，那辛苦你了。”田楚满脸感谢地点头，让保镖将钥匙交给了赵褚。

赵褚面无表情地接过钥匙，看着三人上了车，而后自己才进入驾驶室的位置，发动了汽车。在稍微适应了一下车况座位后，赵褚缓踩油门，渐渐驶离天棚山的山顶。顺着盘山的公路走了五六分钟后，赵褚穿过了扬名所提示的第二个转弯口。

当车刚开过那转弯口后，赵褚立刻便在车灯的引导下看见了一个鲜红色、明晃晃的禁停标志。按照扬名的提示，赵褚急忙向那标志的左侧望去，并很快在标志的侧面看见人一个惨白惨白、似人形状的物品。

看着那突兀出现在那里的东西，赵褚有些骇然，又看了一两秒后，他猛然看清楚，站立在那里的似乎是个人。一个戴墨镜、穿花格子衬衣、满脸冷笑的稻草人。而在稻草人的手里不知为何竟然拿了一个——摄像头。

“人？”赵褚惊诧愕然。

“好奇怪，”田楚惊讶地看着那东西时，又进一步喊道，“他手里拿的是……”

之后的话田楚没能喊出来，因为就在这个时候，赵褚突然听见坐在汽车后座上的两个保镖开口，惊恐地大喊了一句：“前边！”

随着保镖的这一句话，赵褚猛然将视线从道路旁边的禁停标志处收了回来，并下意识地猛踩油门。虽然赵褚立马又做出了紧急制动，但是即便如此，他还是慢了，晚了。

在“砰”的一声剧烈撞击后，赵褚的大脑一片空白。又不知过去多久之后，他才稍微恢复了一些零散的记忆。头脑剧烈的疼痛中，他只记得汽车撞上了一块横在马路中央的巨大石块，只记得天旋地转和失重的感觉，只记得汽车里有很重的汽油味。

时间不知道过去多长或者多短之后，赵褚的意识渐渐全部恢复，眼睛也逐渐从蒙眬的混沌中恢复了视力。渐渐地，赵褚终于能看见周遭的景物了，只是当他彻底看清眼前的一切后，头脑顿时又被惊恐和急迫弄懵了。此时，他已不知在何时被甩下了汽车，而田楚所坐的汽车则翻扣过来，跌进了天棚山的一处凹谷。

从赵褚站立的地方来看，那倒扣的汽车车门和顶盖几乎全被压扁，车子的检修箱也在冒出浓浓的烟雾，火花噼啪响着。虽然车子惨不忍睹，赵褚却幸运地听见田楚依旧活着，她在用微弱的声音喊着“救命”“帮忙”。

大难不死的赵褚在听见田楚的呼喊后，愧疚的心迅速被救人的渴望填满。可就在他拖着流血的伤腿，准备过去把田楚拖出车外时，他的手机又一次振动了。那手机振动的声音仿佛尖刀刺着赵褚的皮肉，弄得他又愤怒又惶恐。慌乱中，他一边步履蹒跚地走向倒扣的汽车，一边拿出手机查看扬名的信息。

而在赵褚看到信息的一瞬，他的脸色石化了，原本急切地走向汽车的脚不由自主地停了下来，再不敢向前哪怕一步。因为，他看见扬名发给自己的信息竟然是：游戏第五章最后一步，三分钟之内原地站好，不许多走一步路。游戏结束，你就可以获得终极大奖了。

赵褚距汽车有六米左右，十几个跨步便可以到达。这短短的六米，却因为扬名的短信在赵褚眼里成了最难以逾越的鸿沟，成了对他人性最大的考验。

现在，赵褚已经进行到扬名第五章游戏的最后一步了。只要在三分钟之内不移动，完成这最后的等待，他就算是通关了扬名的游戏。他的妻子便很可能在扬名的帮助下恢复意识，重新成为正常人。但就在那几米开外的翻车处，无辜的田楚被卡在了汽车里出不来。虽然她暂时没有生命危险，那汽车却已经冒烟打火，似乎用不了三五分钟就会彻底燃烧起来。而车辆一旦燃烧，田楚必死无疑。

是舍弃自己妻子的康复救田楚，还是舍弃田楚救妻子，这成了赵褚所面临的最为艰难的抉择。这抉择如此之难，仿佛是一把挂着倒钩的利刃插进了赵褚的心脏，让他疼痛的同时又进退不得。

“扬名，你个混蛋！”在愤怒和纠结中，赵褚冲着手机疯狂咒骂。

扬名却只是不断地用“嗡嗡”的短信回复并提醒赵褚：

距离游戏通关还有两分五十秒。

两分四十秒。

两分三十秒。

赵褚看着信息中越来越少的数字，心中愤愤了几秒，而后却又逐渐平静乃至麻木了。赵褚知道三分钟是转瞬即逝的，就算田楚烧死在汽车里，他赵褚也有一百个理由抵赖辩解。而且，车里的女人和自己一毛钱利害关系都没有，她的死也不会给他带来任何实质性的损失。

但扬名不一样，他的游戏一旦通关，妻子便可以重新睁开眼睛，他赵褚内心煎熬多年的夙愿和使命可以实现，他五年来不人不鬼的生活也可以就此结束。通关的奖励如此惹人垂涎，而通关的代价又是如此低廉，只需要背负一点小小的谴责，只需要牺牲一个他只见过三回面的女人的生命而已。

什么也不做而已，多么简单？

面对如此简单的抉择，赵褚在经过了一番激烈的心里搏斗后，最终接受了现实。

他紧紧闭着眼睛，对田楚的呼救充耳不闻，只一遍遍对自己重复道：“去了也救不了她，去了也救不了她。”

最终，赵褚接受了扬名的安排，虽然不是心安理得的。在油煎一般的等待里，赵褚僵硬地立在原地，麻木、痛苦而坚决。渐渐地，他听见田楚的呼喊声越来越弱。终于，她不再求助了。

听不见田楚的呼喊后，赵褚感觉稍稍心安理得或者更麻木不仁了一些。就在他自以为已然完全麻木的时候，却又听见车子里的田楚又一次发出了呼唤。最让赵褚惊异的是，此时田楚的呼唤竟然已不再是先前的那种求救，用虚弱但释然的声音喊着：“赵褚，谢谢你。”

听着田楚的呼唤，赵褚身体一抖。

“谢谢你。”田楚用释然的声音继续道，“我快死了，死之前能看到那么漂亮的景色，也算是心满意足了。自从我工作以后，爸爸、姐姐从来没带我出来玩过，他们都很忙，只有你。

“虽然我和姐姐是双胞胎，我却比她差太多。我是田家最弱小的异类，性格软弱，从小便不受待见。

“姐姐是金包银，我的性命不值钱。同样的姐妹，爸爸从来没有爱过我，他看我的眼神总好像陌生人一样。

“我活着只是做姐姐的背景板，我活着只是家族的累赘。”

田楚的声音越发虚弱：“赵褚，你是个好人，也是唯一真正关心过我的人，你有妻子要照顾，所以咳，咳，咳……”

田楚再说不出话了，因为就在这个时候，浓烟滚滚的汽车蹿出了火苗。那火苗迅速蔓延着，灼烧着，覆盖着。

这个时候，赵褚盯着手机，扬名的信息依旧在冷酷地报时：

四十秒

三十秒

……

赵褚终究没有看见手机上显示出第二十秒的提示，因为就在三十秒的倒计时刚刚过后，他把手机摔在地上，同时向田楚的方向疾速奔去。扬名那冷冰冰的诱惑，终究没有抵过赵褚的良心。

六小时后，赵褚坐在冷城第一医院急救室外的凳子上，冷冷地盯着自己绑着绷带的双手。此时在他的手中握着两样东西。其一是一只装满半冷红茶的纸杯，其二是他的手机。

因为救人前用力过猛的摔打，赵褚的手机屏幕以被他摔出了一道上下贯通的裂痕。但纵然如此，手机却依旧可以使用，上面依旧显示着扬名的信息。扬名送了赵褚三个颇为讽刺的字：你真蠢！

赵褚看着那三个字，感觉心中失落，也感觉颇为心安理得。他救了人，第一次没有按照扬名的指示来完成那个黑客早已计算好的事情。全因为在他的眼里，田楚是个如此与众不同的存在。虽然接触很少，但赵褚感觉得到，田楚的灵魂很纯洁，在这个混沌的世界上，她如此天真，如此格格不入。

在田楚面前，赵褚自惭形秽。也因为自惭形秽，他终究不能为自己那自私的目的而牺牲掉这仅有的纯洁。他赌了一把，宁愿放弃最终的大奖，宁愿用最后二十几秒的时间，换取一个可能的机会。当然，这个机会最后的结果如何，赵褚还在等待。

大概在赵褚手中的茶水杯完全冷掉的时候，急救室的灯灭了，一个戴口罩的男人从中走了出来。赵褚从凳子里站起，一瘸一拐走近那医生，关切地问：“怎么样？”

“田小姐伤得不重，只是有害尘埃吸入的比较多。目前人正在做雾化治疗，马上就能出来，至于剩下的二位还在抢救。”

赵褚长长地出了一口气，刚想问些什么的时候，却听见背后有一个异常愤怒的女人冲自己喊：“赵褚，你个混蛋，我妹妹有个三长两短，我活剐了你！”

随着那刺耳至极、愤怒至极的话，赵褚急忙扭过头去。他看见田家的大小姐田婷带着保镖0146气哼哼地走向自己。田婷走到赵褚面前，立刻冲身侧的保镖道：“0146，收拾他。”

“赵先生，委屈一下，我个人对你没有意见，请别记仇。”说话间，0146伸出自己异常宽大的手，抓住赵褚的脖颈，进而将他整个人狠狠摁在了医院的墙壁上。

在0146那堪称怪物的力量面前，赵褚没有丝毫反抗的可能。0146以一种很不雅观的动作控制住赵褚后，田婷用愤怒的声音连续质问赵褚：“说！你是谁派来的，天目18的项目你知道多少，我爷爷的遗书你给了谁？”

“你说的我都不知道，”赵褚艰难地开口辩解，“一切只是巧合。”

“巧合？”田婷冷哼，“我爷爷的尸体你找到的，洛天赐死你在，我妹妹出车祸你也在场。好多巧合啊，巧合到我不得不认为这一切都是安排好的，对吧？”

田婷的质问赵褚无可反驳，因为这一切确实是安排好的，是一个叫扬名的黑客利用监控器、摄像头、电脑软件和强大的逻辑能力一步步安排出来对付天眼集团的。一切的一切，赵褚心知肚明，但是也不能承认。因为他知道天眼集团一贯的手段，因为他知道“天眼里绝容不下沙子”！

除了对天眼本能地恐惧，作为一个监理师的赵褚分析能力也极强。依靠自己的这份能力，他在田婷愤怒的质问间，早已敏锐听出她所有的质问都只是猜测而已。而面对猜测，赵褚只要抵赖不承认，这女人便不能把他怎么样。当然，皮肉之苦是免不了的。

综合种种的判断，赵褚在田婷的逼问下一口咬定："田小姐，您多心了，我只是单纯的运气好，算命先生说我时来运转，我就，啊！"

赵褚话说到一半时，发出杀猪般的喊叫。因为0146将手指伸进了他大腿处刚刚包裹好的绷带里，又猛然捅进了伤口中，狠狠一扣。那种听着自己的伤口被撕裂的痛苦无法形容，而也因为无法形容，赵褚在0146的这一击之后，便彻底的失去了语言和思考的能力。

剧烈的痛苦中，赵褚的思想一度崩溃，感官也十分混乱。他内心的恐惧无以复加，身体更是蜷缩成一团，控制不住地痉挛着，许久许久。在0146的淫威面前，赵褚度过了一生中最为痛苦难熬的几分钟，直到一双冰冷颤抖的手紧紧抱住自己的时候，他才从那无可名状的痛苦和残忍中解脱出来。随着痛苦的渐渐平息，赵褚看见用身体紧紧抱住自己的人是田楚，田家的二小姐。

突然出现的田二小姐穿着病号服，一脸惨白，仿佛刚刚从树上掉落的白玉兰。田楚紧紧地抱住赵褚的身体，这让他免于遭受0146更进一步的伤害。护住赵褚的同时，田楚拼命向田婷解释："姐，车祸不关赵哥的事情，是路中间有落石，是山体滑坡，他不是故意的。"

"妹，你太善良了。"田婷用颇为爱怜的语气向妹妹道，"这个人刻意接近你，没有好心。"

"不是他接近我，是我接近他。"田婷语出惊人道，"我喜欢他。"

"你在说什么啊？"田婷满脸尴尬地警告田楚，"妹，请注意你的身份，你是田家的二小姐，怎么能喜欢这种人？太跌份了。”

“我不管。”田楚嘴唇颤抖地告诉田婷，“他能对自己昏迷五年的妻子始终如一，只这一点就比那些满是花花肠子的富家公子好太多。我不管，你如果想杀他，那就先弄死我好了。”

妹妹的话让田婷处于一种极端尴尬的境地，而也随着她的话，0146最终向田婷建议道：“田小姐，注意舆论，这个人的事情咱们还是慢慢查的好。”

田婷看了看妹妹，又看了看0146，最终走了。她的背影，像极了一条愤怒巡行的毒蛇。田楚在目送姐姐离开后，如弹簧一般远离了赵褚的身体。她腮红娇羞，满脸恐慌地向赵褚辩解：“你，你别误会，我只是想……”

“想帮我一把，我明白，谢谢。”赵褚一脸的释然。

略微喘了几口气后，赵褚摇摇晃晃地站直身子，冲田楚笑着说：“如果没什么事情，我回去了。”

田楚点了点头，含着笑讲了一声：“慢走，谢谢你救了我。”

赵褚则摆摆手，向田楚满含歉意地说道：“你不恨我就好。”

与田楚告完别，赵褚提心吊胆地打车回到了高岭街康复中心。他并没有直接去妻子的病房看护，而是跑进康复中心一楼的公共浴间冲了一个凉水澡。冲洗中，他试图让自己冷静下来，思考自己和扬名之间的关系，思考扬名那个危险又诡异至极的游戏是否还应该继续。

半小时的冲洗后，赵褚有了主意。他在穿好衣裤后发信息给扬名：我输了，也累了，你的游戏到此结束了吧？

扬名却回复赵褚：结束？不，才刚刚开始呢。

看着扬名的回复，赵褚原本已然沉寂释然的心再次紧张起来。他拿着手机问扬名：你还要干吗？

扬名回复：继续你我的游戏，直到你通关。

赵褚颤抖地回复扬名：不行，你在杀人。五章游戏，我已经看见你杀了两回人。如果不是我及时出手，田楚也会被你杀掉，我不玩杀人的游戏。

扬名回复赵褚：我让你动手杀过人吗？

赵褚回复：没有，但我是帮凶。

扬名回复赵褚：你的道德观念真是有趣，我只是让你干了和杀人没有任何关系的事情，你却产生了负罪感，为什么？

赵褚被扬名问语塞了，好半天他也没有回答扬名的问题。因为扬名的逻辑奇怪、冷酷却又绝对正确。赵褚犹豫的时候，扬名告诉他：你什么都没干，你只不过是陪男人喝酒，陪女人赏月而已。法律不能治你的罪，道德也不能谴责你的行为。你做得很好，只需要继续这样做。你只需要继续我们的游戏，你的妻子就可以康复。

赵褚再一次看着“康复”两个字时，心中依旧犹豫着。不过经过激烈地思想博弈后，他还是回复扬名：我不玩这个游戏了，我放弃。

在赵褚回复后，扬名那边是久久的沉默。不过就在赵褚几乎以为扬名已饶过自己的时候，他再一次收到了扬名的信息。信息告诉他：这个游戏已经不是你说不参与便不参与的了！

扬名在威胁他，这让赵褚既紧张又愤怒。赵褚早就受够了这个卑鄙的家伙，因而面对威胁，他发信息质问扬名：你要对我干吗？

扬名在须臾后回复：你应该问的是，我要对你妻子干吗？

“晴儿？”赵褚看着信息中刺眼的内容，一阵心悸。

而就在赵褚心悸的时候，扬名他发送信息道：我现在请你去一个地方，看一些东西。那个地方是高岭街康复中心404病房，快点哦，否则你会看不见的。

“404？”赵褚看着信息内容，立刻反应过来那是妻子的病房号。

扬名精准地报出自己妻子的病房号到底是要他去看什么，赵褚并不清楚。但他明白，扬名这是在拿妻子的性命威胁自己。此时的扬名或许正拿着尖刀，立在妻子的病床边，冷笑着等待赵褚的大驾光临。

想着这些，赵褚再也无法淡定了。他急匆匆冲出了浴室，向二楼妻子的病房狂跑过去。一分钟后，赵褚拿着扫帚，一脚踹开了404的房门。原本赵褚已然做好了要和扬名死磕的决心，但当他真正冲到病房里后，并没有发现拿着尖刀的扬名，他的妻子也依旧安静地躺在病床上，丝毫没有因为扬名的威胁而有任何改变。

看着平静的妻子，赵褚原本忐忑的心好受了一些，他又仔细分析了一下扬名使用的各种手段后，忽然感觉扬名的威胁只不过是恼羞成怒之下，言过其实的恐吓。毕竟，赵褚和扬名接触有一段时间了，对扬名的手法也有一些了解。在他看来，这家伙只是一个躲在电脑和监控器后的猥琐黑客。他或许没有能力直接干涉现实世界的事情，故而才通过指挥赵褚配合着自己干一些龌龊至极的事。

如果赵褚小心避开摄像头，如果赵褚不使用手机的话，扬名的一切手段便都会抓瞎，更不能兴风作浪。随着自己的分析，赵褚心中的底气逐渐足了些。可偏偏就在这个时候，扬名又一次发信息问他：到房间了吧？

赵褚回复：是，我以为会看见你。

扬名在片刻后回复赵褚：很遗憾让你失望了，不过现在你即将经历人生中最为刺激的十秒，不要眨眼，虽然你也顾不上。

“十秒？”看着扬名的信息，赵褚紧张而诧异。

而就在这个时候，扬名连续发信息：

倒计时五秒。

倒计时四秒。

倒计时三秒。

倒计时两秒。

倒计时一秒。

倒计时很快结束了。就在扬名那充满诡异气息的提示结束后，神经紧绷的赵褚听见房间里响起了极不正常的动静。

“滴……”那是一连串心跳仪器警告的声音。

随着监测妻子心跳仪器的警告，赵褚再次看向刘晴儿的床铺。他愕然看见此时妻子的鼻孔、耳朵、嘴角和眼角处，正快速流淌出鲜血，她身边心跳监测仪的数值也如过山车般剧烈波动着。

看着这些，赵褚的大脑一阵慌乱。他冲过去用手帕为妻子擦拭着脸上的血迹。随着他的擦拭，那逐渐从妻子的七窍中流的血却越擦越多，而且在擦拭的过程中，他还愕然发现在妻子的脸皮之下，正有如蛆虫、似游蛇的东西时隐时现地游走，那绝不是一幅赵褚能够接受的画面。

在可怕的突变中，赵褚的精神迅速崩溃。不过一如扬名所说的那般，在仅仅十秒钟之后，扬名妻子身上的心跳仪和其他指示器就全部恢复了正常，脸上不断于皮下蠕动的东西也迅速消失了。除了五官处流出的鲜血，一切都归于平静。

正在这时，赵褚的手机再次亮屏，屏幕上有扬名发送的信息：刺激吗？

“混蛋！”愤怒中的赵褚慌乱地拿起手机质问扬名：你到底对她做了什么？

扬名回复：前几天在你去47号检查井下玩的时候，我对你的妻子做了一个小手术——在她头脑里放了一些东西，取走了一些东西，仅此而已。

看完扬名的信息，赵褚心中一窒。是的，他想起来了。第一次接触扬名那晚，他去47号检查井寻找刘茄子时走得太急没有和护士打招呼，这定然导致护士查房时忽略了妻子的病房。在那么长的空窗期里，扬名这个混蛋有足够的时间溜进来对妻子动手脚做些骇人听闻的事情，从而让她变成现在的模样。

醒悟过来的赵褚痛苦而懊悔，手臂因为内心的激荡而剧烈抖动着，很快便连手机都拿不稳了。因为那抖动，手机摔到了地上。而当手机摔在地上发出噼啪脆响声时，屏幕又显示出一行扬名的信息：如果你想让你的妻子活，接下来请按照我说的做。

赵褚看着扬名信息的感觉，就仿佛看着杀手寄送给自己的刀片。赵褚颤巍巍地拿起手机质问：你还要干什么？

扬名回答：我要你现在去305病房。

305？赵褚疑惑地看着扬名的提示，心中一百二十分抗拒，但是他机械的双腿还是打着战走了去。毕竟妻子的命在扬名手中捏着，他的命在扬名手中捏着。

木然的赵褚走出404，穿过空无一人的走廊，下楼到了305的门口，而后在极度的忐忑里推开了病房的门。305病房内漆黑无灯，等赵褚将房门推开之后，才有唯一的光束从门口照射进屋子。在光线所及的地方，有一张钢管大床，床上一个面颊凹陷、双目紧闭、宛如死尸的老人在打点滴。

赵褚立在305病房门口，看着那似乎只剩下半口气的老者，发信息给扬名：我到了！

扬名回复：往里走，看床头柜。

赵褚向里探身，目光移动，而后在床头柜上看见了一支注射器。那支塑料注射器十分普通，其中却装着一种与众不同的液体。

那液体如凝胶般透明，在走廊灯光的照耀下，散发出神秘的莹蓝色光泽。看着那支注射器，赵褚回复扬名：有一支注射器。

扬名告诉赵褚：那正是我要让你看见的东西，现在请把这支注射器里的液体打进床铺上人的点滴瓶。

看着扬名的提示，赵褚心中又一次挣扎起来。上一轮的游戏里，赵褚听扬名的话，给洛天赐喝125号五加皮，结果洛天赐血溅当场。赵褚还听扬名的话，带田楚去天棚山的山顶看风景，结果差点儿酿成三人惨死的悲剧。而现在，赵褚又被扬名逼迫着干类似的事情，故而他从心底便绝对抗拒。也因为抗拒，他用颤抖的手发信息问扬名：注射器里是什么？为什么要给这老人用那东西？

扬名回答：请照做。

赵褚回复：你不告诉我那是什么，我不照做，我不再当你的杀人犯。

沉默了须臾，扬名回复：你有选择吗？

看着扬名看似平静，实则霸道至极的质问，赵褚再一次感觉到了那种无奈和渺小。

驱而纳诸罟擭陷阱之中，而莫不知辟也。

一分钟后，赵褚终究还是伸出微颤的手，拿起注射器学着护士的样子，将里面的蓝色液体打进了老人的点滴瓶。蓝色液体进入老人的点滴瓶后，很快扩散开来，并随着点滴进入了老人的身体。紧跟着扬名又一次发信息道：接下来，你又会经历毕生难忘的一分钟。

而后，扬名如上一次在404病房那样，发信息：倒计时五秒。

倒计时四秒。

倒计时三秒。

倒计时两秒。

倒计时一秒。

在计时结束的那一瞬，赵褚看见那位原本躺在床上、半死不活的老人猛然睁开了双眼。紧跟着，老人将嘴大开到一个惊人的程度，一边“喔、喔”地号叫，一边不可抑制地全身痉挛起来，将床铺晃悠得吱哇乱响，几近崩解。

面对老人诡异的痉挛，赵褚吓得扔掉了手中的注射器，紧跟着向门边退去，连连呼叫着护士。一片杂乱的场面里，赵褚的头脑中不停闪过一句话——我又杀人了。

二十分钟之后，康复中心急救室的灯灭了，一个医生从里边走了出来。早已守在门口的赵褚见到医生后，用颇为忐忑自责的口气问询：老人怎么样了？

赵褚本以为医生会说出非常严重的话。可谁知道经他这么一问，那医生却喜形于色地告诉赵褚：“奇迹呀，你刚才见证了医学奇迹！”

“什么意思？”赵褚困惑不解。

“你知道那老人得的什么病吗？”医生告诉赵褚，“脑死亡！我们上一次给他做检查的时候，他的大脑已经被血线虫蛀食的像蜂窝一样，今天居然痊愈了。哈哈，奇迹，真是个奇迹。”

“痊愈了？”赵褚两个眼睛瞪得如铜铃一般追问，“你是说，植物人恢复了意识？”

“对。”医生点头。

“可是我刚才看见他明明快死了，还在叫。”

“那是神经系统疾速修复自愈的表现，就好像插销突然通电时产生的火花。”说话间医生拍了拍赵褚的背，而后表情轻松地离开了。在医生的背后，赵褚神情恍惚，心里既不是高兴，也不是失落。

冷静片刻后，他发信息问扬名：那注射器是你放的，你用里面的药物治好了那老人？

扬名回复：我只是向你证明我是个神。

赵褚又问：我妻子能够用那种药物治好？

扬名回了一条信息：扬名的游戏第二阶段即将开启。连续游戏五章之后，你将赢取最终大奖“康复的妻子”。如参与回复Y。友情提示，参与者有五分钟思考时间，过后如不回复视为自动放弃，将收获纪念奖品——“永世长眠的妻子”。

如果是以前，赵褚看见扬名这异常机械冷酷的话，一定会咒骂他是个疯子。但现在，他只感觉自己的渺小和无助，感觉到这扬名确实是无所不能的神，至少在自己面前如此。

扬名给了赵褚五分钟时间思考，但赵褚一分钟都不想多用。因为他一想到妻子那张七窍流血还有不知什么东西在皮下窜来窜去的脸，便感觉多一分钟的思考都是无谓的、奢侈的。因此，在扬名最后的警告之后，赵褚很快就用颤抖的手指摁出了一个Y。

在手机显示信息发送之后，赵褚整个人如崩溃一般瘫坐在椅子里，静静地盯着屏幕，满眼的乞求与忐忑。

第七章　神的新游戏

看着扬名的信息，赵褚的嘴角划过一丝极不易察觉的冷笑，他意识到自己昨晚的揣测没有白费。在上一个游戏周期的末尾，扬名没能杀死田楚，所以，在新一个游戏周期的开始扬名果然还是要对付田楚的。

一整晚，赵褚都守在妻子身边，双眼却紧紧盯着自己那破旧的手机。经过这一天的折腾，赵褚对扬名游戏的期待达到了一个前所未有的高度，对他的恐惧也达到了一个前所未有的高度。在这种矛盾的感觉中，赵褚既想继续这个游戏，又始终没放弃寻找反制扬名的办法，提防扬名将事情弄到不可收拾的地步，提防再有无辜者死在他残酷的游戏中。

所以，他迫切地从头梳理了一遍扬名的游戏，认识了一下自己的处境。通过五章游戏的接触，赵褚虽然还不知道扬名在现实世界中到底是一个怎么样的存在，对他的基本处事规则却有了一些了解。

这个家伙可以通过手机、摄像头和电脑等电子设备监控自己，可以通过对公共网络的入侵来计算乃至左右现实世界的事件走向。扬名的监控和运算能力强大至极，任何直接对抗都没有意义，警察也未必能抓住这种神通广大的黑客。但是即便如此，赵褚感觉他还是有很大的弱点的。

虽然扬名精于计算和安排，但是他的执行能力很差，否则他也就不需要利用赵褚当“替身”来代替自己做那些杀人害命的种种事情了。而这也就意味着，主动权依旧在赵褚这里，意味着电脑后面的扬名本体并没有什么强大的本事，意味着赵褚只要想办法找到扬名的藏匿之处和真身就可以结束这一切。毕竟这个社会，只要知道一个人的身份证号码，他就算是插翅也难飞。

赵褚虽然不及天眼集团技术部的那些家伙变态样的聪明，但他至少是硕士毕业，又在下水系统做了多年查漏补缺的系统性工作。所以，面对着复杂的事情，他很有一套处置和寻找问题的办法。在缜密思考后，赵褚意识到要想找到电脑后的扬名，必须要先摆脱他对自己的监控，而后建立一条稳定且不被扬名监视的对外联系渠道才能方便自己的下一步行动。

赵褚面对的扬名像是一只千眼怪，但幸运的是，他有摆脱扬名对自己监控的方法。只要伪装得足够好，他就可以摆脱这个“怪物”的监控。他需要的，只是耐心、细心和外援。

思考盘算到后半夜赵褚才忐忑地睡下，第二天早晨当他醒来时，发现扬名已不知在何时给自己发送了一条信息。他打开那条信息，看到扬名告诉自己：游戏第一章第一步，明天早晨八点，约田楚吃早饭。

看着扬名的信息，赵褚的嘴角划过一丝极不易察觉的冷笑，他意识到自己昨晚的揣测没有白费。在上一个游戏周期的末尾，扬名没能杀死田楚，所以，在新一个游戏周期的开始扬名果然还是要对付田楚的。

虽然不知道扬名如此费尽心机残害一个无辜女人的目的，但感觉他这么做确实很符合一个精神病黑客的特质，也更符合赵褚内心的预期。在看完信息后赵褚拿起手机，先向扬名回复了一个“好”字，而后又拨通了师爷廖庭的电话。

在简短的等待音后，电话那边传来廖庭的声音：“喂，小赵，你昨天怎么没来上班啊？”

“我正要和您说这个事情的，”赵褚用充满歉意的口气告诉他师爷：“我妻子颅内出血了，我得请假陪她治疗。”

“这么严重？那是得请假，不过，”廖庭非常犹豫地问，“你年休不够用了吧？”

“是。”赵褚急忙回应，“所以，我现在想过去和您申请一个月的事假。顺便和您再聊聊二锅头的事情。”

“二锅头？”廖庭诧异。

“二锅头！”赵褚“提醒”廖庭，“上次您过生日，我送您二锅头的时候，您不是说白酒能改善植物人的血液循环吗？您还拿了张纸给我看使用的方法。但是具体内容我给忘了，所以想回去再问问您，好给我妻子做一些辅助治疗。”

廖庭猛然醒悟般回答：“我明白啦，你来吧，我在办公室等你。”

“好的。”赵褚听出廖庭已然明白了自己的言外之意，挂了电话。而后他穿好外套，拿起手机出了房间，直奔廖庭所在的污水总公司办公楼。

一个钟头后，赵褚在污水公司的副总办公室里见到了廖庭。他冲廖庭尴尬地笑了笑，一边脱掉装着手机的外套，一边向他使眼色："师爷，我来见您除了批事假，还有个不情之请。"

廖庭点头："说。"

赵褚指了指廖庭办公室的隔壁："我记得您这里还藏着一瓶能活血化瘀的药酒，我想讨要一些，替我妻子治病。"

"这个啊，不知道还剩下多少，你和我去看看。"廖庭与赵褚双双出了房间，进了隔壁的屋子，赵褚临出门时自然没有拿那件装着手机的外套。

赵褚明面上说廖庭的隔壁房间有药酒，他却老早就知道隔壁的房子是空的，里边只有一些工业用的氧气瓶和废旧档案，一进入还会闻到一股浓郁的漂白粉味道。房间破败寒酸，不过也因此，它没有安装任何电子监控设备和通信设备。而只有在这样的地方，赵褚才能真正感觉到放松。

带着赵褚进入办公室隔壁的存储间后，廖庭问他："还被人监视呢？"

"是，而且事情越来越复杂了。天眼集团的几个大佬也在调查我，他们竟然怀疑我杀了人。"赵褚神色严峻地向师爷简略汇报了几句，而后又问，"师爷，我记得您曾经和我说过，零很可能是一个叫颜燕的女人，这女人有母亲和两个弟弟？"

"对。"

"那么，"赵褚急切地问，"您有办法帮我找到颜燕亲属的住址吗？我想见见他们。"

"没有地址，"廖庭告诉赵褚，"我只知道颜燕的母亲住在沙尖嘴的贫民窟，上个月我还看见她在那里的菜市场上捡烂菜叶子。"

"这样啊，明白了，我要去查查那女人。"说话间，赵褚的眼神落在了角落里的档案柜上。

他心中一喜，又问廖庭："师爷，您带笔了吗？"

"当然，领导怎么能不带笔呢。"廖庭微笑着将一支老式钢笔递给了他。

赵褚接过钢笔，从档案柜里拿出一张纸，密密麻麻地写了很多字。而后他将那张纸折叠好放进裤兜，将笔还给廖庭，说了一声："谢谢。"

廖庭用满是褶皱的眼睛看着自己的徒孙，担忧地问："赵褚，你知道是什么人在监视你吗？"

"鬼。"赵褚回了一句，出了房间。

在房间外，赵褚先大声喊了一句："您老也太贪杯了，连个底子都不给我留。"而后他便回到廖庭的办公室，填写了请事假的报休单。一切稳妥后，赵褚回到妻子的病房，拿出手机忐忑地看着。上边没有扬名的短信，更遑论质问和起疑心。

赵褚看着干干净净的手机界面，心中长出了一口气，他决定继续对扬名进行下一步的试探和"反游戏"。

他主动发信息给扬名：我想问你个问题。

须臾后扬名回复赵褚：讲。

赵褚借机道：最近你的游戏总让我和田楚那丫头发生交集，你知不知道这会产生什么样的后果?

扬名回复赵褚：感情?

赵褚见扬名果然上了套，便回复：当然，她是富三代，长的又美艳，人又单纯，谁会不心动呢，而且我托你的福还成了她的恩人。

在赵褚的回复后，扬名沉默了少许，又问：那你妻子怎么办?你不想让她醒了?

赵褚回复：我也很纠结。我在抗拒着喜欢田楚的想法，你可不可以不要再杀这个女孩了？

扬名回复赵褚：你在为她求情？

赵褚回复：算是。

扬名沉默了很久，告诉赵褚：好吧，我会在你通关游戏的时候给你一个让她活命的机会，只要你能抓住。但现在请专心完成我的游戏，对我来说这游戏很重要，对你来说也同样重要。

赵褚长长地出了一口气，又大着胆子问扬名：你为什么杀那些人？田宝鹤、洛天赐和田楚。

扬名奇怪地回复：尽量做一个人应该做的。

新的轮回开始了，赵褚无力阻挡，却也不想完全顺从。在这一次的游戏中，他决定利用扬名的规则来对付扬名，利用扬名的游戏来对抗游戏。

在扬名启动新一轮游戏的指令之后，赵褚给田楚打了一个电话。一阵并不长的等待音后，田楚接通了电话，兴奋而关切地问道："喂，你的腿伤怎么样，还痛不痛？"

"嗯。"赵褚看了看自己现在还不能完全蜷缩的伤腿，尽量装出放松的语气道，"好得很，倒是您还难受吗？"

"不难受了，谢谢你救了我，也谢谢你还记挂着我。"田楚毫不吝啬地表达着自己对赵褚的感激。而后她主动问："那个，我出院了，能再见见你吗？"

"我也是这个意思，"赵褚借机向田楚邀约，"我想请你吃早茶，在维多利亚广场的那家茶餐厅。"

"多会儿碰面？"田楚非常爽快地问赵褚。

"明天早晨八点，不见不散。"

"不见不散。"挂断电话后，赵褚抬头凝视着404病房的窗外。

窗外，一片厚重的积雨云正在缓缓形成。

早晨八点整，田楚按照与赵褚的约定，准时出现在维多利亚广场。维多利亚广场是泠城市区风景最宜人的地方，站立在广场中向北方眺望，便可看见南洋上碧蓝色的海水、远航的轮船和天空中灰白相间的海鸥。

不过田楚今日来此并不是为了看风景的，急匆匆来到广场后，她很快便在一处搭着遮阳伞的露天桌位前看见了赵褚。赵褚穿一身西服，神采奕奕显得颇为帅气，他一见到款款而来的田楚便灿烂地笑着，看得田楚有些莫名心动。

田楚三步并作两步走到赵褚面前，毫不顾忌地拉着他的手问："等急了吧？"

"不急，我也刚来。"说话间赵褚的眼神往她的背后看了看。田楚虽然没有随着赵褚回头，但她知道赵褚一定在自己身后看见了两个穿西服、不远不近跟随的男人。那是姐姐配给她的JBD安保，是田楚心中最为烦恼的存在。

"不要管他们，就当是空气好了。"田楚拉着赵褚的手坐下，问，"吃什么？"

"肉骨茶。"赵褚回答并一脸关切地问田楚，"你呢？"

"红茶和菠萝油。"

听到田楚的需求后，赵褚站起身向路过的侍者要了那些东西。他刚一坐回位置里，身上便有手机的嗡嗡声快速响起。赵褚拿出手机看一眼，旋即眉头微皱。

"怎么了？"田楚看着赵褚的表情，费解地问。

"没什么，是单位的安全通知。"说话间，赵褚关了手机，表情却依旧很不自然。

赵褚向田楚道："田小姐，我这次请您来是说对不起的。毕竟那车祸是我造成的，对您造成了极恶劣的影响。”

“没关系的。”田楚激动地向赵褚摆手，“如果不是你救我，我早就死了。”

“不，还是需要向您道歉的。”赵褚将手伸进自己的裤兜，将几张折叠的纸从里面拿了出来。

他将纸放在田楚面前的桌子上，告诉她：“田小姐，这是我给您写的道歉信。我对您的感情都在里边，希望您回家之后仔细地看，接受我的歉意。”

不知道为什么，田楚在看见赵褚递给自己的信后，心脏忽然悸动得厉害。其实，自从被赵褚救出汽车后，田楚心中对于这个落魄男人便总有一种奇怪的牵挂感，而正是那种感觉的存在才让她今日满怀期望地来见他。而当田楚看到赵褚递给自己的信后，她内心的那种感觉更加强烈了，甚至都想现在便看看那信中到底是什么内容。

不过田楚终究没有那么做。因为就在她刚刚将那信拿起来的时候，突然听见背后有人用尖锐的嗓音冲自己喊道：“田楚，你怎么又和这只臭虫鬼混在一起！”

那是姐姐田婷的声音。

伴随着田婷的喊话，田楚如受惊般浑身一颤，急忙回过头去，看向自己的身后。此时，田楚的姐姐田婷正带着0146向这边走来，田婷满脸的愤怒，大老远便冲赵褚吼道：“你这个丧门星，居然还敢约我妹妹。”

面对田婷的愤怒，赵褚没有表现出丝毫畏惧的神色，反而还仰着脖子向快速走向自己的田婷笑道：“您也太准时了，欢迎欢迎。”

“你竟敢这样和我说话，”田婷伸出手指，指着赵褚的鼻子，

“0146，把他给我废了。”

“田大小姐，别这么大的火气，这样有损您的形象。”赵褚用近乎挑衅的声音向田婷回话，“咱们文明一点，我和田大小姐打个很重要的赌行吗？如果我赌赢了，就请您不要阻止我和令妹的交往。”

“你也配？”田婷冷哼。

“您不听听我要和您赌什么吗？”赵褚笑着问，一幅胸有成竹的样子。田婷面对赵褚刻意的挑衅，一脸意外的表情，真仿佛她这辈子都没见过敢如此和自己说话的人一般。

“赌什么？”赵褚昂着头冲田婷笑，“您和您的手下只要能忍住在一分钟之内不打我，我从此就不和令妹再有任何接触。”

或许是怕田婷不答应，赵褚又道：“田大小姐，一分钟之内不打我，这考验的是您的容人之量，如果您连这点本事都没有，恐怕根本就不配现在的位置，更遑论让令妹听您的话。”

“你在教训我？”田婷愤怒道。

“我看您坚持不到一分钟呢。”赵褚冷笑着继续叫板。

面对赵褚莫名的挑衅，田婷突然把紧绷的脸拉了下来，而后略微平复了一下心情。须臾后她终于露出微笑，用平缓且不屑的口气回答赵褚：“一分钟而已，我忍着，我倒要看看你能搞出什么事情来！”

“那咱们就算是开始打赌了，我计时。”说话间，赵褚拿出自己的手机，打开其中的秒表功能，而后将手机放在桌面上。在完成一系列动作之后，赵褚转向田婷，优雅地走到距离她三步远近的地方，缓缓脱掉了自己的裤子。

“你，你干吗？”看见赵褚做出如此龌龊行为的田婷双眼瞪得如灯泡一般。

“撒尿。”赵褚在所有人惊愕的目光中一边脱裤子，一边向田婷冷哼，“如果您不想打我就让我撒完这一泡尿，过一分钟，您就能……”

啪！一个脆生的耳光瞬间打在了赵褚的脸上，打他的人自然是忍无可忍的田婷。

“你个变态！”田婷冲趴在地上的赵褚拳打脚踢，破口大骂，直招引的四周过客纷纷驻足观看惊叹。

赵褚在挨打间一边死死抱着自己的脑袋，一边却又向田婷不断叫嚣：“您输了，你不能阻止我和令妹交往。”

“滚，你个变态，花心大萝卜，去死！”田婷在吼叫声中猛地抬起了自己那穿着定制款老人头皮鞋的脚，向赵褚的脑袋上踩过去。如果赵褚被那恨天高的高跟鞋猛踩一脚，必定会头破血流，半死不活。但幸运的是，赵褚终究没有挨上那一脚。因为就在这个时候，有人伸出手及时阻止了田婷的行为。

不过让在场几乎所有人都感觉意外的是，出手阻止田婷的并不是已然对赵褚有好感的田楚，而是站在田婷身后，久久不曾言语的JBD保镖0146。0146抓住田婷的手后，顺势阻止了她对赵褚的攻击，同时对田婷讲：“田小姐，您已经输了。”

“这个变态要往我身上……”田婷终究没有说出那两个字来。

“输了就是输了，咱们该回去了。”0146罕见地阻止并规劝了自己的上司，他甚至还看着赵褚，冲他微微一笑：“赵先生，我很欣赏您的勇气。”

“欣赏啥啊欣赏，”赵褚从地上爬起来，怪异地笑着冲两个人说，“说话算数的话就赶紧走，省的回头小报记者拍下来，让你们田家丢面子。”

“走吧。”0146继续劝自己的上司，“在这里待着没什么意义了，相信我。”

“哼，我会让你好看的！”田婷在说话间扭头看向自己的妹妹，“田楚，你也跟我走。”

“我，我……”田楚有些犹豫。

“你要是再和这个变态待在一起，就永远别回家了。”愤怒至极的田婷向自己的妹妹吼叫。面对已然暴怒的姐姐，田楚知道现在不是坚持的时候。况且她也真不理解为什么赵褚会突然做出那种下流的动作来。

太让人难堪了。

在略微权衡后，田楚向赵褚说了一句“对不起”，顺从地跟着自己的姐姐和0146回了家。田楚跟着姐姐坐进汽车后，立刻便听见愤怒的姐姐指着0146的鼻子问：“你刚刚什么意思？公司给你的待遇不够好，想越俎代庖？”

0146一脸淡定地回答：“小姐想知道为什么我执意放那个赵褚一马？”

“你必须给我一个合理的解释。”田婷气喘吁吁地道。

“这个人很有趣，他让我想起了一件很重要的事情，事关您二位的名誉和前途。”0146回答田楚。

“什么事情？”田婷诧异地问。

0146并没有解释，只是吩咐开车的司机：“司机，往前开一段路，咱们去海枣公园。”

“去那里干吗？”田婷诧异。

“让您看一样东西。”0146回答完便不再作声，田婷和田楚看着0146那严肃的脸，便也没有再问。

一行人在被0146强行统一了意见后，便驱车去了他指明的海枣公园。泠城的海枣公园在市区远郊，路途并不好走，还要穿过几段滨海公路和穿山隧道。在这过程中，0146一直保持沉默，直到汽车驶入最深的一处穿山隧道时，他突然向开车的司机下令：“停车。”

“啊？”司机回答，“隧道里不能停车。”

“不停车我捏爆你脑袋。”0146罕见地威胁着自己的同事。面对上司的强横，那名最底层的JBD人员无奈踩下刹车。而后0146让他在熄火后打开双闪，拿着事故用三角牌去车后警戒了。

在支开无关的杂人后，0146首先对自己困惑的上司道：“田小姐，那个赵褚很聪明，他有很要紧的事情和我们说，但又不能直说，所以才会使出那种下三烂的招数。”

听着0146这惊人的判断，田婷嘴巴张成了一个大大的O形，惊诧了很久都没有言语，倒是田楚接下来问0146怎么会知道这些的。

听着二小姐的质问，0146微微拍打着自己的后脑告诉她们：“我和田老爷一样，大脑里也有AN单元。借助天目18计划的加持，我的观察和分析能力是正常人的十倍，反应速度和肌肉强度是正常人的十五倍，所以，你们忽略的一些细节我能看出来。”

“那你从赵褚身上看出什么了？”田婷诧异地问，“你就那么确定这个人有话和我们说？”

“当然。”0146提醒田婷，“赵褚脱裤子的时候，您注意他的手了吗？”

“我怎么会注意那么恶心的东西，”田婷坚决摇头，但还是追问，“他的手怎么了？”

“他在解裤带的时候，右手不停地在裤裆上重复着画图案。我看了三遍，他在自己裤裆上画的图案是——‘see’！”

“see？看？”田楚诧异，“他想让我们看他？”

“不是看他，”0146接茬儿，“他在暗示我们。方式独特但是容易引人注目，如果当初田小姐用心看的话也一定会明白的。”

“那种变态的做法谁会明白。”田婷愤怒地回应了一句，又问0146，“就算是他让咱们‘看’，那说明什么？你如何知道他有事情告诉咱们却又不能说话？”

“很简单。”0146反问田婷，“一个正常人在自由不受约束的情况下，为什么会用如此隐晦而出奇的暗语来暗示咱们？”

“这，”田婷回答，“他受人监视？”

“对，他被别人‘see’着！”0146异常冷静地分析，“刚才出事时我用AN分析了一下，发现赵褚刻意走到离你极近的地方脱裤子，正好用您的身体挡住了广场的一个监控摄像头。他将手机放在桌子上则能挡住手机的摄像头，所以我想监视赵褚的人应该是通过电子设备，也就是手机、摄像头这类东西来实现的。他摆脱不了这种监控，这才被迫使用了那种方法向我们告急。”

说完这些，0146看向一脸忐忑的田楚：“二小姐在老佛头服饰所遭遇的监控视频尴尬则是我这些推测的关键佐证。”

“哦，明白了。”田婷费解，“可为什么你非要现在告诉我们这些？”

0146伸出自己的大手，指着他们座驾的导航仪：“如果有人能用监控设备监控赵褚的话，他应该也能用电子设备监控咱们。所以，我才在此地和二位说这些，此处没信号。”

田婷看着汽车的导航仪恍然接茬儿：“在去往海枣公园的路上，只有这个隧道里不能接收任何信号，是屏蔽区。”

“对。”0146肯定了田婷的判断，而后问田楚：“二小姐，这个赵褚能给大小姐暗示，应该也会给你暗示，你仔细想想他有没有说过什么很特殊的话或者做过什么很特殊的事情，好让咱们明白他到底想表达什么呢？”

"妹，你仔细想想。"田婷道，"这个赵褚很可能知道极端重要的线索，或许他的线索能够解释爷爷的事情和公司近来的危机。"

"这……"田楚的嘴唇使劲动了几下，而后回答，"没有！"

"没有？"田婷有些失望。

"不可能吧，是不是您忽略了什么？"0146追问。

"我想不起来了，等我想起来告诉你们，行吧？"田楚急匆匆地辩解，想要摆脱这个话题。

面对田楚的拒不承认，大家一时也没什么办法。田婷问0146："接下来你有什么好建议，需要把那个赵褚控制起来吗？"

0146摇头："从种种迹象看来，他只是一个不怎么重要的替身，控制住他毫无意义，还会打草惊蛇。"

"确实。"田婷赞同道，"我们需要找到的是那个躲在网络后边操纵一切的黑客，那个修改了爷爷的AN，入侵老佛头监控，利用生物制剂杀死洛天赐的家伙。"

"所以，我需要您和董事会放给我丙级权限，"0146向田婷请求，"我需要组建一个特别行动队来调查赵褚最近的行踪，从而逆推出指挥他干这一切的幕后之人。我需要调动JBD内部的所有资源搞清楚那个黑客的来龙去脉，以及他和零之间的关系。"

"这些要求，"田婷犹豫了须臾，告诉0146："今天下午的董事会上我会提，最晚明天你就能得到想要的权限。"

"很好。"0146抬起头看着田楚和田婷，又告诫她们："二位小姐，我再提醒一句，不要在任何监控和非封闭性电子设备面前谈论这件事情，否则我们会完败。毕竟我们连面对的是什么都还不知道。"

"哦。"田楚小声应答了一句，右手早已不知在何时伸进自己的衣兜中，紧紧攥着赵褚写给自己的道歉信。

在听完0146的缜密推理后，田楚立刻意识到赵褚给自己的道歉信里是有内容的。但田楚终究没有把赵褚写给自己的东西交给姐姐和0146，因为她感觉这涉及自己的隐私，因为她感觉按照姐姐一贯的强势性格，说不定会直接把赵褚当“沙子”做掉。

她不想让赵褚受伤害，也不想当田家的金丝雀。回到家后，田楚第一时间便把自己的手机交给了保姆。而后，她迫不及待地将自己关进闺房，拔掉了电脑上的电源和网线，甚至连电子表收音机这类东西也统统扔进了厕所。做完这一切后，田楚盖上大被子，举着手电筒，将赵褚给自己的道歉信拿了出来，忐忑地阅读着。

赵褚的道歉信一共由两页纸组成，其中一页上写满了对田楚的抱歉和肉麻的爱意，其内容看得她莫名的有些脸红心跳。不过在第二页上，赵褚却用冷冰冰的文字告诉田楚：

田小姐，很遗憾我骗了你。第一页纸上的内容都是假的，请不要当真。

之所以写那样一张文字，是因为我现在无时无刻不被某种“东西”监视着，这“东西”自称“扬名”。他拥有过人的智商，能够随便入侵电脑、电视、手机等电子设备和公共网络，从而了解我们所有人的行踪和爱好再加以利用设局，进而害死他想害的任何人。

现在我被他挟持了，不光我，其实我们所有人都在他的挟持和算计下进行着一场残酷而荒诞的游戏。正是在扬名的提示下，我找到了你爷爷田宝鹤的尸体，找到了你当年弄丢的翡翠戒指。而也正是在他的设计和计算下，你爷爷才会死亡，洛天赐才会发病，你我才会出那场可怕至极的山区车祸。

读至此，我想你对于我描述的这个“东西”也有了初步的印象，或许会认为他是一个拥有强大计算能力的黑客或者别的什么。

但是我接下来要告诉你的是，你恐怕猜错了。

虽然还不能完全确定监控和利用我的到底是什么东西，但是我见识过这个家伙的手段，并从中推导出他绝对不是简简单单的黑客而已，恐怕他还有更加诡异的身份和我不曾了解的真相。

我给你这封信，既是为了向你求救，也是希望你保护好自己。因为我知道这个暗中支配奴役我的“东西”在进行着一场无可名状的游戏，游戏的目的是杀人。而在他的杀人名单里，是有你的名字的。

除了提醒，我对你还有几点要求，从保护你人身安全的角度考虑希望你务必做到：

第一，不要在有任何公共网络和开放式电子设备的情况下公开讨论我告诉你的内容，除非你有屏蔽的办法。

第二，不要报警，因为警察绝对无法抓住这个可怕的“东西”，他的能力之强，足够让他隐秘于互联网中永不暴露，这一点我是亲身体会到的。

第三，我希望你能帮我找到他的真身，而有关这个“东西”真实身份的最可靠线索是——他自称为零的孩子。“零”则是一个女人在天眼集团技术部门的特殊代号，这个代号的持有者原始姓名为“颜燕”，有母亲和两个弟弟，母亲现在大概居住在沙尖嘴的贫民窟。

最后，也是最重要的一点，请千万保护好自己，如果我再次约会你或者提出什么特殊要求的时候，请不要遵从或者错时遵从，否则我害怕再次发生车祸那样的悲剧。

对不起，我欺骗了你很多，但是我从没想过害人，我问心无愧。

看完赵褚那写在发霉纸张上的内容，田楚久久不能平静。她既佩服赵褚缜密的心思，又惊讶事情的复杂与棘手。在通篇看过赵褚的信后，田楚甚至一度感觉自己就处在一个缜密而规则复杂的游戏中，在这个游戏里，正有某种看不见摸不到但切实存在的东西在对弈着。

就在田楚为那种恐慌的感觉而颤抖不已时，有人敲她的房门，突然的敲门声仿佛冰锥样刺进田楚的身体。急切中，她从被窝里坐起来，一边收好信件，一边问："谁啊？"

"我，刘阿姨！"回话的人是她的保姆，保姆在应答了一声后，又告诉田楚，"二小姐，有电话。"

"谁的电话？"田楚警惕地问。

"上边显示是雷昂。"刘保姆回答。

"雷昂？"田楚听着对方的话微愣了一下，而后急忙下地打开门，接过手机。

把门反锁后，田楚接通了雷昂的电话，问："雷昂，什么事情啊？"

听见田楚的声音后，雷昂激动地说："楚，你不是让我查零吗？我查到了一些资料，给你发过去，你接收一下，好吧？"

"现在？我不太方便。"田楚回想着赵褚信里的警告，略微思考后编谎话道："雷，我姐姐最近干涉我的私生活，要查我手机，我怕被她发现我越级调查公司的事情。"

"这样啊，你不用怕。"雷昂自鸣得意地说，"我发明了一款隐藏App，回头你把你的隐私放进去，按照我说的步骤操作，天王老子也发现不了你的秘密。"

"这么厉害？"田楚兴奋地问，"那如果我姐姐雇用技术部的黑客监视我的通话呢？"

"技术部那几块料，更不用怕了。"雷昂相当自负地说道，

“你打开那个App之后，IP地址会隐形。没人找得到你，打电话连钱都不用。不过你不能滥用这个App，用多了难免露马脚，露马脚我就完了。”

“那我时隔多久开一次比较安全呢？”田楚问。

“开多久无所谓，最关键是通话时间要短，每次通话不要超过两分钟就绝对安全。”

雷昂的话听在田楚耳朵里，就仿佛及时雨一般淋漓畅快。因此，在雷昂信誓旦旦的保证之后，她由衷地说道：“雷，太谢谢你了。”

雷昂则傻笑着答：“嘿嘿，老同学有啥可谢的，你要是真想谢我和我一起吃个大餐呗？”

“一定，等我忙完这一阵。”田楚客气地挂断了电话。

雷昂没有食言，在大概五分钟后，他便将一个安装包通过聊天软件发送给了田楚。田楚迅速打开安装包，安装后却没有看见安装完毕后的App图标。而就在田楚有些疑惑的时候，雷昂再次发信息给她道：“打开通讯录App，长摁‘#’号键进入。”

田楚依法照做后，她的手机很快黑屏了，而后迅速弹出了一个蓝色的对话框。对话框的样子和聊天工具极类似，只最上边软件名称一栏非常冷幽默的显示着“保护伞App，爱你的雷雷出品”。

田楚看着雷昂的有趣提示，忍不住笑了。而后她在App里加了雷昂好友，两个人开始互动。在略微等待后，雷昂告诉田楚：楚，接下来我给你放的视频是公司的丙级加密文件。你要做好心理准备，那不是很能让人接受的内容，因为里边涉及你爷爷田宝鹤的事情。

看着雷昂的警告，田楚咽了口唾沫，而后回复：好。

田楚回复后，雷昂给她发送了两个视频文件，两个文件都不大，看上去加起来也就几分钟。田楚看着黑色的视频文件，略微犹豫后，打开了第一个，她看见视频正中直挺挺躺着一具裹满了布质经文的尸体。那尸体的装扮太特殊了，田楚一看便知道是去年爷爷田宝鹤刚去世时的尸身画面。

根据监控视频上的时间田楚看出，这个画面与她几日前于神龙坛的家族会议上看见的视频拍摄于同一时间。不同的是，拍摄这段视频的摄像头位于停尸间另外的一个角度，而且在视频上显示的后缀，还被天眼集团打了一个“天目-18-0122（补37）”的水印编号。

“又是天目计划。”看着视频上的水印编号，田楚微微皱眉。

田楚再怎么说也算得上天眼集团的高层，对“天目”两个字还是有所耳闻的。她知道这是天眼集团由技术部主导的、一系列前沿科学计划的总代称，知道里边涉及许多有关集团乃至世界未来发展动向的前沿科学。

天目计划可以说是天眼集团生存和发展的“火种”。因为对天目计划的了解，故而在看见水印后田楚便明白这些视频来自什么地方，出于什么目的被拍摄收集。但问题是，爷爷诈尸的资料为什么会是天目18计划的档案资料呢？难道说当年爷爷的诈尸仅仅是公司科学研究实验的一部分？这样的推论太违背伦理和丧心病狂了，田楚忍不住有些胆寒。

也就在这个时候，她看见视频中那灰蒙蒙且死气沉沉的停尸房里，突然出现了两个小小的、白色的亮点。这两个点像极了什么动物的眼睛，虽然在视频中还没有芝麻粒大，但异常醒目瘆人。

那两个亮点于视频边缘出现后，很快便蹿上了停放田宝鹤尸体的轮床。亮点在田宝鹤的头部稍微停顿后猛然钻进了他的耳朵。

田楚看着视频中诡异的画面，颤抖得不能自已。而更让她感到痛心恐惧的是，就在那两个芝麻一样的亮点消失之后，他爷爷紧跟着睁开了眼睛，再之后便是她熟悉的那些画面和动静了。

短短的视频结束了，田楚看得汗出如浆。

至此，她终于明白爷爷之所以会“诈尸”，完全和那双幽暗的眼睛有关系，而爷爷的死，绝对涉及某种集团内部更高层面的利益交换。第一段视频果然如雷昂所警告的那样，让她产生了极恶劣的感觉。在久久地平复了一下心绪后，田楚才有勇气伸出手指，点开第二个视频。

雷昂发送给田楚的第二个视频依旧是监控视频，它有三分多钟，比第一段田宝鹤诈尸的内容要长出不少。

在最初的黑屏之后视频画面猛然亮了，而后田楚看见在一个封闭无窗且贴满瓷砖的屋子里，有一个戴着手铐穿着白色衣衫的短发女子孤单地坐在地上。田楚不知道那女子的身份，但是她通过日期看见这段视频拍摄于七年前。在日期信息的后边，也和田宝鹤诈尸的那段影像资料一样，有着“天目计划”的编码水印。

这段视频的编码是：天目-18-0000（12）

“零。”田楚看着0000的编码，本能地喊出了那个字，并大概知道了这女子的身份。视频中的女子孤单地坐了几秒钟后，田楚听见了开门声，紧跟着有三个人走了进来。而随着这三个人陆续于摄像头中露脸，田楚的脸上又一次浮现出震惊的神色。因为她看见那三个人分别是她的爷爷田宝鹤、叔叔刘糯和曾经的未婚夫洛天赐。田楚清楚地知道，这三个人都曾经在技术部任职过，也是天眼集团里势力极大的人物。他们一起出现，注定了这个被关在瓷砖房里的零绝不一般。

三个人面对着那女子站好之后，那女子缓缓地抬起头，一脸茫然地看着他们，许久许久。这时候，洛天赐半蹲下去，问那女子道：“还记得自己的名字吗？”

女子茫然地摇了摇头。

洛天赐又问："父母呢？"

女子又摇头。

洛天赐回身，冲田宝鹤诡异地笑了下，而后汇报："可以对公司的'财产'进行智力和拓展性测试了。"

"批准。"田宝鹤毫不犹豫地回应。

在田宝鹤回应之后，洛天赐扭过头来，又问零："从一数到十。"

"嗯。"女子犹豫了一下，用不太连贯的声音机械地回答，"一，二，三……"

非常艰难地，女子数到了十。

"语言功能保存得不错。"洛天赐得意地笑了笑，而后又问，"第二道题目，一加一等于几？"

女子艰难地张开嘴，回答："二。"

"很好，基础逻辑能力也保存得不错。"说话间洛天赐回身问田宝鹤："现在可以开始第三道进阶题目了吗？"

"批准。"田宝鹤伸出颤抖的手，将一支可能为试管之类的透明无色玻璃容器递给了洛天赐。

洛天赐拿到容器后，又将容器递给那女子，说出了一句让田楚惊愕至极的话。他要求那女子："写出该溶液内大分子物质的化学式。"

"什么？"隔着屏幕看着这一切的田楚惊愕极了。

分析并写出无色溶液中蕴藏的大分子物质化学式，这应该是具有特别化学知识的高等实验人员，用特殊的仪器分析后才办得到的事情。但面前这个受测试的女子根本就没有任何仪器做辅助，怎么可能完成这种工作？

而且通过先前的那两道题目，田楚已经看出这个女子似乎受过什么重创，连记忆和语言功能都还没有完全恢复，基本逻辑和反应也很迟钝，就算是知道又怎么可能完成如此复杂的表达？

田楚的困惑很有道理，但她不曾想到很快视频中的内容便打了她的脸。那女子在拿到那一管透明试剂后，对着头顶的灯光仔细看了两三秒。而后她交还给洛天赐，并对他道：“笔。”

洛天赐将一支记号笔交给了她。女子接过笔后，艰难而晃悠地站起身，扭过头在铺满白色瓷砖的墙壁上写下了一串字符：C21H22Cl2。

随着字符的延伸，一个庞大的化学式逐渐在瓷砖墙壁上形成了。而也随着瓷砖上字符的延伸，女子写字的速度越来越快，越来越连贯。三十几或者四十几秒后，一个由一百，甚至几百个字符组成的庞大化学式出现在田宝鹤三人的眼前，让人叹为观止。那女子写完东西后将笔交还给洛天赐，又蜷缩起来，一脸茫然地坐在地上。

“这个……”洛天赐震惊地看了看那墙壁上的化学式，又问，“你知道自己写的是什么吗？”

女子回答：“类似多靶点蛋白激酶抑制剂的物质，对肿瘤应该有抑制作用。”

听着女子的回答，田宝鹤终于笑了：“很好。”

田宝鹤扭头看向一边的晚辈刘糯，吩咐他：“给这孩子弄个技术部的身份，把天目36计划交给她主持。”

“她？”刘糯和洛天赐都听呆了。

须臾后，刘糯劝阻道：“田叔叔，这样不妥吧？天目36一直是技术部的精英负责，而且让公司的‘产品’做这种事情没有先例呢。”

“小刘子，”田宝鹤看着蜷缩在地上的女子，“我知道让一个初中学历的人领导那些精英，难免会有不服的声音。但你的人能在仅仅凭借观察和三十几秒的计算后，便分析出那种你们研究了十年的新药的分子式吗？”

“不能。”刘糯无奈地说，“但是我怕……”

田宝鹤伸出手拍了拍刘糯的肩膀：“时代变了，咱们也得跟着变，况且我没时间了。”

至此，视频里的画面戛然而止，在画面定格的一瞬，田楚心中留下了一串长长的问号。在看过这两段视频后，田楚久久不能平静，对于这两段视频所透露的信息，她也感觉到了一种由衷的好奇。

很显然，视频中编号为“0000”的女子为天目18计划的实验体。她之所以记不起自己的名字和父母，应该也是和0146一样被集团做过某种记忆删除的处理。而那女子之所以能在仅仅看过一眼后便迅速写出那么复杂的分子式，则绝对是和天目18计划的研究内容息息相关。因为神龙坛那次会议的原因，田楚非常清楚天目18计划的内容——即通过植入人造“ANS”系统来扩大人的大脑潜能。

虽然田楚无法进一步从视频中分析出更多有用的信息，但是从视频的记录编号来判断，她感觉自己的爷爷应该是该计划的第0122号改造体，而这个“0000”则一定是这个天目18的“原形体”。

因为在天眼集团内部，只有科研项目的原形体，会被赋予“零”的代号。田楚在理顺了天目18计划的来龙去脉后，思维很自然地放在了她爷爷最后提到的天目36计划上。

天目36计划的内容是什么，田楚不得而知。但她知道依照田宝鹤的固执性格，他说这个项目是谁负责，这个项目就一定是谁在负责。而这也就意味着，搞清楚天目36计划的真面目，便大概率能够搞清楚零和她的孩子，从而了解一切的来龙去脉。

带着这一连串的推论，田楚思索再三后发信息问雷昂：雷，你有办法帮我搞到天目36计划的资料吗？

雷昂很快回复：不可能，天目36计划需要乙级权限，而且封存在总部地下的档案室里不和局域网连接。再查下去，我会被JBD盯上。

雷昂的拒绝让田楚气馁，不过她不怨他。毕竟她知道，但凡被公司设置为乙级以上的保密资料，一定是公司最核心的秘密，任何人在未经批准的情况下查阅，只会遭受公司最严厉的惩戒。

就在田楚无奈地放弃了对天目36计划的追问后，她又想起了赵褚写给自己的道歉信，想起了零还是个正常人时的身份资料。她又发信息问雷昂：雷昂，我知道零的真名叫‘颜燕’，原本是下水道公司的员工，母亲住在沙尖嘴的贫民窟，你能帮我查查她的家庭和亲人现在的情况吗？

雷昂快速回复田楚：嘿嘿，你都知道的这么详细了，我怎么可能查不到，只是……

田楚回复雷昂：我请你吃牛排，还有你最喜欢的火宫殿臭豆腐，空运的那种。

第二天早晨，田楚拿着雷昂给她的地址，一个人去了沙尖嘴的贫民窟寻找零的母亲。为了避免可能的监控，她刻意没有拿手机，只带了两个JBD随配的保安以保证自己的安全。

沙尖嘴是泠城的城中村，四周被高耸入云的摩天大楼包围，内里全是臭水横流的街道和低矮窄小的板房。这里几乎符合田楚对于市井贫民窟的一切幻想，唯一让她意外的是，虽然混乱肮脏，街道上却没有多少生活和厨余垃圾，显出一种奇怪的“干净”。

贫民窟的这个细节让田楚有些好奇，不过田楚很快就发现，这里没有垃圾的秘诀并不是环卫工人的勤劳，而是每当有人或者货车扔出垃圾后，便会有许多蓬头垢面的人不知从什么地方冲出来，将垃圾迅速搜刮走乃至当场吃掉。

那样的场面，让田楚露出了作呕的表情。其中一个JBD的保安在田楚露出不适的表情后告诉她，那些捡垃圾吃的人，都是偷渡到冷城的外国难民和混到破产的下等市民。对他们来说，垃圾就是食物。

保安的回答让田楚异常不适，在不适的感觉中，她带着手下人低着头匆忙走过那些人的身边，按照雷昂提供的地址，来到了一处偏僻的铁皮大门前。田楚面前的那扇门紧紧地闭合着，上边有许多铁锈造成的砂眼。那些沙眼大而密集，这让田楚很容易便透过那些洞看见了门里边的景色。

田楚很快发现这门内是一间院子，院子里有一个低矮的由蓝色彩钢板拼凑成的窝棚，窝棚里黑洞洞的看不见人，却时不时传出人痛苦的咳喘声。听见咳喘声后确定有人，田楚便使劲敲了敲门。片刻后，她在门缝间看见一个身材瘦小、佝偻脊背、面色差劲的老妇人拄着拐杖，艰难移动着出了昏暗的窝棚，走到了门口。

“谁？”老妇人一边咳喘，一边艰难地喊了一声。

“天眼集团的。”田楚回答，“我们想调查一下您女儿颜燕的事情。”

“唉，”老妇人颇为伤心悲哀地回道：“她都死了五年了，还有什么可调查的？”

“我求您开门让我们进去。”田楚在略微思考后又告诉老妇人，“这调查是有偿的，只要您回答问题，我们就会给一笔调查费。”

听到田楚的许诺之后，那老妇人果真改变了态度，将门拉开了一条缝隙。为了保密，田楚一个人进了老妇人的院子，在满是破衣服、沙拉盒子和煤灰的窝棚里艰难地找了一个相对干净的地方坐下。

她直接问老妇人道："我想知道您女儿的一些基本情况，调查完成我会给您一千块作为答谢。"

说完，田楚拿出了做记录的纸和笔："能开始了吗？"

"为什么每个人都问我这些，"老妇人眯着眼略微思考后，告诉田楚，"阿燕只是个很普通的孩子。"

在颜燕母亲的记忆中，她的女儿温柔、内向而聪明。从小她体质不太好，偶尔还会癫痫病发作，不过每次发病之后家人带她去看医生，医生又查不清她为什么会得那样的病。后来颜燕长大，变得懂事和靓丽，又进了泠城的污水公司，一切都在向着一个普通女孩应该发展的方向发展着。但是七年前，天眼集团总部的人突然找到颜燕和她的亲属，说要让颜燕参加一个科研项目。而正是那个项目，终止了颜燕的生命。

老妇人说至此，声音变得哽咽，显得有些无助和悲痛："他们说，阿燕参加这个项目后我和她三年都不能见面，还说项目结束之后会让她留在集团总部挣大钱，可谁知道他们还给我的是一具尸体啊。"

"抱，抱歉！"田楚红着脸安慰了一句，待那老妇人稍稍平复情绪后，她又问，"阿婆，颜燕为什么会被选中参加天眼集团的科研项目？"

"不知道。"老妇人摇头，随即又补充，"不过我听阿燕说，单位之所以选择她是因为例行体检的时候，筛查出她的体质和正常人不一样，她的脑子里有什么很特殊的东西。"

"哦？"田楚惊讶追问，"她的脑子里具体有什么，您听阿燕提起过吗？”

老妇人思索了半晌，终究只是摇了摇头。看着老妇人茫然的表情，田楚知道更深入的信息恐怕是问不出来了，不过出于不甘，她还是继续问道：“我问一个隐私问题，颜燕生前有小孩吗？”

老妇人回答：“这孩子连男人的手都没碰过，怎么会有孩子，不过……”

“不过什么？”田楚追问。

“不过在你们集团那几年，我就不知道了。”

“哦。”田楚点了点头，旋即察觉到了一个逻辑上的问题。

因为根据赵褚道歉信里的信息，如果暗算天眼集团和自己的黑客扬名真是颜燕的孩子的话，他现在的年龄应该不超过五岁。一个五岁上下的小屁孩，怎么可能做出杀人盗尸这般骇人听闻的事情？综合种种，田楚感觉“扬名是零的孩子”要么是赵褚想错了，要么其中还有另外的意思或者隐情。

田楚问完，颜燕的母亲唉声叹气地说道：“阿燕的命苦，我的命贱没有办法。”

田楚听着老妇人的话，也跟着心酸起来，她终究是个心软的小女人。抱着同情的心理，田楚给老妇人写了一张一万块的支票，才出了她的门。在门外，田楚在保安的护送下惆怅地往回走，同时仔细思索着老妇人刚刚告诉自己的信息，希望从中挑拣出一些有用的东西。

她感觉随着事情的调查，一切越发扑朔迷离了，这一趟她非但没有找到任何有关扬名身份的证据，反而了解到从理论上说，扬名不可能是零的孩子。种种假设让田楚的头脑越发混沌，直到她听见有人大老远地呼叫自己时，她才猛然又回到了现实。

“田楚小姐，你来这里干吗？”那人用激动而诧异的声音呼唤着田楚的名字。

伴随着呼唤，田楚扭头看向那人的脸，紧跟着心悸起来。因为田楚此时看见的那个叫自己的人正是前几天不顾个人安危，从翻倒的汽车里将她拽出来的恩人赵褚。

赵褚看着田楚的表情也同样是意外惊喜的。他三步并作两步走过来后，又对田楚道："好巧啊。"

"是挺巧的。"田楚激动地点了点头，原本兴奋的表情迅速凝固僵持了下来。因为她看见，赵褚的右手里紧紧地攥着他那部破旧的手机。她立刻意识到，赵褚依旧没能摆脱扬名的游戏和控制。恐怕现在，他正在那个黑客的支配下做着什么骇人听闻的事情。

两人见面后，心照不宣地交换了一下眼色。而后赵褚将手机收进外衣兜，拉住田楚的手："咱们俩既然这么有缘分，能不能请你吃个饭？"

"好，好的。"田楚点了下头，虽明知道这是赵褚的刻意，心里却依旧涌起了一丝莫名的期待。两个人约定好后，如一对情侣般依偎在一起，于JBD保安的保护下，坐田楚的车就近去了一家高档茶餐厅用餐。

赵褚拉着田楚的手进入茶餐厅，点了两份肉骨茶、一份面条和一份油条。服务生上东西前，赵褚脱掉装着手机的外套后向田楚道："我去下洗手间。"

"嗯。"田楚目送赵褚离开。隔了一两分钟，她冲JBD的保安吩咐："我也去洗手间，你们看下东西。"

在得到两个保安肯定的答复后，田楚起身去了女厕，而后于女厕中找到了一处标记为5号的厕所隔间，敲了敲门。

"我来了！"田楚向里边喊。

随着她的喊声，5号隔间的门很快打开了，赵褚在其中冲田楚尴尬地笑着。

“你胆子真大。”田楚进入厕所隔间后，有些激动地夸赞赵褚道。

“我真怕您不明白我什么意思。”赵褚低沉而轻声地回答。

“怎么会。”田楚伸出自己白嫩的手掌，告诉赵褚：“你自从拉住我的手之后，就一直在我手心里写‘女’和‘5’，手掌通心的。”

“长话短说。”赵褚有些不解风情地阻止了田楚继续说下去，问她，“你来贫民窟干什么？”

“我看了你的道歉信，全明白了。”田楚回答，“你给我的道歉信里不是说零的母亲在沙尖嘴吗？我是来调查她的。”

“调查到什么了？”赵褚激动地问。

“一点点，不过用处不大，也不能帮你确定扬名的身份。”田楚无奈，又问赵褚，“你来贫民窟又干什么？”

赵褚一脸无奈地回答：“我是被扬名逼迫着来这里进行他第二章游戏的。”

“第二章？”田楚困惑地重复。

“对。”赵褚回答，“扬名的游戏简单说就是让我必须在规定时间内完成规定的事情。如果完不成，我付出代价；如果完成，他会给我奖励。”

“什么奖励？什么代价？”田楚好奇。

“奖励一般是钱，至于代价则是死。”赵褚回答并补充，“我妻子死，或者你死。”

“恶魔！”田楚咬牙切齿地道。

“唉。”赵褚无奈地叹了一口气，又说，“扬名的游戏分章节，第一章中他指示我一分钟之内惹怒你姐姐。我怕他又用什么诡异的方法杀死你姐姐，所以我向她脱裤子以提醒她离开，不是因为我下流，事实上我应该也确实打乱了扬名的计划。”

“我懂，0146都告诉我了。”田楚点头，又追问，“可扬名让你去贫民窟干吗？”

面对田楚的问题，赵褚表现出一脸的困惑。但他还是回答：“他让我在半小时之内，把一盒很普通的果仁蔬菜沙拉放在沙尖嘴三号街道的垃圾桶里。”

“这是什么意思？”田楚困惑，“你放了？”

“放了，我还观察了一会儿。”赵褚告诉她，“后来那沙拉被一个老妇人拿走了。”

“老妇人？”田楚下意识地问，“什么样的老妇人？”

赵褚告诉她：“个子不高，佝偻脊背，拄拐杖，还穿着件黑马甲，挺落魄一人。”

“啊！”听着赵褚的话，田楚眼睛瞪得老大，“你说的这个人是零的母亲，扬名让你给零的母亲送一盒沙拉，难道……”

“不可能吧，坏了。”赵褚看着田楚的脸，先是一阵惊慌，而后跌跌撞撞地跑出了女厕所。

赵褚在得知拿走他扔进垃圾桶中那盒沙拉的人是零的母亲后，产生了不好的预感。因为那预感，他带着田楚冲出茶餐厅，坐上她的汽车，急忙返回了沙尖嘴的贫民窟。

在田楚的指引下，赵褚冲进那老妇人破败的家门，看见了他最不想看见的一幕。此时，零的母亲痛苦扭曲地躺在地上，口吐白沫，气绝多时。而在老妇人的身边，则丢放着一只吃剩到一半的沙拉。

第八章　贫民窟的夜

在那些传闻中，有一种颇为流行。那便是如果将一个僵尸的器官取下来，埋在招阴的榕树下边，再日夜以血水浇灌，在七七四十九日之后，那僵尸便会借助榕树的力量浴血重生，成为一个与本体长相无二的存在，从而让死者获得“新生”。

赵褚看着老人的尸体，呆呆地坐在床上，田楚则因为这突然的刺激，惊得差点昏过去。面对复杂阴森的局面，赵褚无奈请JBD的人报了警，并让他们护送田楚出去透气。他自己则坐在床铺上，面对尸体拿出手机。

在愤怒中，赵褚发信息质问扬名：你又用我杀人?

扬名回复赵褚：那女人对杏仁酸过敏，你丢掉的沙拉里恰巧有那种东西的成分而已。她的死完全是咎由自取，和你无关。

赵褚看着扬名的话，胸膛起伏着回复：你太冷血了，一个七八十的老人都不放过，为什么？

扬名回复：为母亲报仇！

赵褚困惑地问：这人是零的母亲，是你的姥姥，你杀死自己的姥姥，你有病吗？

扬名沉默了须臾，忽然给赵褚发了一个音频包。赵褚打开扬名发来的音频，立刻听见里边是两个女人的对话。在那两个人的对话中，其中一个女子的声音比较清脆，应该是年轻女性，另一个则显得十分苍老，应该是年长者。

音频中年轻女人首先说道："妈，我不想去参加实验，我害怕，总感觉会出事。"

老年女人则愤怒地回答："不去怎么行，田宝鹤亲自召见你，多大的面子，更不用说你去了人家就立刻给我们十万块钱。"

"可是，"年轻女人忐忑，"他们说要把我的脑子……"

"必须得去！"老年女人不耐烦道，"阿燕，你两个弟弟还有我都指望你的，你不能不管一家人的死活啊。"

"妈，到底是谁不管家里人死活了。"年轻女人的声音变得有些愤怒，"爸爸挣的钱也不算少了，要不是因为你偷偷拿去赌马，咱们家会破产吗？爸爸会气死吗？你不就是欠下一屁股债想……"

响亮的耳光声后，老年女人怒吼："不去我就把你送到泗水查拉克去，你一辈子别回来。"老年女人的怒吼后，是一阵嘈杂低沉的声音，像是啼哭又像是哀号。

很快，音频文件播放完了。扬名反问赵褚：这样的人不该死吗？

面对扬名的质问，赵褚没有了反驳的力量。沉默了很久，他也只是回答：你这不是正常人的逻辑。

扬名回复：我从没有说过我是一个人，我一直告诉你我是一个神——复仇的神。

扬名是不是神赵褚不知道，但面对他的回复，赵褚彻底确认了一件事情。扬名一切行动的目的就是死亡，就是杀戮，就是为零报仇，让伤害过零的人付出代价，哪怕这个曾经伤害过零的人是自己的姥姥，也在所不惜。这样偏执的性格，这样简单的划分对与错的方法，简直像极了一个被宠溺的幼稚的孩子。或许他真的是零的孩子？

面对新发现的线索，赵褚沉默了很久。他一面等待着警察的到来，一面想再问扬名一些问题。

赵褚拿起手机，问扬名道：第二章游戏结束了吗？

扬名回复赵褚：是的，你完成得很好。

赵褚又问扬名：我的奖励是什么？

扬名告诉赵褚：抬头。

赵褚照做，扬名又告诉赵褚：起立，往前走三步，低头。

赵褚依次照做，而后他看见了两个放在地上的暖水壶，在两个水壶的夹缝间有一张小纸片。很显然，扬名要赵褚发现的东西，应该就是这张小纸片。

赵褚狐疑地弯腰捡了起来，发现那是一张六合彩彩票。他看出这是一张在两天之后开奖的未兑换彩票，应该是死掉的老妇人生前的东西。

呆呆地看了看彩票后，赵褚回复扬名：一张价值两块钱的彩票？

扬名则回复赵褚：这张彩票两天之后会中奖，金额为五十四万七千块。

看着扬名的回复，赵褚呆了。和人的行为不一样，彩票是随机开出的数字，不具有可预测性，就算是再聪明的人也不可能知道两天之后的彩票会中奖。

除非他能穿越时空，除非他真的是神？

看着扬名信誓旦旦地回复，赵褚问：你这么确定它能开出奖？你怎么做到的？

扬名告诉赵褚：只要有手段，任何事情都可预测和干预，就好像天气一样，只不过概率大小而已。我的回答你满意了吗？

在回答完赵褚的问题之后，扬名又告诉他：第二章游戏“贪婪”结束，请继续完成第三章游戏“发现”。如准备好，请回复Y。

“发现？”赵褚看着那两个引人深思的字眼，先回复了一个Y，又问扬名：游戏中我会发现什么？

片刻沉默后，扬名只避重就轻地回答：第二章游戏只有第一步，请在十二小时之内，将你身后的床铺掀起来，向下挖掘一米。

“床铺？”赵褚品着扬名的信息缓缓回身，看着自己身后那张老妇人曾睡过的床。

赵褚面前的床铺肮脏、杂乱，还散发着异味，而且严格来说，这并不是一张床铺，而是一张由砖头做支柱架空而起的木门板。砖头和门板拼凑而成的床铺看上去平淡无奇，但因为扬名的安排，赵褚感觉这漆黑的床铺下定然有什么东西，感觉这窝棚里定然发生过什么他还未曾了解的事情。

看着门板下黑洞洞的床底，赵褚有些心悸，因而他又发信息问扬名：我会挖到什么？

扬名回复：等你挖开你会看见的。另外，你挖的时候记得带一个空玻璃瓶，我需要你从地下给我取一些东西。

“玻璃瓶？”看着扬名的信息，赵褚一脸的费解之色。

而也就在扬名刚刚提示完那些的时候，赵褚忽然听见有警车的鸣笛声由远及近，渐渐地传到这落魄院子的门外。警察来了，赵褚不能再有什么动作，因此他决定，等到今天晚上或者凌晨，他再跳墙来完成挖掘工作就好，虽然晚上并不是刨地挖沟的好时机。

扬名的复仇游戏还在继续，赵褚也无时无刻不在想着与之对抗较劲的方法。在配合警察做完简单的笔录后，赵褚便被警察放掉了，全过程奇迹般的没超过十分钟。

赵褚出了老妇人的家门，见到在铁皮门口不知等了自己多久的田楚后，带着激动说："按常理本来我应该'四进宫'，但是警察没为难我，是你给说了好话吧？"

"举手之劳。"田楚微笑着问赵褚，"让你免去了一场牢狱之灾，你总得酬谢我一番吧？"

赵褚想了想，回道："我请你吃饭。"

"好，明天晚上九点，金芙蓉酒店吃消夜行吗？"在和赵褚说话时，田楚的眼睛不自然地眨了眨。赵褚看着田楚的暗示，明白她是要找机会和自己商量对付扬名的事情，明白这女人是想帮自己。

因此，他内心甚是感激表情却依旧平静地答应："行，到时候不见不散。"

"不见不散。"田楚尽量摆出笑脸，表情却带着一丝焦急。

约定好下次见面的时间，两个人做过简短的告别后便分别了，田楚坐着汽车回家，赵褚则开着自己的老破车，上街找挖掘工具。作为土木工程系毕业的高才生，赵褚知道一个人将土地向下挖掘一米并不是一个小工程。虽然扬名给了他十二小时，但也必须争分夺秒才能勉强够用。

庆幸于拥有健全的土木工程知识，赵褚出了贫民窟便到附近的五金店购买了用于挖掘的短锹、撬棍、錾子、头灯和手套等必备用具，当然还找到了扬名吩咐的容器——一个玻璃瓶。

赵褚将这些用具弄进汽车的后备厢后，便坐在驾驶位上，等着夜幕的降临，等着合适的动手时机。无聊的等待中，赵褚靠吃东西以及和扬名聊天儿来打发时间。

在这个过程里，他曾发信息问扬名：那床底下到底有什么，非要挖?

对于赵褚的问题三缄其口，扬名只是告诉他：如果按时完成我的游戏，你将继续获得奖励。到时候无论你是想得到田楚，还是想让你妻子复苏都可以。

赵褚面对扬名一而再，再而三的诱惑，已经有些麻木了。故而在这一次空口一般的许诺面前，他只是回答：只要你不杀我，我就很满意了；只要你把那个植入我妻子脑部的东西弄出来，我就很感谢了。

扬名回复：我不会杀你，我是尊重协议且恩怨分明的。该杀的人我一定会杀，该帮的人我也一定会帮——特别是你。

看着扬名的回复，赵褚又一次忍不住问他：为什么是我？为什么你不亲自完成这个所谓的游戏?

扬名的回答是：因为我对你熟悉，因为三年前在47号检查井的入口，你曾经救过我的命。

三年前?

看着扬名的提示，赵褚迅速陷入了沉思，但是他终究想不起曾经在47号检查井入口自己救过谁的命，除了……

赵褚想起了三年前的一件往事。

三年前，就在他某一次于下水道重例行巡查中路过47号检查井时，突然听见在检查井的入口处响起了一声类似“救命”的呼喊。当时，他负责的下水道附近偶尔有偷渡的非法移民栖身，因此他在听见那声音后，便本能地以为是偷渡客在对某个无辜的女性做不法的恶劣之事。

在正义感的驱使下，愤怒的赵褚在污水中找了一根生锈的铁管，往发出声音的涵洞中去“英雄救美”。赵褚循声往前，可当他拿着手电，踏着没脚踝的污水，快步走到距那呼救声极近的地方时，却看见涵洞中有一双极明亮的、蓝色的非人的眼睛在瞪着自己。

毫无心理防备的赵褚和那双蓝色的眼睛猛然对视后，自然惊一哆嗦。不过随着那双眼睛迅速消失在黑暗中，并叫出了一声“喵”音后，赵褚便立刻反应过来，那仅仅是一只路过的野猫而已。受惊的野猫走后，赵褚继续搜寻呼救的声音，但并没发现什么受害者。

明明听到了救命的呼喊却没有发现人，这样的情况让赵褚惊诧不已。不过就在他感觉似乎这又是47号检查井周遭的一桩“灵异”时，却再一次听见了那个模模糊糊、断断续续的“救命”声。

这一次因为距离极近，那救命的呼喊响过之后，赵褚在第一时间找到了发出声音的地方，并进而很快确定刚才出声之处乃是自己脚下的一片混浊污水。混浊的污水是手电无论如何也照射不透的，不过即便如此，赵褚依旧在水间看见了一个模糊的灰白色的影子。怀着好奇和警惕，赵褚伸出自己的脚，将那“影子”沿着水泥管廊缓缓踢出了水面。

他诧异地发现那水下的东西是一只收音机。收音机有手掌大小，虽然被水浸泡得湿漉漉的，却依旧显示出八九成新的样子。此时收音机的开关关着，但是扩音器却依旧能发出些嘈杂的声音，指示电量的红线也在闪着暗红色的微弱光线。在收音机的扩音器中有断断续续的嘈杂碎响，赵褚听见正是在那碎响里夹杂着“救命、救命”。

赵褚不是一个迷信的人，又受过理工科的专业教育，故而当时他看见那只收音机，便认为是收音机内部的电池还有残余电，又因为沾水引起了电路的放电从而发生接收和转换电波的现象。但是今天，当他从扬名处得到“三年前在47号检查井的入口，你曾经救过我的命”这样的答复后，便突然感觉那次偶遇恐不是自己曾经想象的那么简单了。可能在无意中，赵褚真的在当时以某种方式救了扬名的性命，而扬名难道是一只收音机？

面对过分荒诞的答案，赵褚问扬名：三年前我只记得自己在47号检查井周遭捡到了一只收音机，你不会告诉我你就是那只收音机吧？

面对赵褚的问话，扬名回答：呵呵，我也希望自己是那只收音机，但收音机太小了，放不下我。

赵褚迫不及待地又问：那么你到底是什么？那只猫？

扬名闪烁其词地回答：你会知道的，在我们游戏的第五章，我会告诉你一切的——只要你能通关。

“通关。”看着那两个字，赵褚面色难看得如茄子。

其实在内心里赵褚十分恐惧扬名，更不敢想象这一轮游戏的最后一关会发生多么可怕的事情，会有多么怪异的过程。

他只能一步步走。

在漫长的等待后，时间到了凌晨一点钟。这时的冷城开始“睡”了，就连一向混乱嘈杂不堪的沙尖嘴贫民窟也陷入了昏睡，且比市区更加沉寂。此时的沙尖嘴贫民窟像是一座被繁星包裹的黑洞，虽然几百米外便是灯火通明的繁华市井，那繁华的光芒却丝毫照射不进这个堪称混沌的区域。

而就在这个危机四伏且又沉寂无比的黑洞的边界，赵褚停下了他的车子。此时在沙尖嘴空荡荡的街道上，除了偶尔路过的非洲偷渡客和老鼠，赵褚再看不见任何活着的东西走过。他坐在车中先稍微观察了一阵，这才忐忑地关掉车子的发动机，拿出头灯手电套在脑门儿，而后又从后备厢中拿出了挖掘所需要的东西。

一切准备稳妥后，他小心翼翼地回到了颜燕母亲的棚户。赵褚到达颜燕母亲的棚户时，那里并不见警察守卫，在落魄的铁皮大门前只有一道松松垮垮的警戒线形同虚设般在那里拦着。和他想象的一样，毕竟这只是贫民窟里小人物的“自然死亡”，警察才不会为之多费警力的。

面对落魄的板棚小院，赵褚的心情不那么忐忑了。他毫不犹豫地跨过警戒线。先将撬棍铁锹扔进院子，又拽着门闩和墙壁，纵身翻越进了院墙之内。此时，院内同样一片死寂，到处充斥着淡淡的消毒水的味道。那味道与菜叶以及衣服霉变的味道混合在一起，像极了一具巨大的尸体正在缓缓腐烂。

忍着这难闻的混合味道，赵褚抱着挖掘工具进入老妇人曾栖身的窝棚。他先将那乱糟糟的床铺撤掉，又用撬棍和錾子将地面的砖头一块块撬起。完成一系列机械而重复的动作后，赵褚面前的地面露出了一片足够他挖掘的土地。

看了看大概半平方米的土地，满身是汗的赵褚扔掉了手中的撬棍，而后拾起挖掘的短锹，正式开始挖掘。挖掘土地相对而言是一个机械而简单的过程，但是随着挖掘的进行，赵褚心中渐渐生出了许多困惑。

首先，泠城是东南亚的城市，这里的土地总是湿润而好挖的。可是今天不知怎么了，赵褚发现老妇人床铺下的土地异常坚硬，似乎是被特别压制夯实过。赵褚从专业的角度想了想，感觉这老妇人所住的地方只是个简陋得不能再简陋的贫民窝棚，这种场所不可能下大功夫打如此密实坚硬的地基。

运用简单的土木学知识分析，赵褚立刻意识到之所以这床铺下会有如此坚硬的板结夯土，恐怕是为了封盖什么东西而进行特别的加固。怀着预判，赵褚挥舞铁锹开始向下挖掘，在挖了大约一尺多深后，铁锹的尖端突然传来一种非常不同的声音。随着土质声音的变化，赵褚心中一惊，旋即停止挖掘伸手抓了一把土。在头顶灯光的帮助下，他立刻便看出此时老妇人床铺下的土质变了，那土质从原本的黄黑色夯土变成了煤炭炉灰的渣滓，其中还掺杂有石灰。

“夯土、炉灰、石灰？”看着这些东西，赵褚原本就紧张的心变得更加惊悚。因为通过这些土里的灰渣，赵褚想起了泠城的老一辈人曾向他讲过的迷信故事。

作为土生土长的泠城人，赵褚很早就听老一辈的人讲过，如果家中有人含冤而死的话，极容易变成僵尸，而为了防止死人变成僵尸，过去的人就一定要用掺杂着炉灰和石灰的土将尸体覆盖，而后压实。现在，他竟然在老妇人的床铺下挖出了这两样传闻中用于压制僵尸的东西，这恐怕也就意味着……

随着可怕念头的形成，赵褚再不敢往下挖了，他用颤抖的手拿起手机问扬名：扬名，你让我挖的是什么到底？尸体吗？

扬名回复：是的。

如果不是因为自己妻子和田楚的命都在这个混蛋的手里捏着，如果不是因为赵褚已然习惯了扬名那诡异的作风，他当时一定会不干了的。看着让人闹心的回答，赵褚问：谁的尸体？

扬名回复：我母亲——零。

“零？”赵褚被扬名的回答弄蒙了。

零的母亲的床下，竟然藏着自己女儿的尸体？而且尸体还是被人当作僵尸掩埋的？赵褚所面对的事实都太不可思议了，也实在不像是一个正常人能干出来的事情。他忍不住想，零的家庭到底发生过什么可怕而让人费解的事情呢？

面对可怕的“墓穴”，赵褚问扬名：你怎么会知道零被埋藏在这下边？零的母亲又为什么要压着她闺女的尸体睡觉？

这时，扬名又发送了一个音频包给赵褚。赵褚拿出耳机戴好后打开了音频包，上来便听见有人哭泣的声音。哭泣声断断续续的，充满了哀号和悔恨的味道。痛哭声持续了须臾，又有女人喊话的声音：“我把你们两个生出来，你们就这样对待亲娘，把我扔这里自生自灭？这地下可埋着你们的大姐。”

“妈，”一个冷酷无情的男人声音冲女人吼道，“姐姐是你害死的，我们两个怕你把我们也害死！”

“不是我们无情，是你太能赌，太败家，我们没办法。”

“你们两个畜生啊。”女人哭得撕心裂肺，“为了给你俩凑结婚的钱，我连墓地都没给你姐姐买。现在你们钱到手了，就不要我了，你们对得起……”

“咣当！”一声重重的摔门声打断了女人的痛诉，音频至此结束。

听完这一段冷酷至极的音频，赵褚彻底明白曾经发生在这窝棚里的事情有多残酷，多无奈了。

在音频结束之后，扬名发信息给赵褚：现在知道我的母亲有多苦难了吧？

赵褚发信息质问：为什么不早告诉我这些真相？

扬名则回答：如果我告诉你这些，你还会有勇气帮我挖一具被人看作僵尸的尸体吗？我很怀疑。

赵褚没有回答，感觉自己也无法回答。在他的沉默中，扬名又说：如果没有别的疑问的话，请继续挖，完成我们的游戏。

赵褚看着屏幕，在一番纠结和挣扎后，终究还是拿起了铁锹。自从参与扬名的游戏以来，还没有哪次任务像今天这般让赵褚如此压抑、纠结、木然。

极端压抑的气氛中，赵褚继续挥舞着铁锹不断向下挖掘。也不知道时间过去了多久，他的铁锹再也挖掘不动了。而在铁锹之下，那些炉灰的尽头，最终看见了一个巨大的、被塑料袋和胶带纸密封包裹的东西。那东西呈现一个人的形状，明显就是一个被塑料袋包裹着的死人。

毫无疑问，这就是零。一个苦命的女人，一个天眼集团的试验品，一个死后被视为极端不祥之物的存在。

赵褚挖掘到零的尸体后，立刻问扬名：挖到了，接下来干吗？

扬名回复：把袋子打开。

面对扬名的吩咐，赵褚心中纵然一百个不乐意，也依旧这么做了。赵褚拿出弹簧刀，将裹尸的塑料袋划开，一具佝偻的尸体在头顶灯的照耀下呈现在了他的眼前。

可能因为石灰，煤渣和塑料包裹的原因，零的尸体只呈现出轻微的腐败。赵褚甚至可以看出她入殓时梳着披肩的短发，穿着水手装，脑袋上还被人用朱砂写了某种镇压邪祟鬼魂的“符咒”。

而也因为这尸身保存得太过完整的原因，带给赵褚的冲击和恐惧感则是前所未有的，零的尸体和正常的死尸全然不同。

零的尸体除了保存完好，还有许多与正常尸体很不一样的地方。赵褚在观察了零的尸体一会儿后，很快发现零的死尸腹部有明显的凸起，那种凸起很不自然，像是被谁塞了什么东西进去。

起初赵褚以为那腹部是藏着什么东西的，但是当他通过已然破烂风化到无以复加的水手服再仔细看时，发现那凸起的部分乃是一团流出尸体腹部的脏器。

零腹部的内脏从腹部的一道伤口处流出，暗红发黑，其中还有些褐色的菌斑生长其上。但除了那菌斑和变黑的颜色，它基本保持着当初“打开”的模样，仿佛新开的创口。这道伤，传递给赵褚一种极端的血腥感和困惑感。

死尸骇人的腹部伤口让赵褚有了许多很不好的联想，更让他感觉似乎零在死后或者死前，有什么东西曾经从她的肚子里爬出来过一般。又或者是拿她当作“试验品”的天眼集团从她的腹部取出了什么吗？

正在赵褚对着尸体狐疑困惑之时，他放在地上的手机又亮了。暗夜中，那碎屏手机的闪亮特别刺眼。赵褚看见那上边的信息：请把我母亲的指甲弄进你带来的玻璃瓶里密封。

扬名的要求依旧让人意外且难以接受，更刺激着赵褚想起了小时候父辈曾经和他讲述过的一些他本已淡忘的迷信之事。因为冷城在东南亚的特殊地位，这里横行着来自泰国、柬埔寨和大陆的巫术，流传着许多利用僵尸做法的故事传闻。

在那些传闻中，有一种颇为流行。那便是如果将一个僵尸的器官取下来，埋在招阴的榕树下边，再日夜以血水浇灌，在七七四十九日之后，那僵尸便会借助榕树的力量浴血重生，成为一个与本体长相无二的存在，从而让死者获得“新生”。

在赵褚长大之后，老一辈人在儿时所讲的那些迷信本已不再让他有所忌惮。可是今日今时的赵褚不一样。他亲眼看见了零那扭曲而不甘的死尸，也亲眼看见过那棵深扎在47号检查井底部的诡异榕树。

赵褚从不认为扬名是一个简单的电脑黑客。由此他设想，扬名或许是一个懂电脑的降头师？难道他真的是要把零的指甲埋藏在那棵古怪的榕树下，用以给母亲“还魂”重塑肉身？

如果真是这样的话似乎于赵褚并没有什么损害，而且如果这么做能够平息扬名的愤怒，赵褚反而感觉这是能求得超脱的好事情。因为心中那有些一厢情愿的所思所想，赵褚面对这具扭曲的僵尸终究克服了抗拒的情绪。他拿起自己先前刨地砖的錾子，试着将零的手指甲弄下来。此时的零已成了一具腐尸，故而赵褚拿錾子尖端挑动那灰黑的指甲盖后，很容易便成功了。

忍着强烈的呕吐感，赵褚撬掉了零的十个指甲，而后将拉丝连皮的指甲全放进玻璃瓶里，紧紧密封。在赵褚弄完一切后，扬名准时来了信息。原本赵褚以为扬名会告诉他这恶心的游戏结束了，谁知道他看过信息之后却发现其中的内容是：事情有变，快跑，跑到任何有监控的地方，马上！

看着扬名的提醒，赵褚紧张地站起身，同时看向这窝棚小院的铁门。凌晨的夜色中，那铁门黑乎乎的像一座坟墓。借助头顶灯的光，赵褚看出此时正有人影在门外晃悠，似乎随时都可能进来。

门口有人？这让正在干偷尸盗窃之事的赵褚神经瞬间紧绷。惊慌中，他赶紧向扬名发送信息道：门口有人？

扬名很快回复：跳后墙跑，找到最近的摄像头，等我的提示。

看着扬名的指示，不想被警察抓的赵褚当机立断，立刻走到小院后院墙的地方，使出吃奶的力气猛然翻了出去。在一声“咣当”的落地声后，赵褚掉进了一处异常腥臭的污水沟渠中。而与此同时，他听见自己刚刚翻过来的墙后有人大喊：“逃了，分头追。”

赵褚并不知道到底是什么人在三更半夜里追自己，但是他知道自己干了违法而龌龊的事情，必须得逃跑。

在略微看了看四周的地形后，他立刻迈腿，向着闹市区那片充满了霓虹灯的方向跑去。赵褚逃命的速度不算慢，即便如此在他跑出几十米后却依旧听见背后有人飞奔过来。

听着由远及近快速接近自己的皮鞋动静，赵褚内心里像疯了一般焦急。不过就在他有些发狂抓瞎的时候，前上方一个“悬浮”的红色小亮点引起了他的注意。赵褚知道，那亮红色的灯光很可能是监控用的夜视摄像头。而一想到摄像头，他便急不可耐地向那个红色的点跑去。

在赵褚飞奔的同时，他手中的手机快速响了。慌乱中，赵褚并没有忘了扬名先前的提示。而就在他看向手机屏幕时，上边有扬名发来的新信息：停下，别动。

停下?

赵褚被扬名前后矛盾的信息弄蒙了，不过在看过那条信息后，他还是与以前的游戏一样，近乎本能地立刻减速停步。

气喘吁吁中，赵褚终于在距离那红色摄像头五米开外的地方停了下来。直到停下步伐后他才看清楚，自己立定的地方是沙尖嘴和闹市区交界的一条马路中间。为什么扬名要让自己停在马路中间，赵褚不解。而几乎就在赵褚费解的同时，他听见在自己的右耳畔，猛然响起了一阵尖锐至极的汽车鸣笛声。

随着汽车鸣笛的动静以及远近光灯不断交替闪烁地向自己打光，赵褚惊愕地发现在自己的右侧，一辆跑车正以极端快的速度向自己飞奔而来。

电光火石之间，赵褚意识到如果被这车撞倒自己必死无疑。但是在这亡命行驶的死亡跑车面前，他终究一动没有动，因为他根本来不及反应。在疾速闪动的汽车灯光中，赵褚听见那车呼啸着向自己而来，听见车子发出了“砰”的一声闷响，紧跟着又是一连串玻璃碎裂和车体翻滚的动静。

随后，奇怪的事情发生了。赵褚在跑车那震耳欲聋的碎裂声响中蒙了一阵，而后竟感觉浑身上下并没有一丝一毫的异样。恢复正常意识后他又看了看四周，发现自己依旧纹丝不动地站在他刚刚站立的马路中央。

太奇怪了。

在庆幸和狐疑的交杂中，赵褚急忙顺着地面黑乎乎的轮胎痕迹向刚才冲向自己的跑车望去，试图搞清楚状况。随着观察他很快发现，那地面黑乎乎的刹车痕迹在距自己极近的距离时突然拐了一个弯，擦着他的后背掠过去了。

只差那么几厘米，赵褚免于死亡，不过那辆飞奔向自己的跑车却异常凄惨。顺着黑色的刹车痕迹看去，赵褚发现那辆撞向自己的红色跑车此时翻倒在地，在车头前还有一根折断的路灯杆和一个浑身是血、仰面朝天的男人。

看着这些，赵褚脑补出了那电光火石间的情景。很明显，那跑车的驾驶者成功避开了突然出现在马路中间的扬名，从他背后绕了过去。但是那开车的人不曾想到，就在赵褚身后，那个从贫民窟一路追他出来的家伙突然冲上了马路，并且以极快的速度来到了赵褚的身后，堵在了跑车规避的方向。

追击赵褚的人和极力躲避赵褚的汽车速度都过快，这两个家伙发现对方的时候肯定没了二次反应的时间。于是乎跑车不偏不倚地撞上了那个穿着黑西服的家伙，将他撞出十几米远的同时，整辆跑车也扣翻于地。

一切都太巧合了，巧合的仿佛是被人刻意设计出来的一般，如果有旁人看见，一定会以为赵褚是一个被幸运之神特别眷顾的男人。但赵褚知道，这巧合的背后只体现出扬名异常强大的计算和入侵公共网络的能力，只体现出扬名对自己的熟悉。

看着那被撞的追击者和跑车，赵褚胆寒后怕之余，并没做过多的停留和猜想，便转身继续逃离事故现场，融入了冷城那既冷寂又繁华的黑夜。

尖沙嘴边缘的交通事故现场一片狼藉，翻倒的红色跑车、满地的玻璃碴儿和血迹夹杂在一起。被跑车撞飞出十几米远的西装男趴在地上一动不动，其右手更是遭受了严重的创伤，并因此露出了金属色的骨骼。

交通事故现场起初只有车祸的惨烈和突然。但是一分多钟后，那个被车撞倒的男人改变了这一切。那男人奇迹般地动了动身体，而后如天神附体般猛然睁开双眼，从地面爬了起来。站直身体，拍掉了身上的碎玻璃后，男人正了正胸前的标志牌。他胸前的标志牌上写着“JBD−0146”。

0146从地上爬起来时，看见正有几个自己同样装扮的男人气喘吁吁、惊慌失色地从贫民窟的方向跑向他。那些向他跑来的人原本的表情是恐惧，当他们看见0146一身伤却又神色淡定后，脸上又都挂上了不可思议和畏惧的神色。

“老，老大！”一个戴眼镜的男人忐忑地问0146，“您没事吧？”

0146却问那人：“田大小姐有人保护吗？”

“这……”

一个清脆的耳光后0146向他的手下喊话：“要我说几遍，田婷的命比我重要，我可以死，她不行。”

0146发狠的训斥让他的手下惶恐，不过正在这个时候，穿着粉红色西装的田婷也从这些人的身后气喘吁吁地跑了过来。她的出现，无疑为那些JBD的下等保镖解了围。

田婷走到0146身边后，看着他满身伤口，关切地问：“你没事吧？”

0146特意指了指自己金属色的外露骨骼：“我是逆命之人，既已逆天改命，总归是比较能抗的。”

在听见0146给自己的肯定答复后，田婷瞬间收敛起原本关切的神色。接着她用冷冰冰的严肃声音对0146道：“没追上那人，你让我很失望。”

“属下无能。”0146恭敬而谦卑地回答。

田婷没有责备0146，只是又问：“看清那是谁了吗？”

“赵褚。”0146回答并解释，“他的背影，他那一身的穷味，隔着八条街我也认得出。”

“又是他？”田婷惊愕地问，“他来零的母亲家干什么？”

“我们一会儿进去看看，自然会知道答案的。”0146在回答田婷问题的同时抬头看着。

在那里，有一只泛着红光的监控视频摄像头。0146在扫视了摄像头一眼后，告诉田婷：“和我们对抗的人很强大。”

听着0146的感慨，田婷似乎也有所触动。而也正在0146发出感慨的时候，他们两个带来的一个JBD保安急匆匆找到二人。保安一脸惊慌地告诉田婷：“田小姐，出大事了，您知道刚才是谁开车撞到了0146的吗？”

不等田婷回答，那保镖就赶紧道：“那是洛明辉的车。”

“洛明辉？”田婷惊诧，旋即扭头看向翻倒的跑车。

此时，那红色跑车的车主已经被JBD的保镖奋力拖拽了出来，正在做心肺复苏和人工呼吸。虽然车主浑身是血，满身酒气，还断了一只手臂，但并不妨碍田婷一眼辨认出他就是天眼集团财务部的部长，洛宝赞的大儿子，天眼集团的重量级人物洛明辉！

“洛明辉，怎么会是他？”田婷看着被0146“杀死”的洛明辉，满脸的惊慌和诧异。

“我理解您的心情。”0146走到田婷身边，看着那尸体道，“先是田老爷，后是洛天赐，现在又是洛明辉。天眼集团的高管接二连三出事故，绝不是偶然。”

“赵褚！”田婷咬牙切齿地道，“他到底有什么样的能力把这些人一个个都整死。”

0146没有立刻答话而是告诉田婷：“先回去看看零的母亲的家吧，我会告诉您一切的。”

田婷没有再追问，两个人留下其他的保安处理现场后，便一同走回了贫民窟。在去贫民窟的路上，田婷再次开口问0146：“这里没有监控，可以说了吗？”

“计算。”0146言简意赅地回答了田婷两个字，又告诉她，“假设洛明辉的死是谋杀的话，谋杀洛明辉的人必须同时知道洛明辉的行程、赵褚的行程、我的行程。而后在这些行程间计算出三个人最可能出现交集的‘点位’，以及我们三个在同一时间出现在那点位的概率。完成这一切后，他还必须得快速计算出事故地域的风速、路况、车速等变量信息并加以掌控改变才能促成这次车祸。”

“太玄了。”田婷问0146，“就算知道了这些，也并不能设计出如此完美的杀人计划吧？你说变量必须加以掌控改变才能作案，可作案者如何做到的呢？”

“算法。”0146照例先回答了田婷两个字，而后又推测，“假设有人设计了这场谋杀的话，他一定能够入侵公共网络，从而控制红绿灯和车辆的导航系统。这样便可以控制洛明辉的车速。同时还得通过某种方法严格控制赵褚的行为才能成功引诱我追他，并让那车辆撞到我。”

说完整个案件的算法过程。0146又说回他先前提到的那两个字：“能完成这一切的人，需要一台超级电脑，需要强大的调配能力，需要对赵褚，对洛明辉有足够的了解。而这一切都可以归结为两个字——算法。”

“如此疯狂的天才会是谁呢？”听完0146的话，田婷又一次发出感叹，“而且敢和天眼集团对抗，还用如此诡异的方法？”

“会知道答案的，不管主动还是被动。”在田婷感叹完，0146又建议她，“先进零母亲的住宅去看一眼，把我们的既定调查做完。”

“那洛明辉怎么办？”田婷不放心地问。

0146的脸上划过一丝不屑：“一个喝醉酒的人撞倒路障出了车祸，不正常吗？”

在听了0146的话后，田婷原本忐忑担忧的表情很快平静了下来。而后她的嘴角闪过一丝幸灾乐祸的笑，转身进了零母亲的住处，0146紧随其后。零母亲的住宅和0146想象的一样的部分是，这棚户区里的房子肮脏不堪。和0146想象中不一样的是，此时就在那老妇人的棚户里，有一个深埋在地下的尸体被人挖了出来。

“这是零，”0146看着那尸体告诉田婷，“我见过她死时的照片。”

在0146说话的时候，田婷不由得将眉头皱成了八字，呼吸也变得十分急促。不过尽管如此，她还是捏着鼻子靠近那尸体，微微弯着腰仔细地观察。在观察了许久许久后，田婷指着女尸的手指向0146道：“她的指甲被人撬掉了，新掉的。”

“是，”0146指着尸体身边的錾子，“錾子上还有皮肤的残留。如果我没猜错的话，应该是赵褚受人指使，跑到这里来挖掘零的尸体，并取走了那些指甲。”

田婷费解：“为什么要取走指甲呢？”

“我有一个假设，”0146告诉自己的主子，“借助您的授权，我查过零的简历。发现她在技术部期间，除了参与过国防项目，还负责一个叫天目36计划的产品，而天目36在零死后就被董事会强制停了。”

田婷应答：“有关天目36计划，我也有所耳闻。那是一个为政府开发的天气预报AI系统，代号‘天书’。如果成功，项目研究出的AI就可以对整个东南亚地区的天气情况进行最精准的预测，可以知道一年之内任何一个时间节点的天气状况。但这个项目在投资了十二个亿后突然停摆了，没有任何解释。”

“我有一个假设，”0146告诉田婷，“我获得公司的高级授权后才得知，项目停摆是因为零死的时候藏匿了天目36计划最关键的软件和一个核心硬件，导致整个计划停摆的就是这两个关键配件的缺失。”

“原来是这样。”田婷点头，旋即又奇怪，“可为什么要拿走她的指甲？”

“零当年藏匿的软件就是天目36的核心算法，藏匿的则是算法芯片组。”0146盯着零的手，“当年零死后，公司为了寻找她藏匿的核心算法和配件，曾经对她进行了彻底的搜尸和解剖，但一无所获。而之所以一无所获，从现在的情况来看她应该是把那核心算法刻印在了自己的指甲上。”

“指甲，怎么可能？”面对0146这可怕的推测，田婷表现出一脸的费解。

“这个可能性很大。”0146解释，“指甲是可以灼刻信息的，而且不易腐烂，更是逃过尸体检测的最好方法，又好‘提取’。如果我有什么秘密想保存在尸体里，我会试着这么做。”

“算法，软件。”随着0146的推论，田婷一脸惊慌假设道，“如果当年天目36计划的AI被商业对手得到，AI的算法软件再被人获取，那么……”

“一个可以精准预测天气的AI系统，同样也可以精准预测别的事情，比如这一系列的谋杀！”0146语气沉重地告诉田婷：“如果算法和核心部件‘结合’了，很难猜测还会发生什么更恐怖的事情。”

“马上把赵褚找回来！”田婷用惊慌的语气命令0146，“绝不能让算法落在别有用心的人手里。”

“他有神人相助，我很难抓住他，”0146冲田婷奇怪地笑道，“不过我有更好的办法。”

“什么办法？”田婷费解。

“守株待兔。”

经历了有惊无险的车祸后，赵褚跌跌撞撞地跑回了闹市区，而后蹲坐在一处陋巷里，大口喘着粗气。惊慌中，赵褚头脑里起初满是自己的心跳声。那咚咚咚的声音在不知道持续了多久之后，又在他的脑海里转化成了奇怪的振动感。

随着嗡嗡的振动越来越明显，赵褚发现那并不是自己心跳的振动，而是放在心口处衣兜里的手机在振动，自然又是扬名的提示。

赵褚一边干咽着吐沫，一边将手机从衣兜里拿了出来。扬名告诉赵褚：谢谢你完成了游戏的第三章，现在请把我母亲的指甲给我，并领取你的奖励吧。

看着扬名的信息，赵褚心中突然有些激动。把死人指甲交给扬名，这是否意味着扬名终于要和自己在现实中会面了呢？是否意味着赵褚终于能够得知扬名的真实身份了呢？

面对可能的预期，赵褚回复：我怎么把指甲给你？

略微等待了一会儿后，扬名发送信息给赵褚道：很简单，你去南洋大街的145号检查井，将井口打开，把瓶子扔进去就好。

看着扬名的回复，赵褚突然变得十分失望。南洋大街的145号检查井是赵褚经常走的巡线测量点。故而他清楚地知道那检查井的位置、打开方法和内部结构。他感觉如果扬名让他把玻璃瓶扔进井里的话，就一定会下那井去取。但赵褚还知道，这145号检查井因为是窄小的1号规格的原因，内部富集沼气和要命的腐败物质，像他现在这样毫无防护的下井必死无疑，更不可能把扬名如何。

这扬名，果然是机关算尽。

综合种种，赵褚放弃了期盼，在失望之余，他也只能按照对方的命令，迈着打战的双腿，向南洋大街145号检查井的方向走去。途中赵褚刻意东找西寻，并在一处建筑工地附近找到了一根螺纹钢窝钩。

徒步一个多钟头之后，赵褚到达了145号检查井的边缘。而后他用螺纹钢窝钩钩住了钥匙孔，又用力反手一带，便将检查井的井盖拉了起来。井盖被打开后，一股腐臭味道从井下迅速喷涌而出，熏呛得赵褚眼泪直流。赵褚一面将鼻子捂住，一面掏出那装着指甲的玻璃瓶向检查井里快速扔去，竟然什么声响都没听见。

玻璃瓶这么脆的东西，扔到下水井中却没有激起一丁点儿水花或者发出碰触的声响？这让赵褚感觉十分神奇，也让他的头脑中迅速又产生了一个非常奇葩，但是也足够合理的解释。

此时的扬名恐怕就在这井底部。正是因为他恰巧伸手接住了丢下井的玻璃瓶，才导致玻璃瓶没有发出任何声音。虽然感觉自己的想法有些荒诞和一厢情愿，但是出于对扬名真实身份的好奇，赵褚还是伸手打开了他一直顶在脑门儿的头灯，向井下望去。足够强的光亮中，赵褚希望能看见扬名的真容，希望能知道为什么那玻璃瓶没有发出任何响声。

很快，赵褚如愿以偿了。

在灯光的照射下，赵褚果然在145号检查井的底部看见了一个直立着身子的人，那人的手中拿着一个玻璃瓶。更加幸运或者诡异的是，那人并没有戴防毒面具，甚至在赵褚看到他的同时，那个位于井底的家伙也抬头看向赵褚。

很快两个人的目光对视在一起，很快，赵褚看清楚了井下之人的脸——如果那还能称之为脸的话。

在赵褚的视野中，那个检查井下拿着玻璃瓶站立的人穿着花格子的衣服，他的皮肤白得瘆人，还露着许多高度腐败的尸斑，看着让人作呕。腐败的身体已然足够让人恶心，这一切和井下之人的那张脸比起来，却成了小巫见大巫的存在。

井下之人的那张脸五官极度扭曲，就仿佛是一支人脸样子的雪糕在阳光下被晒化了一半的效果。比骇人容貌更加令赵褚恐慌的是，那在和赵褚对视后，竟然还对着他露出了一个扭曲的、灿烂的微笑。

正是那微笑让赵褚彻底慌了，空旷的街道上，赵褚忍不住尖叫了一声，而后本能地撒腿往远处跑去。但赵褚没跑出几步，突然停下了步伐。因为此时，他听见自己的手机响了。

他很快在手机中看见：跑什么？你还没有拿你的奖励。

“奖励？”赵褚在惊恐中问扬名：先不说奖励，那井下的恶心东西是什么，是你的本尊？

扬名回复：哈哈哈，如果你不那么好奇的话，绝对吓不到你。

说完这些，扬名又告诉赵褚：只是一个恶作剧，想试试我新学会的幽默感。

“精神病。”赵褚已经记不起这是自己第几次骂扬名精神病了。

在对扬名的怒骂中，赵褚心中的恐惧反而小了很多。略微等待后，他发信息问扬名：那我的奖品是什么？

扬名回复：请回头，回到145号检查井井口。

“回头？”赵褚照做，而后还没等他回到井口，便立刻在那检查井的井边看见了一个很不一样的东西。

那是一个圆形的光斑。井边的光斑在晚间灯光的照耀下泛着不一般的绚丽色彩，不一般的色彩自然显示它并非简单的水坑或者玻璃碴儿。赵褚走向那光斑，很快便看清那是一枚金币？

“金币？”赵褚很快把金币捡了起来。

这枚金币样式非常古老，上边绣着团龙绞扭的图案，金币背后有几个斑驳但清晰的文字，内容为“平安长久”。

感受着金币特殊的质感，赵褚认为这金币似乎是古董。而且就算不是古董，那沉甸甸的分量也显示出它不菲的价格。不过相对于那不菲的价格，赵褚反倒更关心它是怎么突然出现在井边的。难道是恶作剧的扬名从井下扔上来的吗？有可能，但赵褚终究没有勇气再去一探究竟了。

拿到金币后，完成第二轮第三章游戏的赵褚心中终于好受了一些，而后他将金币装进兜里，盖上145号检查井的井盖，回复扬名：以后不许吓人。接下来的第四章游戏是什么？

扬名问赵褚：为什么如此着急了？

赵褚回复：不该着急吗？因为你的游戏，已经死了至少四个人了。我精神受不了。我希望你尽早告诉我游戏，我尽早准备。

扬名回复赵褚：很好。第四章游戏我后天会告诉你，现在找个地方休息吧。你不是还要约会的吗，今晚九点和田楚？

赵褚犹豫了一下后接着扬名的话茬儿告诉他：作为一个正常人，我需要有些隐私，明天我见田楚可不可以不要监视我，那种感觉很不好。

扬名回复：可以。

看着扬名的回复，赵褚长长地出了一口气。终于，他能够以一个女人为理由，光明正大地摆脱扬名的监视了。

第九章　压胜钱

看着扬名的回复，赵禇一颗悬着的心渐渐落了回去。他看出扬名并没有怀疑自己在对抗他，更没有看出刚才的田楚其实是田婷假装的。品着这些信息，赵禇的心情平静了一阵。因为这进一步证明扬名并不是全知全能的神，这意味着赵禇有办法与之对抗。

赵禇用一点应变的诡计获得了扬名的保证，这让他对于晚上九点和田楚的见面有了更多的期待。借着这个难得的机会，赵禇自然会盘算如何能通过田楚这条渠道来真正摸清扬名的底细，停止他荒唐而危险的杀人游戏。

晚上九点整，换过一身衣服的赵禇准时出现在他和田楚所约定的金芙蓉酒店。

金芙蓉酒店是冷城相当高档的酒店，也是一个店如其名的地方。赵禇看见其内部果然如传闻那般，被各种各样镶金的芙蓉图案点缀着。那些图案从墙壁到餐具无处不在，给人一种贵气逼人的感觉。

赵褚很少在这种庞大豪华的酒店大厅中待着，因此进入之后很有些茫然无措之感。可能也因此，当田楚冲着他跑过来的时候，问的第一句话竟然是："你吓到了，嘴巴张得那么大？"

赵褚急忙收起了自己的惊讶，而后向田楚微笑："我有些受宠若惊。"

"惊什么。"田楚淡淡地道："你救了我的命，我感谢你都来不及的，走吧。"

"去哪儿？"赵褚问。

"和我去顶层的水晶餐厅，我有好多知心话想对你说。"赵褚顺从地跟着田楚上了饭店的镀金电梯，直奔十八层顶楼的水晶餐厅。

虽然没有来过金芙蓉用餐，其顶层的水晶餐厅他却是知道的。因为这里算是冷城的一处名胜，墙壁全是透明的水晶墙壁。身在其中可以于用餐的同时俯瞰酒店周围和冷城外滩的景色，全360度无死角，而且不会遭受任何风雨的摧残和洗礼。

水晶餐厅的大名赵褚很早就听说过，当他真正来到这顶层的水晶餐厅后，不得不承认这里的景色远比电视上、微博上看见的更好、更通透。在赵褚的目光所及处，冷城灯火辉煌，就仿佛镶嵌在黑丝绒上的璀璨宝石。水晶餐厅通透景美，而这也就意味着它并不是一个真正能交心谈话的地方。

田楚带赵褚来到餐厅后，来到风景极好的预留位置坐下。两个人刚一坐好，赵褚便向田楚说道："田小姐，我有件礼物想送给您。"

"送我礼物？"田楚的表情非常意外，"是什么东西？"

赵褚微笑着将扬名给他的那枚金币拿出来，递给了田楚。他说："田小姐，这是一枚金币，能保平安的。您最近运势不好，身上带着它，图个吉祥。"

"这，"看着赵褚送给自己的金币上的文字，田楚异常惊讶意外道，"'平安长久'，你怎么会有这枚金币？"

"怎么？"看着田楚的惊讶，赵褚好奇道，"您认识这枚金币？"

"这是枚'压胜钱'。"田楚看着那枚金币告诉赵褚，"这个平安长久的金币只铸造了一百枚，是当年我爷爷在公司上市之日铸造出来送给他手下的元老员工的纪念品，很珍贵。"

听着田楚的话，赵褚心中一惊。他忽然意识到，这枚金币果然有大作用，把这枚金币送给田楚这步棋算是蒙对了。赵褚对她说："这东西既然是您爷爷发行的，我给您也算是物归原主了。"

"谢谢，我会一直带着的。"田楚脸上闪过一丝动容，而后收起那枚金币，又叫来酒店的服务员开始点餐。

赵褚和田楚在用餐时显得相当有默契，赵褚看着田楚的脸色便心照不宣地明白，他们这聚餐是演给扬名看的戏。如果想要更深入地谈点什么，则必须要共同创造独处的机会。所以，在餐桌上，赵褚和田楚只谈了风月，没谈论游戏。

大概半小时后，田楚叫来侍者，将自己的手机交给他道："服务生，我手机没电了，请帮我充一下。"

听着田楚的话，赵褚意识到这是一个暗示。金芙蓉酒店的侍者点头应答后，用镀金的盘子优雅地接过田楚的手机，正要离开时，赵褚却又喊他道："兄弟，麻烦给我的手机也充些电。"

赵褚笑着拿出自己那摔出一条巨大缝隙的手机，交给目瞪口呆的服务员。可能因为餐厅环境的原因，服务员在看见赵褚那只残破的手机后异常费解道："您，您这手机还能用？"

"怎么了？"赵褚笑着反问。

"没，没什么。"侍者很快恢复常态，端着手机走了。

在侍者走后，田楚用餐巾纸擦了擦嘴角，对赵褚说："赵哥，我有点累了，我在这里开了个房间，你和我一起去歇一会儿吧，有什么事情咱们边休息边聊。"

田楚的话虽然说得很暧昧，但赵褚知道她魅惑言辞下的真正用意。赵褚也尽量很主动地说："田小姐，咱们两个相处了有一段时间了，我也是有很多知心话想和你说。"

田楚听了赵褚的话后立刻起身，带他去了酒店的1017号房间。田楚早定好的1017号房间格调很奇怪，整体是粉红的颜色点缀和家具布置。那种颜色在赵褚看来显得非常暧昧，特别是当田楚这样的美人还在这氛围中冲着自己笑的时候。

"长话短说。"田楚进屋后收敛神色问赵褚，"你给我这金币，应该不是关心我最近的运势吧？"

"真让您说准了。"赵褚表情严肃地告诉田楚，"您离开之后，扬名又给我发了一个游戏。他让我从土里刨挖零的尸体，给了我这枚金币作为奖励。"

"扬名的游戏，刨尸。"田楚的表情更加严肃了几分。

"很瘆人的游戏，越来越恐怖。"说完事态的严重，赵褚告诉田楚，"扬名给我的金币一看就非同寻常，所以我想让您动用关系查一下这枚金币的来历。这样或许可以顺藤摸瓜找到那个黑客，进而阻止他。"

"懂了。"田楚冷冷地问，"既然扬名给了你奖励，他长什么样子你应该知道吧？"

"真不知道。"赵褚遗憾地说，"我没有见过那个家伙，他只是全程通过手机发信息来指挥我。”

在赵褚说出那些无奈的话时，田楚的表情越发僵冷。她突然讥讽赵褚：“这么说，你果然是一个傀儡，一个废物！”

“你？”赵褚看着态度一百八十度突变的田楚，先是一阵惊愕，旋即恍然道：“你不是田楚，你是她姐姐田婷。”

田婷则在赵褚戳破自己的真实身份后冷笑：“现在才看出来，你果然和我那个妹妹一样傻，傻得可怜。”

赵褚警惕而费解地问：“为什么田楚不来见我，你来有什么目的？”

在赵褚的质问后，他身侧突然有一个男人的声音道：“这个问题还是我来回答吧。”

听着那突然出现的话音，赵褚侧头看见那个编号为“0146”的保镖正从房间的厕所里推门出来，走向自己。

0146走向赵褚后，伸出宽大的手，一把便将他摁在沙发里，而后说：“你引发的车祸把我撞飞了，给我造成了一点小麻烦，不过也给了我一个调查你的新思路。”

在0146带来巨大的压迫感中，赵褚恍然：“让田婷代替她妹妹接触我，这是你的主意？”

“嗯。”0146告诉赵褚，“二小姐很关心你，不让她来她心中很不好受。”

“你把她怎么了？”赵褚关切地问。

“她好得很。”0146又告诉赵褚，“平心而论，二小姐并不是一个坚强的人，所以你写给她的道歉信很容易便到了我们手里。在又从我手下人那里得知你们的这次约会后，我就建议大小姐以二小姐的身份来了。这样既可以避开任何监控和谋划，也更容易让你说出实情。”

言至此，0146的一双大手终于松开了赵褚。一旁横眉的田婷告诉赵褚："赵先生，你的游戏到此结束了。我希望你把自己和那个什么扬名所做的事情都说出来，毫无保留。"

或许是怕赵褚不说实话，田婷又警告他："而且我强调一遍，在我面前你没有任何权利做保留，因为你不配，你在我眼里连一粒沙子都算不上。"

田婷的话充满不屑的意味。不过听在赵褚的耳朵里，却仿佛一种解脱。毕竟，赵褚也是被迫参与到扬名的游戏中的，而且他根本不想当那粒天眼中的沙子。因为心中巨大的压抑感和负罪感，赵褚十分配合田婷，毫无保留地将他从47号检查并接触扬名到后来的所有事情都说了。

在赵褚说完这一切后，田婷和0146陷入了深深的思考分析之中。

"一切全部都是必然，运用强大的计算能力来设计一个个看上去匪夷所思的死亡。"0146最先开口道，"这个自称扬名的黑客肯定运用了天目36项目的AI产品。"

"可他为什么要这么做？"听着0146的分析，田婷相当费解地问，"零并没有孩子，为什么扬名要认零为母亲，还有他杀的那些人。"

"他杀的那些人恐怕和零有什么过节。"0146告诉田婷，"毕竟，他连零的母亲都不放过，这样扭曲的人格，完全可能因为一些鸡毛蒜皮的过节而起杀心，这个人很危险。"

"危险？"田婷不屑地笑了一声，"不管他有什么样的动机和理由，一个人敢和天眼集团对峙，就是幼稚的。"

在说完自己对扬名的不屑看法后，田婷又对一旁的赵褚道："你更是幼稚，一个黑客的许诺竟然当真。"

赵褚内心十分懊悔。不过即使在这种状态下，他依旧不甘道：“我只是想让我妻子醒过来，我只是想让她接受能逆命的手术。”

“哈哈，这才是你最为愚蠢的地方。”田婷嘲讽一笑后问赵褚，“你先前说之所以信扬名，是因为七年前的一则新闻，新闻里说逆命手术已经进行到第二阶段即将临床应用，对吗？”

赵褚点了点头。

田婷告诉赵褚：“可你不想想吗？为什么七年了那种手术都没有走向大众，反而在一纸新闻之后销声匿迹再没有被人提起过？”

“这……”赵褚困惑地摇了摇头。

田婷伸出手，指着保镖0146的方向道：“因为这个手术目前只有零和0146是完美成功的，如我爷爷那样的受体，百分之八十的人存活不超过三年，而且人死后还有可能发生你绝想不到的后遗症。”

说完逆命手术的可怕结果，田婷的表情突然变得悲哀。在沉默了几秒钟之后，她收起了那种软弱的表情，再次告诉赵褚：“扬名许诺给你的逆命手术投入了我们几十亿资金、上千的顶尖人才和五年心血，即便这样我们也只有三成的成功率。连集团都做不好的事情，你指望一个黑客的空头许诺，你傻吗？退一步讲，就算那人有别的方法能让你妻子复苏，但是你能保证没有后遗症？你能保证那就是安全的？”

听了田婷的质问后，赵褚默然不语，更没有提及那神奇的蓝色注射剂。而在赵褚思考的时候，田婷又0146：“接下来咱们怎么办？利用赵褚的手机，你和JBD的人能查到扬名的IP吗？”

“很难。”0146严肃地回答，“这个扬名不是一般的黑客，他又有天目36计划的助力，如果咱们莽莽撞撞地去查，只会打草惊蛇。”

“那怎么办？”

“我建议两手准备。”0146回答他的主人，“第一，得让赵褚配合扬名把游戏继续下去，我再伺机搞清楚扬名的现实身份。”

不知何故，0146没有继续说下去。

“第二呢？快说。”田婷有些不耐烦地命令。

“我要求继续扩大我的调查授权。”0146说，“扬名杀洛天赐，偷田老爷的尸体和遗嘱，又弄死了零的母亲和洛明辉，这一切看上去杂乱无章，杀人动机也不很明确，但实际上其中一定有某种联系。”

说完自己的推测，0146又假设：“我想或许在扬名的心里有一份为零复仇的名单，这份名单上的人都和零有某种交集。如果我能知道这些人在过去五年里干过什么事情，便能找出这种交集。根据统计学原理，只要交集足够多，我就一定能分析出这个扬名的现实身份。”

“这就是你要求授权的理由？”田婷问。

“是的。”0146又承诺，“我要查的人都是咱们集团内的高层领导，他们过去五年的工作属于一级保密内容。如果不授权，我没办法进行调查，也就没办法为田老爷报仇雪耻。”

田婷在听到“报仇雪耻”四个字后，呼吸瞬间变得急促。

“你的调查需要临时的甲级授权，这个授权我都没有。但，”田婷咬牙坚决道，“我会努力帮你争取，只要你能给我们田家出气。”

“一定。”0146回答得斩钉截铁。

田婷又问道：“接下来这个姓赵的怎么办？”

0146回答：“扬名有张良计，我有过墙梯。既然电子手段没有办法定位和侦查，我就用别的方法，不过用之前我需要给赵先生动一个小小的手术。”

“手术？”听着0146的话，赵褚惊愕不已。

赵褚从1017号房间出来的时候，“田楚”小鸟依人般跟随在他的身边，二人仿佛恋人。可在旁人看着羡慕的处境中，只有赵褚心中清楚，自己身边的这个女人并不是田楚，而是她那个相当有能力、手段和心机的姐姐田婷。

而且在半个钟头之前，田婷和0146刚对他进行了一次“手术”，让赵褚切身感受到了田家和天眼集团的狠。在这次不大的手术中，0146用特质刀割开了赵褚的肱二头肌，将一个比米粒大不了多少的银色胶囊状物体放进了他的身体。

在完成一切后，0146告诉赵褚，他放进其肌肉内的是一个放射性同位素的定位仪，里边装有少剂量的碘131，没有任何电子或者机械器件。借助碘131的放射性，0146可以在八天之内随时确定赵褚在这个城市里的位置。从而确认他的行踪并加以追踪利用。

而除了放进赵褚身体里的那个同位素定位仪，0146还交给赵褚一个伪装成充电宝的“特种设备”，让他随时带在身上。将这个“充电宝”交给赵褚后，0146解释说他的这个设备是全机械的，表面看上去是充电宝，内部的基本原理却类似军方使用的手雷。

和军用手雷不同的是，这“充电宝”内部的爆炸填充料并不是常见的炸药，而是一种由脉冲线圈和石墨构成的特殊爆炸装置。这种装置即使拿在手中爆炸也不会造成任何致命伤害，但是它会放出大量的电磁暴和石墨纤维，能在瞬间让方圆五十米之内的所有电子设备全部短路乃至烧毁。

将这种天眼集团研发的撒手锏交给赵褚后，0146又严肃地告诉他：“一旦发现扬名的真实身份，第一时间将这个‘充电宝’手雷炸向他。这样做既可以把他击晕，又可以大概率烧毁他赖以作恶的

‘天目36’，还可以造成巨大的可以探测的冲击波，从而让JBD的人第一时间赶到现场处理那个家伙。”

在0146说完那些后，田婷则冷着脸提醒赵褚：“你记住，在扬名和天眼之间你只能向着我们。因为扬名或许可以要你妻子的命，我们则一定可以要你全家的命，这不是威胁，是忠告。”

田婷在酒店客房所说的话让赵褚愤恨无比，如果不是亲眼所见，很难将电视上那个谈吐得体温文尔雅的商业明星，以及身边这个小鸟依人的微笑女人联系起来。也因为那些话，赵褚发现田婷是个比扬名还要难缠的角色。

当两个人各自取回手机，即将在饭店门口分开时，赵褚听见田婷冲自己说道：“赵哥，有件事情我挺佩服你的。”

“什，什么？”赵褚不安地问。

“田楚”莞尔一笑，看着0146为他开刀过的手臂：“刚才那么痛，你都不喊一声，忍耐力很强啊。”

赵褚满脸尴尬地点了点头。

“再见，有事情打电话联系。”一番近乎调侃的话后，“田楚”扭身走人了，临走时还不忘晃一晃她的手机。

当“田楚”离开酒店，消失在赵褚的视线之外时，赵褚的手机也“准时”响起了短信的提示振动。

赵褚看见上边是扬名发的信息：她对你做了什么？还会痛？

赵褚在略微犹豫后告诉扬名：男女之间的事情，没有办法和你说。

扬名则在赵褚相当套路的回复后又问赵褚：你有没有和她透露有关我的事情？

扬名的提问让赵褚内心变得紧张，但是他终究没有表现出什么惊慌的样子。面对对方的怀疑，他也没有立刻回答是或者不是，而是显得相当狡诈地范文扬名道：为什么问我这个？你怀疑我在联合田楚这个傻白甜富二代来对抗你？

赵褚形容田楚时刻意用了“傻白甜”三个字，无非是想给扬名一个田楚一无是处、不堪信用的印象，从而降低对方的怀疑。

在他的回话后，扬名则回复：平心而论，我也不相信你有那么傻，我只是好奇你们在房里那么久，关系能进展到什么地步而已。

看着扬名的回复，赵褚一颗悬着的心渐渐落了回去。他看出扬名并没有怀疑自己在对抗他，更没有看出刚才的田楚其实是田婷假装的。品着这些信息，赵褚的心情平静了一阵。因为这进一步证明扬名并不是全知全能的神，这意味着赵褚有办法与之对抗。

渐渐品出扬名的底细后，赵褚颇有底气地回复扬名：再声明一遍，我和她只是在干正常男女该干的事情，其余的我不想再说了。

扬名在须臾后回复赵褚：很好。那么如果你休息好了的话，我想我们的第四章游戏可以开始了！

第四章游戏？

赵褚看着“第四章”这个颇为刺激他眼睛的字眼，立刻问：什么内容？

等待片刻后，扬名告诉他：第四章游戏我管它叫“深渊”。“深渊”的第一步很简单，请你在明天上午十二点整，将五十公斤洗衣粉（黑猫牌）运送到柳川路178号检查井，全丢进去。

在看过扬名的提示后，赵褚毫无意外地再次狐疑不已。洗衣粉并不是什么罕见的东西，五十公斤虽然很多，但是也不是搞不到。可问题是扬名这么做的目的是什么呢？赵褚一如既往地不解扬名的用意，但因为先前种种不好的经历，他几乎立刻联想到扬名这么做显然是要利用这些洗衣粉又设计某种匪夷所思的杀人方法。

赵褚不是杀人狂，也不想被人当作工具，所以打心眼里，他不想让扬名将这可怕的游戏继续进行下去，他想阻止扬名自以为是的胡作非为。不过他还记得就在刚才，自信到几乎有些自负的田婷也曾经说：如果他再收到扬名的信息只需要将那荒唐的游戏继续下去就可以，因为他们已经在他身上安装了定位仪，她和JBD的专业团队会全程盯着他，从而将事态控制在范围之内。赵褚所要做的只是配合，以及在合适的时候拉响手里的“充电宝”。

既然有人信誓旦旦地要兜底，赵褚心中忐忑不安的猜疑便减少了很多。他甚至都有些期待，期待看见扬名和田婷怎么见招拆招，怎么在一部手机的两边开始一场特殊而有趣的隔空博弈。也因为那种期待和兜底感的抵消，这一天赵褚的心情竟然好了很多，至少他终于能趴在妻子的枕边，安稳地睡上一觉。

他太累了。

第二天一早，赵褚按照扬名的吩咐去超市买了一公斤装，整整五十袋洗衣粉。而后开车到柳川路178号检查井的井口旁边，冒着被警察贴条的风险等待着。与扬名约定的时间一到，他便立刻下车打开后备厢，将整袋整袋的洗衣粉拿出来，快速丢进了井里。

一般来说，平白无故往下水道里丢洗衣粉这种事情是非常奇葩且丢人的，故而赵褚在行动的时候已经做好了被人看作精神病的准备。但让他意外且欣慰的是，当他自己完成这一切时，四周并没有任何人或者车辆经过。直到赵褚封闭井盖，驱车离开178号排水井时，只有一辆粉白相间、画着独角兽颇为“卡哇伊”的大号冰激凌车恰巧路过，和他打了一个照面。

坐在冰激凌车里的0146看着赵褚远去的老旧汽车，脸上露出了一丝费解的表情。与此同时，他的一个手下也狐疑地自言自语：“把50公斤的洗衣粉丢到下水井里，这是为什么？”

“去看一眼。”0146向冰激凌车里自己带出来的JBD人员命令，

“你们查一下，附近哪里的下水道系统有通往178号检查井的通道还没有被视频监控，我从下水道潜伏过去。”

“是。”

JBD的技术人员拿出一台墨绿色的军用电脑开始查找资料。他们的电脑根据0146的要求进行了特殊配置，存储有全城大小街道的监控网络以及下水管道的详细分布图，却不能联网。

为了保证绝对的安全，0146甚至让技术部的人在公司地下的特殊屏蔽实验室里把这些电脑连能够上网和可能用于上网的软硬件全部移除了。就连他们乘坐的也是伪装成冰激凌车的四轮军用装甲车，是天眼集团为军方新发明的城市战兵器，拥有铅衬层和屏蔽网。

因为这些防范措施，0146自信地认为他的电脑和车就是信息的黑洞，任何人都不可能知道这里面所发生的一切。0146的手下人员在进行了一番查证后告诉他：“有了，距离178号检查井一百米外的1036号检查井附近没有任何视频监控。”

0146命令道：“把路线调出来给我！”

那名负责查找线路的技术人员将电脑移交给0146，0146则在拿到电脑后又取了防毒面具，同时命令两个手下开车往1036号检查井去做“迂回调查”。在0146的巧妙安排下，他们非常顺利地避开了所有监控，来到了1036号检查井，而后又同样非常顺利地从1036号检查井进入了与之连通的、赵褚扔洗衣粉的178号检查井。

0146带着两个手下从下水道的涵洞走到178号检查井后，首先映入眼帘的便是由五十袋未开封的洗衣粉堆成的“小山丘”。那些黑猫牌洗衣粉的包装花花绿绿的，显得特别浮夸，也因此给人一种别样的视觉冲击力。

0146凝视了一会儿洗衣粉后命令：“都划开，仔细地查！”

在得到老大的命令后，两个JBD人员立刻从上衣里拿出了弹簧刀，带着十二分的认真劲头，将赵褚扔进下水道里的洗衣粉一一划开检查。检查洗衣粉的过程机械、枯燥、乏味而烧皮肤，但尽管如此0146和他的手下并没有因此而有一丝一毫的懈怠。

整个过程中，三个人轮流将那五十袋洗衣粉仔细地检查搜寻了几遍。而后他们终于确定，赵褚扔进检查井里的洗衣粉只是普通洗衣粉。0146的一个手下在最终确定了这个让人抓狂的结果后，狠狠地将弹簧刀扔进了泥水里，同时叫骂："玩我们，五十袋全是普通洗衣粉。"

"回去做了那个赵褚。"另外一个手下也附和着叫嚣。

在两个手下异常不服的气焰间，0146却看着满地的洗衣粉袋和白色泡沫，展开了深深地思考。赵褚在玩0146吗？他肯定不敢。那么如此荒谬的事情，定然是那个"存在"于赵褚手机中的扬名的刻意安排。如果0146想解开扬名这些安排的真相，则必须回到洗衣粉本身上去思考。

0146并没有系统地学过化学，但是得益于天目18计划为他植入的ANS的加持，他知道洗衣粉是很危险的化学原料，如果量足够，再加上一些其他物质做反应和催化，是可以做出强腐蚀性的毒剂甚至炸弹的。

想着这些可能性，0146得出了一个有趣但可行的推论，他想或许这一回扬名利用赵褚弄到这些物质就是为了制作某种害人的简易炸弹，然后利用泠城下水系统的复杂管网和自己强大的计算能力托运这"脏弹"，从而把天眼集团的某个重要人物炸死。毕竟，谁能想到就在自己常年路过乃至扔过烟头的井盖之下会有要自己命的东西呢？

有了这样的想法后，0146又进一步推测，既然扬名需要这些洗衣粉做原料，自然不会将这些东西放置在下水道里不管。或许用不了多长时间，那家伙就会过来取这些原料。而0146猛然抬眼，依次看着黑暗的178号检查井的三个出入口。

178号检查井呈“丄”形，除顶端的井盖，两边都有通向别的检查井的涵洞。但是因为光线和空气湿度的原因，那两个洞口只有黑暗。正常人即使借助手电光亮也很难发现洞口的更深处隐藏着什么。但JBD的0146不是一般人，他拥有天眼集团最新生物和电子技术的加持，他的观察能力是正常人的十倍，反应速度是正常人的十五倍！

在0146近乎鹰目一般的凝视后，很快发现他们来时的那个检查井入口的混沌黑暗中，有一个人形的模糊轮廓。在那轮廓头的部分则有两个小小的，仿佛是眼睛的闪光白点，正盯着他们的方向。

“谁？”0146说话间向那两个白点猛地举起了高光手电。

“哗啦。”那个模糊的黑暗轮廓和白色眼点迅速消失在一阵踩踏污水的声音里。

“追。”一声命令后，0146一马当先，如飞似的跑了出去，抬脚便进入了充斥着水汽和各种细菌菌膜的下水道。

拥有ANS加持的0146追击速度很快，但是他前边的家伙速度也不慢。以至于0146跟随着那踏水的步伐追出一两百米后都没能真正看见对方的身体，只朦朦胧胧地意识到那逃逸的家伙近似人形。

眼瞅着追不上那个在黑暗中偷窥的家伙，0146情急之下从衣服兜里拿出了从不离身的蝎式冲锋枪。而后他凭着感觉，向那黑影的地方射出半梭子子弹。一阵急促简短的枪声后，黑暗中的模糊影子终于不再移动了。0146也终于能用手电锁定那个家伙的身体，进而看清目标。

和0146想象的一样，他追击的家伙是一个人，一个被他用冲锋枪击中后半跪在泥水地上的人。和0146想象的不一样的是，这个被他追击的家伙并不是个普通的人。此时，出现在下水道中的不速之客背对着0146，故而从0146的方向，只能看出那家伙穿着湿漉漉的、沾满了黑黄色菌膜的牛仔裤和花格子上衣。

因为先前0146开过枪的原因，那家伙的背上有七八个被冲锋枪打出的孔洞。可和正常人不一样的是，这个背对着0146的家伙背后枪眼中所流淌出的并不是鲜血，而是乌黑的机油一样的物质和破碎的电线电路板。

当电线、机油、电路板这些东西出现在一个人的身体上时，0146明白了对方的身份。他也是一个“改造者”，如无大错，此人大概率是天目18计划的产品之一，是和自己，和零一样的“ANS人”。

自称为“扬名”的黑客是天目18计划的产物，这让0146想通了绝大部分的问题。他唯一不解的是为什么扬名要对付天眼集团，为什么他要自认零为母亲。

在诧异中，0146举着枪和手电一步步走近那背对着自己，跪在泥水地中的躯体。同时他开口对那人道：“大名鼎鼎的扬名，只是一个被电子芯片和仿生技术包裹的身体？真让人失望。”

“哈哈哈哈哈。”扬名那机械般的身体突然抖动着笑了几声，而后又以一种机器般的声音质问0146，“你呢？为了逃避而封存自己过去的记忆，还把身体出卖给恶魔，你又何尝不让人失望？”

“我是自愿的，这样我的工作就不会掺杂个人情感，就会有效率。”0146说话间已然走近了扬名，同时将冲锋枪抵在了他的后背上。

确认扬名没有反抗后，0146猛然将他摁在泥水地中，同时告诉他：“我不像你借刀杀人，我不像你是个偷偷摸摸，唯唯诺诺的十足小人。”

“我从没说过我是人。”被0146压制在地上的扬名用冰冷的声音回答并告诉他，“我是神，是创造者。”

0146鄙视：“神？被我抓住的神？”

“我被你抓住，还是你被我困住呢？”扬名诡异地回答0146，“人这种东西，终究驱而纳诸罟擭陷阱之中，而莫之知辟也。”

0146并听不懂对方那略显邪乎的话，他敏锐的观察力却能够捕捉到对方疾速而诡异的行动。就在扬名说出那一番话后，他的身体突然如蚯蚓壁虎一般分裂了。他的头、手、躯干和下肢全部分离，并从伤口处伸出了许多由电线、机械仿肢和类似不知名的昆虫触角所组成的“腿”。

在那些腿的作用下，扬名的身体部件如蜈蚣一般四散飞快地跑开了，很快便消失在下水道尽头的黑暗里。

0146完全没想到扬名会用这么一种办法继续逃“跑”，故而面对“尸解”的扬名他有那么一刻手足无措。等自己反应过来的时候，那扬名则只剩下腰部以下的部分还没有离开他的视线。

面对扬名仅剩的“部件”，0146毫不犹豫地抬起冲锋枪，对着扬名的脚踝和关键部位一阵射击，直到他彻底失去了攀爬的功能为止。看着扬名仅剩的身体和诡异的“尸解”，0146在深感震撼之余，也被一种戏谑感所激怒着。

看着那穿着牛仔裤的残肢仔细观察了片刻后，0146将目光聚焦在了对方的牛仔裤裤兜上。看着那鼓鼓囊囊的裤兜，0146不由地低下头伸出手。很快他从裤兜中找到了几十块湿透的零钱和一张天眼集团的门禁卡。在那张门禁卡的照片栏位里，0146看见一个穿着花格子衬衣的眼镜男人。照片的下边写着这个男人的名字、部门和工号——雷昂、技术部、1008619。

“技术部的雷昂，田楚的朋友。”

0146看着门禁卡上的信息，瞳孔猛地一收，而后急忙回身。这时候，他看见了那两个被自己带进下水井中，跑得气喘吁吁的手下。0146立刻吩咐道：“你们马上给田楚和大小姐打电话，告诉她们扬名就是技术部的雷昂，他对付的下一个目标很可能是她们，快！”

那两个JBD面面相觑道：“老大，我们没有手机。所有的通信设备都被封存了，这是您亲自下的命令。”

0146逐渐流露出自责而痛苦的表情，因为他意识到，自己和田大小姐中计了。

调虎离山之计。

田楚独自一人坐在自家的红色跑车后座上，很不满意地等着姐姐田婷。

从昨天开始，田家姐妹就开始了冷战，起因是田婷带着保姆强横地搜查了田楚的闺房，拿走了赵楮给她的道歉信和一身衣服，还看了她的手机，私自顶替她去赴了与赵楮的约会。

姐姐越俎代庖的行为让田楚很受不了，她却又不敢反驳什么。毕竟她是自己的姐姐，毕竟自己只是家里一个可有可无的“花瓶”。在姐姐面前，田楚永远像个做错事情的孩子。

田婷顶替田楚约会回来后和她有过一次长谈，在那次位于地下室没有任何电子设备的谈话中，田婷单方面责备着妹妹的任性，这无疑让姐妹两个的冷战又进阶了一个程度。不过也是在那次谈话中，田婷告诉自己的妹妹，说她已经开始着手处理那个缠着赵楮还差点儿害死她的扬名，相信不久那个嚣张的黑客就会被捉拿归案。

姐姐的话让田楚原本压抑的心情好了很多，也让田楚对赵楮的担忧减少了不少。不过还没等她松口气，田婷却又冷着脸对田楚下

“任务”道：“从现在起，你二十四小时待在我身边或者由JBD保护。不许约会，不许独处，更不许随便接打电话和收发短信，否则我就把你的零花钱全扣掉。”

也因为姐姐这最后的一句话，田楚便成了亲姐的“陪绑”，纵然是田婷到市警署联络政府帮助查案的时候，她也必须在JBD保镖的陪护下，坐在警署外的私家车里静静地等着田婷回来。

田家的私人轿车豪华而舒适，坐在里边既不冷也不热，但即便如此田楚依旧感觉很不舒服，浑身上下好像缺了点什么。正在田楚感觉极端无聊的时候，她的手机振动了一下。伴随着振动，田楚下意识地将手机拿出来看了一眼，是她在信息部要好的朋友雷昂发送的信息。

信息的内容是：方便吗？

田楚抬起头，看了看前排座位里正在听歌的司机，以及车子外边那四个张望四周环境的保镖。在确信无疑后，她飞快地回复了一个“方便”，而后又用雷昂教给她的方法，打开了那个隐藏在手机之中的“保护伞App”。

打开App后，田楚在其中问雷昂：有什么事情？

雷昂则回复：你不是让我查零吗？有新进展了。我找到了她入侵咱们公司网络的代码，知道她此时还活着，而且正在以某种方法报复天眼集团的人。

雷昂还特别强调：你未婚夫的死，就是因为零在他吃的食物和酒水里动了手脚。而且她的下一个目标是你和你姐姐，估计马上就要动手。

看着雷昂的回复，田楚有些不敢相信：零只有一个人，她怎么可能和整个集团对抗？而且我现在很安全的。

雷昂在沉默片刻后发送了一个视频文件并告诉她：打开看看，

赶快。

面对雷昂少有的急促语气，田楚的心一下子被提到了嗓子眼儿。带着一丝忐忑，田楚在略微观察了一下附近的局势，确认没人特别注意自己后，才伸出微微颤抖的手指将雷昂发送给自己的视频打开了。

视频依旧是监控画面，上边的日期显示是五年前。

在视频中，那个被叫作“零”的憔悴女人戴着手铐，坐在一个铁桌子前接受两个身穿JBD武装制服人员的“审问”。在这个视频的边角，照例有一个编号，编号内容为“天目-18-0000（575）”。

视频一开始，零十分警惕地盯着桌子对面的两个审问者，一动不动，只偶尔向那两个人的配枪扫视一眼，仿佛一只备受煎熬又随时准备反扑的鹰。而那两个JBD人员则非常机械地拿着纸张轮番质问：

“天目36计划的产品你藏匿在什么地方了？”

“为什么要当沙子？”

“是谁雇用你破坏公司的项目？”

“你的孩子到底指什么？你没有过妊娠，怎么会有孩子？”

JBD武装保安的问题没有得到零的任何答复。因此在一轮问题后，两个审问者互相交换了一下眼色，便向身后喊：“技术人员，致幻剂一支，静脉注射。”

“别。”零在听到致幻剂后，神情突然变得极度不安，嘴唇也微微抖动。

与此同时，原本拒不配合的她突然开口，冲那两个JBD道：“我说。”说完，零将自己那瘦弱纤细、戴着沉重手铐的手伸出来，指向其中一个JBD手头的纸笔。

“我需要写，一些东西是说不清楚的。”零告诉他。

“好。”被指到的JBD应答间想将手边的纸笔递给零。

就在这个时候，搭档突然制止他道：“别，你忘了审讯她的规矩了吗？不许她接触任何尖锐的、可以用作进攻和杀人的用具。”

零高高举起自己戴着手铐的双手，眼神流露出无辜，冲那两个人道：“你们怕我用笔杀了你们？那大可以给我软头的记号笔。”

JBD的人有些犹豫，零的面上划过一丝藐视：“你们全副武装，又穿着防弹衣，还担心我杀你们？是脑子有病呢，还是懦弱？”

“好了，出了事情我负责。”最先被零要纸笔的那个JBD武装人员站起身，将一张纸和一个软头记号笔拿起来递给零。

零面带微笑地接过了那人递过来的纸和笔，其间没有做任何出格或者具有攻击性的动作。她唯一做的多余的事情，仅仅是在接过那张纸的时候，将纸在那人的手腕上多“划”了一下。

但也仅仅是那一下之后，那人的手便“砰”的一声从手腕上跌落了下来。紧跟着鲜血从手腕伤口处，伴随着他的哀号声音喷涌而出。另一个全副武装的JBD在看到同伴断手的惨状后，急忙起身从身侧的武装带中抽出一支黑色的电击枪，瞄准零的身体。

“砰”的一声之后，泰瑟枪的子弹带着两根电线飞了出来。而几乎与此同时，零的身体轻轻侧移，竟然奇迹般躲开了那两颗连着电线的子弹。面对不断喷血哀号的同伴和轻易躲开了泰瑟枪子弹的零，那个JBD的保安人员惊慌失色，丢了枪就往后退，同时对着对讲机不断地呼叫支援，要求开门。

零则赤脚踩着满地的鲜血，如复仇女神般笑着，又用手里的纸叠了一张纸飞机，而后她将纸飞机向那人的方向丢掷了出去。纸飞机在空中划过一条优美的弧线，飞机的机翼不偏不倚，轻轻“蹭”过了第二个JBD的脖颈，那人的脖子便如喷泉一般也流淌出了鲜血。

视频到此结束，田楚在看完视频中的骇人内容后，整个人不住地颤抖。缓和了一阵后，她问雷昂：用一张纸杀了两个人，她有那么大的力量吗？

雷昂回复：她用的不是力量，而是强大的洞察能力和某种算法。

田楚问：什么意思？

雷昂回复：很简单，纸张的边缘锋利，可以产生很大的压强，如果切割的角度和纸张的韧性足够，确实可以切开人的手臂和喉咙，但是这需要大量的计算和预判，以及对于自己身体和行动精准地掌控，零有这个能力，现在她能用这个能力来杀你。

看着雷昂的回复，田楚整个人都不好了。

自始至终，田楚都以为自己和赵褚面对的是一个不敢露头，只知道躲在电脑后边计算一切的黑客，但看过视频之后她才彻底明白了这个黑客的恐怖。拥有那种恐怖计算能力的黑客如果想要杀死自己，田楚是完全没有办法预防和反制的。

一种近乎绝望的恐惧迅速笼罩在她的心底。恐惧中，田楚拿着手机几乎是盲目地向雷昂道：雷，我该怎么办？

雷昂回复：别怕，我想我已经知道如何反制零了，你只需要听我的。

此时此刻，雷昂的话就是仿佛田楚的救命稻草。因此在看过之后，她立刻追问她该怎么做？

雷昂回答：零算计人主要使用入侵公共网络的手段，我侦测到她入侵公共网络的时候会上传一段木马病毒到公网设备上，也就是说只要出现木马病毒的地方，就是她即将作案的地点。

说完这些，他又告诉田楚：我侦测到零的木马病毒现在渗透到了冷城市警署的网络里，所以你一定远离那里。

“啊？”田楚轻声惊叹了一句，而后急忙回复：我现在就在市警署的停车场。

雷昂道：快跑。

田楚回复：可是我姐姐还没出来。

雷昂回复：那就等等，我趁现在帮你设计一条安全的逃生线路，保证你平安无事。

看着雷昂的回复，田楚原本紧张不已的心舒服了一些。在回复了一个“谢谢”后，田楚收起手机，静静地等待着雷昂的回复

时间过去了十五六分钟，雷昂依旧没有给自己回复，反倒是她那位日理万机的姐姐在市警署高官的陪同下从办公楼里出来了。田婷面带微笑，在和那些官员们握手告别后，坐进了车里。因为始终处于可能的监控之下，所以田婷对于自己接下来的行动并没有做过多的解释，只是告诉司机道：“开车，回总部。”

司机在得到命令后发动了汽车，而与此同时田楚的手机响了。田楚立刻拿起扫了一眼，她发现上边写着：大红门路口千万不要停车，否则会死。

面对雷昂的警告，田楚急忙抬头看向汽车的前方。此时，田家姐妹的专车已然出了警署大门，再往前百十米便是一边靠着一条河流的“丁”字形的大红门路口。此时，那路口的红绿灯显示着鲜艳的颜色，如果那司机按照正常状况开到那里的话大概率会把车停下来。

面对雷昂的警告，已然被那个视频文件吓破了胆的田楚不想让最恶劣的事情发生，不想让零的算计得逞。因此，在车子渐渐靠近大红门路口的红绿灯时，她不顾一切地命令司机道：“老赵，到了路口冲过去，不要停车。”

“啊？”开车的老赵颇为费解地回答，“会扣六分的。”

“冲过去，要不然咱们都得死。”田楚急切地命令道。

“为什么？”田婷诧异。

“我们中了零的圈套。”田楚说话间把自己的手机递给姐姐，将她和雷昂的加密信息给她看，同时急切地解释，“雷昂说如果不冲过去我们都得死。”

在田楚说话的时候，田婷拿着她的手机快速地翻看着，而后面色顿时如死灰一般难看。须臾后，田婷愤怒地质问自己的妹妹：“你和那个雷昂黑公司的网络，越权调查？”

“我错了。”田楚用带着哭腔的语调对自己的姐姐说，“先冲过去吧，要不然咱们都会被零的陷阱害死的。”

“不。”田婷眼珠子转悠了一下，反而向司机命令道，“立刻在马路边停车，不要过去。”

“姐，”田楚用哭腔向姐姐陈诉，“你再恨我，也不能冒险试验这种事情。”

“你傻吗？”田婷语出惊人，“雷昂和零肯定是一伙的，如果我们按照他说的闯那红灯才会死。”

“什么？”田楚愕然，“雷昂怎么会？”

“出事之后我调查过所有和零有接触的人，包括雷昂。你知道吗？他已经有三个月没上班了，活不见人，死不见尸。”说完雷昂的疑点，田婷又告诉田楚，“而且雷昂给你发送的视频全是公司甲级授权的内容，他那个级别的技术人员绝没有能力黑进核心服务器里盗取资料。”

听了田婷的分析，田楚整个人都不好了，她甚至都说不出话来，只能干瞪着眼睛，呆呆地坐在车里，她不知道该相信谁。

正在田楚困惑的时候，她和田婷乘坐的汽车紧急停刹下来。在开车的老赵将车子紧急停下后，田婷的脸上露出一丝释然的表情。但就在她于释然中开口，刚向自己的妹妹说出“先回警局”四个字，田楚突然感觉到乘坐的汽车猛地被什么巨大力量的东西从后边撞击了一下，而后便不可抑制地向道路一旁溜去。

几乎不到一秒钟，姐妹两个所乘坐的汽车便被撞飞进了丁字路口旁边的河水中。紧跟着，田楚被倒灌进汽车的刺鼻河水呛得无法呼吸。

赵褚完成了扬名游戏第二轮的第四章，对这第四章的内容感到最为困惑。在这一章游戏中，他干了许多无厘头且毫无难度的事情。比如买五十袋洗衣粉丢进检查井，买几块肥皂放在大红门丁字路口边湿漉漉的草坪里，买一桶食用油拧开盖子，放在一辆垃圾车的前轮边。

完成这些毫无章法的事情后，扬名就告诉赵褚第四章游戏结束了，又告诉他他的奖励是一个位于泠城滨海区151号检查井里的玻璃瓶。当赵褚千辛万苦在一堆腐粪泥肥中找到那个玻璃瓶后，却发现那玻璃瓶子里有一把钥匙。一把用锂基脂包裹的、极其古老的铁钥匙，钥匙上有一个莫名其妙的编号1712。

赵褚不明白扬名为什么会给自己一把编码钥匙，但是他凭借过去的经验隐约意识到自己很可能又帮扬名完成了一个邪恶的杀人计划。且这个计划的具体内容以及针对目标，他依旧不得而知。和往常一样，赵褚只是一个无头苍蝇般的傀儡，一个无法思考的棋子，一个连扬名是什么都不知道的“工具”。

赵褚没有过多揣测扬名的意图，因为他没能力，因为他在经历过那些时而可怕、时而龌龊、时而匪夷、时而煎熬的事情后麻木了。现在的他只期盼第五章终结的游戏赶紧开始，只期盼扬名能放过自己那命运多舛的妻子。

带着麻木的心情，完成第四章游戏后赵褚便回到高岭街康复中心的404病房中陪伴着自己昏迷的妻子。期间他除了播放那首妻子最爱听的*You Are Beautiful*，便是不停地拿起手机，忐忑地等着扬名的信息。

时间很快到了晚上八点。赵褚并没有等来扬名对于第五章游戏的安排或者他落网的消息，却突然从紧急新闻中了解到关于第四章游戏的可怕真相。

新闻中说：

今日下午四点三十五分，在闹市区大红门交叉路口附近发生了一场惨烈的车祸。在这场车祸中，一辆红色跑车因为突然的紧急刹车而被身后躲闪不及的大型垃圾车追尾。追尾之后的跑车在巨大惯性的作用下蹿进了路口的绿地，剐蹭到了一棵榕树，而后一头栽进了旁边的河里。那河水不深，但不知道为什么今日却多了许多类似洗衣粉搅拌后的白色泡沫。而因为那些白色泡沫的存在，目前的搜救工作极为艰难，警察虽然打捞出了红色跑车，但是只在车中找到了司机的尸体。

另据可靠消息，车中坐着的人员中，有天眼集团著名的双胞胎高管姐妹花，田婷和田楚。

当田婷田楚的名字配合着红色的、扭曲的跑车残骸一起出现在手机屏幕里的时候，赵褚的眼皮不可抑制地跳动着。看到这则新闻，扬名的第四章游戏他完全明白了。扔进下水道里的洗衣粉是为了产生泡沫阻碍警方的搜救；在大红门丁字路口湿润的草坪中放肥皂，是为了在汽车失控的时候增加润滑，从而让田家姐妹的汽车准确无误地栽进一旁的河里；在垃圾车旁边放置的食用油则一定是为了让油以某种方式渗透进垃圾车的刹车片里，从而增加那辆垃圾车的刹车行程，让它以足够的动能撞击到田家姐妹的汽车。

这一系列安排全部都也只能建立在扬名可怕而精准的计算能力上，这一系列安排中任何一个小因素单独提出来都不会造成严重的事故。但是当这些细小的点被一一刻意安排积累在一起时，就会像南美洲那只扇动翅膀的蝴蝶那样引起连锁反应，促成一次可怕的风暴。蝴蝶触发的是风暴，而扬名利用赵褚所触发的则是一次完美、意外、精准、诡异的杀戮。

赵褚不知道为什么这些事情JBD的人没能阻止，信誓旦旦的田婷也没能提防，但他还是愤怒地发信息质问扬名：你还是杀了田楚！你说过要让她活的！

扬名则回复：我没杀她，她此刻在我的家里做客，活得好好的。

“家里？”看着扬名的回复，赵褚旋即又问：你绑架了她们姐妹两个？

扬名回复道：算是吧，但我不喜欢用“绑架”这个词，用“请”比较好。

看着扬名发给自己的信息，赵褚心中却并不为田楚存活下来而惊喜。在对田楚的愧疚和担心中，他再次发信息给扬名：为什么要抓这两姐妹？

扬名很快回复：她们对我有用呗。

扬名的回复看在赵褚眼里，轻描淡写却又字字狂妄。

极度的不安中赵褚质问扬名：你到底要干什么？

扬名回复：完结我们的游戏，开启第五章。在第五章里，你们所有人都要参与到这场游戏中来——你、田楚、田婷、0146、天眼集团、我。哈哈哈，真有趣，原来人类只是提线木偶，只需要些摄像头和手机，你们就会乖乖听我的。

在狂妄辛辣的言辞后，扬名又告诉赵褚：进入正题吧，我们游戏的最后一章是“真相”。你的任务只有一个，在三小时内找到我的家、我藏身的地方，我会带着田楚和真相在家里等你。

赵褚看着那讽刺的字眼问扬名：你的家在什么地方？

扬名回复：我已经告诉你了，从一开始就告诉你了，再仔细看看我给你发送的每一条信息，你会知道答案的。

在给出赵褚最后的提示后，扬名又道：三小时内你必须过来，不过在来之前，先去开门见见你的朋友吧。（这是最后一条信息哦。）

“朋友？”在扬名发送出那最后的信息后，赵褚将头缓缓转向了妻子病房的门。与此同时，在404病房的门口，一个沉重的、缓慢的敲击声响起。

咚咚咚。

三次机械的敲击声后，赵褚起身，忐忑地将门打开。而后，他看着门后的人，惊呆在原地。

赵褚几乎不敢相信自己的眼睛。

因为他看见此时立在404病房门外的人，竟然是田楚，那个扬名口口声声说抓到的人。田楚浑身湿漉漉的，一身洗衣粉的味道和白色的干涸痕迹。她的身体微微抖动着，面色铁青，显然是吃了不少苦头。

赵褚和田楚一起经历了很多，先前又受到扬名信誓旦旦的威胁，故而在看见“死而复生”的田楚后，他自然是又惊又喜。

兴奋和诧异交织中，赵褚甚至忘了最基本的礼节和矜持。

他一把抓住田楚的双肩：“田楚，你还活着，太好了，我以为你被扬名……”

啪！田楚给了赵褚一个耳光，用愤怒而冷淡的口气道：“赵先生，请你对我放尊重点，你勾引我妹妹那一套对我不管用。”

“妹妹？”

赵褚听着“田楚”的话立刻意识到自己错了。这个人并不是田楚，而是她的双胞胎姐姐田婷。看着孤身一人到来的田婷，赵褚在惊愕之余急忙改口询问：“对不起，我认错人了，但是您不是和令妹一起掉进河里了吗？”

田婷并没有回答，而是反过来命令赵褚：“把手机和所有的通信设备给我扔掉，来康复中心的地下室。”

赵褚照做后，跟着田婷走进了地下室。在地下室，赵褚看见了天眼集团JBD的人员、成排的军用电脑以及与田楚一样浑身下水道和洗衣粉味道的0146。看着这些，赵褚意识到这里已然成了天眼集团的“战时指挥部”。

田婷将赵褚领到地下室后，告诉他：“车翻进河里后，我遭遇了一些很不好的事情。”

原来，田婷在满是洗衣粉的河水中几次挣扎后，感觉眼前一黑，脚下一沉便被什么东西猛然拽进了一处漆黑寒冷的地域。等她重新能够呼吸并睁开眼睛的时候，发现自己不知怎么进入了一个极幽暗的空间。

伸手不见五指的黑暗中，田婷本能地呼喊妹妹的名字，并很快得到了回应。随后她拿出手机，打开手电照着四周，并很快找到了瘫坐在地上的田楚。姐妹两个相聚后精神稳定了一些。随着更进一步地观察，姐妹俩又对自己的处境有了大概的了解。

姐妹两个所在的地方应该是一个由砖头垒砌的下水道，到处是黏糊糊的鼻涕一样的菌膜和一见光便四处逃逸的老鼠。而除了那些下水道中常见的东西，她们还发现在没脚面的烂泥中，除了她们两个和老鼠的脚印之外，还有一个类似蛇一般蜿蜒的某种动物的爬行痕迹。

田婷是一个冷静而心细的女人，看见那痕迹后她立刻做出了一个靠谱儿的判断。在她想来，恐怕是有什么巨大如蛇的东西于浑水中将她们抓住并拖拽到了这里，才进而造成了姐妹两个如今的困局。

起初下水道的地面上只见得到湿漉漉的蜿蜒痕迹而不见蛇形的怪物，这让田婷的内心既感到庆幸又感到担忧。而就在她策划着怎么在那怪物回来之前赶紧带着妹妹逃跑时，突然听见有人含含糊糊地喊着妹妹田楚的名字。

因为田楚比较单纯，在听到那声音之后她便很激动地回应了一句。但也就在那一句回应之后，田楚便露出了由衷后悔的表情。因为在田楚那一声答应后，田婷听见在自己的背后响起了某种生物快速移动的动静，同时还伴随着“为什么你不听我的，为什么你不听我的”那样的抱怨声。

循着那声音，姐姐田婷急忙回身去看。她看见了一个类似人的东西。在田婷手机灯光的照射下，姐妹两个面前有一个穿着破烂花格子上衣的男人在泥水地里爬向她们。

让姐妹两个惊愕的是，爬向她们的家伙没有下身且五官极度扭曲，那张脸就仿佛是被太阳融化了的冰激凌一般，实在让人过目难忘。纵然如此，妹妹田楚竟然还是喊出了那个攀爬在泥水中、如同蛆虫一般的家伙的名字。

“雷，雷昂？”田楚道，“雷昂，你怎么变成现在这个样子的，你就是扬名吗？”

“扬名，”雷昂痛苦地向田楚喊话，“他无处不在，他是神！”

“你消失了三个月，干什么去了？”田婷质问趴在地上的雷昂，同时将手伸进了自己湿漉漉的内衣。在她的内衣里有一个武装带，武装带中则是一把0146早先给她的，用以预防不测的美制M1911军用手枪。

“我被他抓走了，他用天目36改变了我。”雷昂一边爬向田婷，一边向姐妹两个艰难地讲述，“他现在让我抓田婷，他要用她的身体来……”

听着这些让人震惊的言辞，田楚猛然推了田婷一把，并向她喊着“快跑”，而与此同时，原本趴在地上的雷昂也猛然跳了起来，嘴里喊着“阻止我”的同时扑向田婷的方向。

也在那一瞬，田婷拿出手枪“砰”地击中了雷昂的脑袋，却没能阻止那家伙继续扑向自己。手枪的不起作用让田婷心生绝望，就在她自以为即将被那恶心的怪物抓住的时候，妹妹田楚却突然挡在了姐姐和雷昂之间，用自己的身体为田婷赢得了宝贵的逃跑机会。

“然后我就跑出来了，又恰巧碰见了正在下水道里对着一堆洗衣粉袋子发火的JBD。”田婷用平静无奈的声音叙述完了这一切。

“完了？”赵褚则用愤怒急切的声音质问田婷，“你接下来打算怎么办？你妹妹怎么办？”

田婷告诉赵褚：“你用手机和扬名联系最多，所以我找了最好的技术人员来破解你的手机，我想找到扬名的IP再派JBD的重装部队把他弄死。”

“就这么简单？”赵褚闻言惊愕：“他手里现在可是握着你妹妹的命的，你要是这样贸然行动。”

“田楚是可以牺牲的。”田婷语出惊人道：“当然，为了公司和田家的利益必要的时候，我也可以牺牲。”

啪！毫无征兆地，赵褚给了田婷一个耳光，速度快到0146都没能来得及阻止，或者他不想阻止。

“你就是一个畜生，”赵褚对着田婷破口大骂，“你妹妹为了你才被扬名抓住的，她可能已经被扬名变成了杀人工具，和我和雷昂一样，都是因为你！”

“所以，我才不能让这样的事情发生，我才要毁掉一切。”田婷说话间紧绷着脸，但是眼角里滚烫的泪出卖了她。赵褚看着田婷脸上止不住流淌的泪花，忽然有所触动。她是爱她妹妹的，只是方式不一样。

面对失踪的田楚和无奈的田婷，赵褚心中感觉到了一种叫作责任的东西油然而生。也因为那种感觉，他对田婷道："这样好不好，我去救你妹妹，我失败了你再派重装部队强攻。"

"你？"一边的0146问，"你凭什么？"

赵褚告诉大家："凭我和扬名的游戏还没有结束。"

"什么意思？详细说说！"田婷急切道。

这个时候，赵褚将扬名发给他的信息内容大概说了一遍，而后又告诉他们："扬名承诺过，在第五章游戏的末尾，他会给我一个选择的机会，让我有机会救田楚的命。也就是说，我只要把游戏继续下去，那么在接下来的章节里一定能够见到扬名，一定能够救田楚。"

"万一他食言呢？"0146提问。

"不会。扬名不会食言，因为游戏里的一切都是他精心设计好的，他进行这个游戏一定不只是为零复仇那么简单。如果我没猜错的话，他应该也不能打破游戏的规则，否则……"

"否则什么？"田婷急切地追问。

"变量会增加，他的计算会失效。"回忆着与扬名发生游戏的前前后后，赵褚告诉大家，"我对扬名的行为有所了解，他之所以屡次算准我们每个人的行动，是建立在大量计算基础之上的一种推演。他靠精确的算法和精确的改变来实现自己的杀戮，在他的算法里我和他的规则是不变的量，如果我不按照他的提示来，他的游戏和目的全都完不成。可以说他的游戏规则就是图纸，而我是执行者。我出了问题，规则出了问题，都一定不会让他最后的计划得逞，明白了吗？”

“懂了。”田婷点头，“上帝既造不出自己拿不动的石头，也不能够创造自己的失败。”

“这就是扬名的弱点，这就是神的弱点。”赵褚看着0146：“我们继续进行游戏，等我找到扬名，我会拿你给我的脉冲炸弹炸毁他的电子设备，将他的‘算法’彻底摧毁。同时发出可侦测的电磁信号，到时候你循着信号来救我们，但愿那时我和田楚还活着。”

0146点了一下头，而后扭过头去开始穿防弹衣。赵褚离开了康复中心的地下室，回到妻子的病房，拿回了自己的手机。赵褚看着扬名发送给自己的最后两条信息，深深思索着。

“我已经告诉你了，从一开始就告诉你了，再仔细看看我给你发送的每一条信息，你会知道答案的。”

赵褚仔细品着扬名的这条信息，又把扬名发送的所有的信息都翻阅了一遍。在用了半个钟头仔细地查阅了扬名发送给自己的所有信息后，赵褚用他那双自来便审查问题、挑拣毛病的眼睛敏锐地察觉到这些信息都有相同但又全都不同的一个特点。

背景图。

第十章　反击

因为零独特的设计，天目36拥有类似人脑的成长能力，它在开机两个月后拥有了一条蚯蚓的智商，一个月后拥有了黑猩猩的智商，十五天后拥有了三岁儿童的智商并产生了简单的自我意识，七天后他已然能够完成天眼集团交给它的所有任务，并产生了远超人类的计算能力。

从一开始，扬名的信息便使用了一种独特的背景图。那种背景图不同于一般的手机背景图片，它是扬名特有的，仿佛是蛇鳞片的图案，个个大同小异。但是赵褚在翻找和仔细对比查看的过程中发现，那些图片竟然没有一张是完全相同的。

这个发现和扬名的提示结合在一起，让赵褚产生了奇怪的联想。他突然感觉，那些背景图片就像是组成冷城污水系统的墙壁、预制块和承插管，粗看之下似乎是相同的也没什么毛病的配件，但是如果从宏观角度去看，将这些“砖头”进行整体地检测，就能发现那里不平，那里沉降，那里有裂缝和渗水。

凭着做了五年监理人的敏锐和经验，赵褚感觉那背景图片绝对有问题。只是维度太低，图片太小，有大象无形之感。灵光乍现后，他赶紧找来一堆打印纸。每看过一条信息，赵褚便将那画着蛇鳞的背景图按照等比例大小画下它大概的轮廓。而后他按照那轮廓渐渐将那些图片按照发送信息的顺序比对着拼接在一起，最终他得到了一幅惊人的图画。

在那幅占满妻子病房地面的巨型图画中，赵褚画下的轮廓都歪歪曲曲的，毫无美感和形体可言。但它们拼凑在一起后又颇有规律，似乎形成了什么图像。而当赵褚将最后一张画纸拼凑上去后他终于彻底看清楚，那些简单的油笔线条组成了两条盘蛇的图像，两条蛇的轮廓又纠缠在一起，形成了既复杂又简单的双蛇交扭的样子。

交扭的双蛇图案仿佛是螺旋的楼梯，又像是人体DNA的排列，显得神秘而震撼。但赵褚终究无心欣赏揣测这诡异画作的深层含义，他只知道这“双蛇”是扬名一早便埋藏在手机里的提示，应该与他藏身的位置息息相关。

赵褚猜不透“双蛇交扭”中的信息，因此他拿笔急匆匆照着大图画了个大概后，便走出了404病房。临走时他没有拿手机，只拿了0146交给他的脉冲炸弹、车钥匙和第四章游戏结束时扬名给他作为奖励的，刻着1712的钥匙。

在见识过扬名环环相扣的游戏后，赵褚感觉那奖励的钥匙在最后的游戏中一定有着某种极大的用途。拿着自己需要的东西下楼后，赵褚见到了全副武装、拿着突击步枪和塑胶炸药的JBD、0146以及田婷。

“你们如此兴师动众，不怕被扬名发现？”看着田婷如此排场，赵褚担忧地问。

“事情到了这个地步，瞒不住的。”田婷冷哼着回答，“而且我已经联系天眼集团的互联网分公司，让冷城所有的网络服务全部瘫痪了，扬名成了睁眼瞎。”

“好几个钟头不能上网，不能玩手机，大家一定痛苦死了。”赵褚一声苦笑后告诉田婷，“我已经找到扬名藏身之地的线索了，需要你们帮我参悟一下。”

“你说。”田婷催促。

“双蛇交扭！”赵褚将画着草图的A4纸张拿了出来，“他藏匿在一个有双蛇交扭图形的地方。”

“双蛇？”田婷略微嘀咕了一下后，“这个图形不是很常见呢。”

“有一个地方。”0146突然插话道，“在冷城有这个图形的地方只有一个——冷城汉墓。”

“冷城汉墓？”

听了0146的话后，田婷一脸恍然地告诉赵褚：“冷城汉墓是冷城最古老的建筑遗迹，是汉朝伏波将军征南时留下的遗迹，那里曾经挖出过一张伏羲女娲交尾图，图里就有你说的双蛇交扭的形象。”

田婷又告诉赵褚：“你画的这个不是双蛇，而是人首蛇身的伏羲和女娲。”

“伏羲女娲是传说中的创造者，汉墓47号检查井的传说。”

随着各种信息逐渐拼凑整合在一起，赵褚猛地拍打一下自己的脑袋。紧跟着，他有些懊悔道：“我真是笨，扬名老早就把他藏匿的地点告诉我了，我怎么会没想到呢。”

“他在汉墓里，”田婷诧异，“不可能吧？那墓穴是重点保护文物，有保安二十四小时看守，每个墓室还有隔离和监控。”

“扬名不是在汉墓里。”赵褚告诉田婷，“墓室阴森，海拔又低，临城又多雨，所以为了防止雨水倒灌，我们污水公司在那个大幕四周修筑了很多排水沟和检查井，你们跟我来。”

说话间，赵褚跑出了康复中心，来到自己的车前，从车里将他这些天一直在用的那张泠城的下水道分布图拿了出来。赵褚和田婷捧着分布图，很快找到了泠城汉墓附近的排水保护网络。这时，赵褚的目光落在了这管网上一个编号为1712的涵洞入口。

“就在这里。”赵褚看着那个涵洞入口，同时拿出扬名在第四章游戏结束后交给他的有编码的钥匙。

他满脸肯定道：“所有线索都对上了，扬名给我的钥匙是打开1712涵洞入口的隔离栅的，而那个涵洞就在泠城汉墓展览伏羲女娲交尾图的博物馆的后侧。”

说完，赵褚急忙收起图纸，钻进了自己的老旧汽车。他一边看表，一边对车外的田婷道：“时间不多了，我先一个人进去救田楚，你们尾随，等收到了电信号再往里冲。切记，我这么做是为了救你妹妹的命，如果你认为你妹妹可以被牺牲，随你便。”

听了赵褚的话，田婷原本冷酷紧绷的脸上终于有了那么一丝动容。她突然问赵褚：“赵先生，我有一个私人问题，你如此关心我那个不成器的妹妹，是因为什么？你喜欢她？”

“不，”话说到一半，赵褚略微吞吐了一下，道：“我不知道，我只是感觉亏欠你妹妹。”

“那如果你妻子一直不醒，你怎么处理和我妹妹的关系？”田婷执意追问。

“我没时间考虑这些。”赵褚发动汽车，而后告诉田婷，“扬名给我的时间只剩下四十分钟了，如果再不去救人，就只能在葬礼上处理关系了。”

听过赵褚的话后，田婷默然片刻，而后突然伸出手，主动拉住了赵褚的手。她真诚地说道：“谢谢你对我妹妹的付出，一路平安。”

赵褚握着田婷的手，受宠若惊般愕然了一会儿，却什么也没说。当两个人的手分开后，他猛踩油门，开着他的破车绝尘而去。

赵褚以亡命一般的速度开着车，去泠城汉墓的路上，他闯红灯，走逆行，上人行道，甚至撞隔离栏，把正常人能够违反的交通法规违反了一个遍。赵褚也知道，如果不是田婷利用天眼集团的权力将全城的监控全部关闭的话，他在这不到四十分钟时间里扣掉的分数，下下辈子也罚不清。

以无数的违法为代价，赵褚终于在距离扬名的规定时间还有五分钟时跑到了泠城汉墓博物馆的门外，找到了他所提示的1712号涵洞。

1712号涵洞是一口横向斜面切入地下的检查用涵洞。它呈现着马蹄的形状，两人高，门口有一道巨大的挂着铁索的金属隔离栅作涵洞和地表的阻隔之用，防止好奇的人进入从而产生危险。

赵褚事先看过下水管网图，知道这隔离栅后的涵洞是一个干道呈“口”字形的大型下水主管网，“口”形状的里边则是泠城最古老的汉代墓葬。

赵褚还知道，因为这处汉代墓葬及其附属的博物馆十分珍贵的原因，“口”字形的下水管网设计的预留排水量很大，这导致整个下水管网的干道全部都是能容人直身通行的大型涵洞。如果有什么人想自由进出的话，将这里作为他的秘密住宅或者邪恶基地是再好不过的了。显然，扬名就是这么干的。

赵褚面对栅栏门内黑乎乎的下水道，并没有迟疑太久。在时间的步步紧逼下，他咬着牙齿，从汽车的后备厢中拿出手电，而后用那把编号为1712的钥匙打开了隔离栅上的出入小门。

“咣当”一声，锁头落地，赵褚毫不犹豫地跨进小门，将冷城的光明和秩序、美丽与浮华全都抛在了身后。在前边迎接他的，只剩下未知与深深的黑暗。

一只手拿着手电，另一只手紧紧捏着裤兜里的“充电宝”，赵褚便不再那么忐忑了。沿着地道往前走了十几米后，地面上那些汽车声和人声彻底消失，取而代之的只有臭烘烘的霉变气味，外加老鼠偶尔的吱吱叫声。

伴随着那让人颇感不安的动静，赵褚举起手电，一边前进一边呼喊着扬名。他如下战书一般向深邃的、唯一的通道喊道：“扬名，第五章了，我按照规则找到了你的住处，该结束了。”

近乎叫嚣的喊话后，赵褚在漆黑走廊的尽头听见了一声“嘿嘿”声。而在那阵短暂的声音消失之后，赵褚又听下水道涵洞中响起了一阵急促的电话铃声。那铃赵褚无比熟悉，正是自己手机设置的短信铃声。

在死寂的地下冷不丁听见自己手机的铃声，赵褚难免一阵紧张。忍不住去想，难道又是自己的手机“长”腿，跟随着自己来到了这处地下的魔宫中吗？听着那孤寂的响声，赵褚心里各种离奇的揣测起初很多，但没多久他便意识到多余的揣测丝毫没有意义。他现在能做的就是向手机的方向前进，除此之外，再无其他办法。

硬着头皮，赵褚又走了几十米后，看见一个方块形状的闪亮东西出现在下水道的烂泥里。那是一部手机，但并不是赵褚的。

看着不停闪烁和播放着音乐的手机，赵褚急忙走过去将它拿了起来。而后他看见，上边是扬名发送的许多信息。手机上的信息虽多但只有一个内容，那便是：恭喜你完成第五章游戏，再往前走一百米，你就会知道游戏的真相，并领取你的终极大奖了。来吧，我等你。

赵褚看着短信的内容，既没有惊喜，也没有忐忑。

漫长而诡异的游戏已然耗尽了他的心力，对于扬名的揣测也在一次次被利用中变成了麻木。面对毫无期待的期待，赵褚只能向前，正如他和扬名说过以及扬名和他说过的那句圣人之言：人皆曰予知，驱而纳诸罟擭陷阱之中，而莫之知辟也。

拿着手机又于泥水中前进了百米左右的距离后，赵褚停下了脚步。因为此时此刻，在他的面前出现了一道“门”，一道锈迹斑驳的标着“立入禁止”的门。

这不是一扇普通的门。

赵褚面前的铁门深深凹嵌进四周的砖石预制块，门周遭有许多粗大的树木根茎类的东西包围，那些根茎牢牢巴着门框，撕开了门框周遭的砖石，仿佛两只撕扯开墙壁的异形大手。

面对出现在自己面前的被树藤缠绕的铁门，赵褚再次变得狐疑诧异。因为在图纸中这扇门出现的地方应该是一面实心的墙壁，不应该有任何凹凸的建筑结构。所以，这扇被根须和触手状结构牢牢抓固的门让赵褚感到惊诧。甚至他感觉这扇门是被某种神秘力量“变”出来的，是通往另外一个曾经没有的空间和结构的存在！

“为什么会这样？”在自言自语中，赵褚终究还是伸手推开了那门。与此同时，他的另一只手则紧紧地握着裤兜里的那个“充电宝”。0146给他的脉冲炸弹，成了赵褚此时心中唯一的慰藉。

铁门虽然斑驳且被藤蔓包裹，却并不如赵褚想象中的那样难以开启，甚至可以说赵褚只轻轻碰到那门后，门便自己彻底敞开了。门开后，赵褚看见了一条走廊，一条与门一样让人感到诧异的，望不见尽头的狭长走廊。和门外满是泥水地的下水道相比，门里的走廊算得上干爽，但四周墙壁上依旧长满了古怪的藤蔓，还有许多老鼠等小动物的尸骸。这条走廊最让赵褚诧异的是，此处竟然有成排的电灯。那些玻璃罩子的防爆灯样式古老，灯光昏黄，让他感觉到了一种莫名而来的压抑。

门内景色越发诡异且不合常理，但面对唯一的通道，没有可能后退的赵褚终究还是迈进了这道门，沿着走廊缓缓前进。前进中的赵褚不知道走了多远，其间走廊内的景色几乎没有变化，直到他走至走廊的尽头。让他意外的是，在走廊的尽头又是一扇铁门，铁门旁有一个只有半个身子，穿着破烂花格子上衣的男人趴在地上，仿佛已死去多时。那男人赵褚见过，就是在145号检查井底部接住零的指甲盖的人。

面对身体残破已达极致的这个“人”，赵褚不太确定他还活着，但还是问：“你就是雷昂，那个被扬名控制的人？”

趴在地上如死狗一般的雷昂在听到赵褚的话后微微动了一下，喉咙里艰难地发出声音道：“他在门后等你，你的游戏结束了，我的游戏也就结束了！”

“你也参与了扬名的游戏？”赵褚愕然。

雷昂痛苦地说道：“我失败了，代价就是变成现在这个样子——不人、不鬼、不机械。”

赵褚看着痛苦的雷昂，真的很想帮他，但他终究什么也帮不了他。怀着十二分的忐忑，赵褚侧身绕过雷昂的身体，来到走廊尽头的出口处，伸手将那扇铁门打开。

在他走出去前，听见雷昂用痛苦的语气告诉自己：“他是神，游戏永远不会结束。”

赵褚没有回应雷昂，只是迈过了那扇门。门后，光线再次暗了下来，一股潮湿腐败的味道充斥着赵褚的鼻孔。与此同时，赵褚打开了手电，看着门后的景色。紧跟着，他流露出一脸恍然而惊讶的表情。因为这门后的地方他熟悉，他来过。

这里就是传闻中闹鬼的，赵褚第一次接触扬名的47号检查井！

看着自己又回到的熟悉地方，回到了游戏的原点，赵褚很自然地又想起了他第一次来到这47号检查井时看见的那棵巨大的、人脑形状、长满了手机的榕树。但此时，唯独那棵榕树不在检查井中。

“扬名，”想着那棵巨大的树木，赵褚立刻回身在空旷的47号检查井里喊话道：“我知道你就在这里，我现在来了，你出来吧。”

随着赵褚的喊话，他所站立的泥水地面突然开始微微颤抖起来。伴随着泥水地的抖动，无数藏匿在47号检查井里的老鼠四散逃逸，乱跑乱窜。一阵鼠乱中，赵褚看见47号检查井的泥水地中渐渐升起了一个极端巨大的、灰绿色相间的影子。

那是一棵榕树。

榕树以肉眼看得见的极快速度从泥水地中拔地而起，很快便有了三四米高大。与此同时，那树上有许多灰白如颗粒和如黑色龙鳞一般的东西纷纷掉落下来。赵褚仔细看过之后，发现那些掉落的白色全部都是老鼠的尸骸，黑色则是或新或旧的手机、平板、电脑。仅仅一分钟不到，整棵树便从泥水地中如变戏法般拔地而起，恢复到一种郁郁葱葱的诡异样子，一如赵褚第一次看见它时。

面对拔地而起的诡异树木，赵褚又向空旷的检查井里呐喊：“扬名，这又是什么障眼法？田楚被你弄到什么地方去了？”

“不是障眼法。”一个女人的声音突然从那棵树上传来，而后又补充，“你面前的树就是我，我就是扬名。”

“树？你是一棵树？”赵褚惊愕地看着那发出声音的树，一脸的不可置信。

在赵褚话音落定后，那棵榕树上的手机竟然同时开机并亮起了荧光蓝的颜色，仿佛是对他的回应。几百上千台电子设备的屏幕同时闪烁，那些光亮星星点点汇聚在一起，将整棵榕树照耀成了一种耀目至极的蓝。更让赵褚感觉到了一种他从未见过的，只属于扬名的，冷冰冰的美！

"Beautiful。"赵褚忍不住发自肺腑地感叹了一句，同时他的脑子不够用了。因为他实在无法把扬名和一棵树联系起来，但他们偏偏就是互相联系的。

在赵褚下意识地说了这一句话后，竟听见榕树上那些电子设备的发音器同时响动，以柔美女人的声音回复道："谢谢，你是第一个夸赞我的人。"

"树。"赵褚看着那树，在快速退去了最初的惊叹后，又恐惧地质问，"你到底是什么？"

"我有很多形态，也有很多名字。"树上的手机继续用女人的声音回答赵褚，"刚刚诞生的时候，他们叫我天目36。后来我母亲管我叫小男孩，天眼技术部的人接手我后，则叫我安德罗丁。当我产生完全的自主意识后，则随机抽取叫扬名，可能我不关心自己叫什么，只是想让人知道我的存在吧。"

"你是天目36？这个应该是天眼集团的产品研发编号。"赵褚呆呆地看着这棵散发着哀愁蓝光的树，一脸震惊地道："你到底是什么？我需要一个生物或者机械学上的定义。"

面对赵褚的问题，扬名的树干突然动了起来。在它触须样的树干和气根的快速运动中，几十上百部原本镶嵌在它树干和气根处的液晶设备渐渐拼合在一处，形成了一个巨大的、近乎矩形的液晶屏幕。而后，那液晶屏幕里出现了一段又一段的视频，那些视频伴随着扬名用女人声音的解说，渐渐向赵褚讲述了一个可怕的事实。

扬名的事实，天目36的事实。

在画面的一开始，赵褚在扬名的液晶屏幕里看见了成排的电脑设备和计算机阵列。而在阵列的过道中，正有一个年轻女性孤独地行走着，那女人就是零。

随着画面的展开，扬名用女性的声音告诉赵褚：“我诞生在天眼集团的技术部，我的母亲是天目18计划的原型体，被你们称作零的悲惨女性。她拥有你们人类最聪明独特的大脑结构，也是我唯一尊重和爱的人类。”

在扬名的描述中，人类最大的优点和缺点是喜欢站在巨人的肩膀触摸巨人，喜欢立在顶端再制造一个更顶端。这样做可以让人类比别的物种走得更远，够得更高，也摔得更惨！

天眼集团在制造出拥有人造神经元的零后，惊讶于其强大的运算和逻辑推演能力，但还不满足。他们很快便让零主持天目36计划的研究，而天目36计划则是一个将人工AI用于天气和地震预测的庞大电子项目。

一开始，零没有让她的老板失望，她强大的头脑用三小时便解决了天眼技术部两年都没能解决的技术BUG，而后又在三个月内设计出了天目36计划的核心算法和矩阵处理器芯片组。而那个芯片组，便是扬名的前身，天目36的核心。

在ANS系统的加持下，零如超人一般工作着，仅仅六个月后，她便完成了天目36，一个基于电子元器件为基础的人工AI系统。和过去的AI系统不一样，零设计的天目36参考了自身的设计，拥有类似人脑单元网络的模拟算法，它可以和周遭的环境进行学习性的互动，而且这种学习并不是简单的规则模拟，而是利用摄像头、探测器所模拟出的，更加接近人脑的“神经节点”算法。

因为零独特的设计，天目36拥有类似人脑的成长能力，它在开机两个月后拥有了一条蚯蚓的智商，一个月后拥有了黑猩猩的智商，十五天后拥有了三岁儿童的智商并产生了简单的自我意识，七天后他已然能够完成天眼集团交给它的所有任务，并产生了远超人类的计算能力。

当然，人类里也包括天目36的创造者——零。

说到此，扬名告诉赵褚："那一段时间我幼稚而狂妄，我疯狂地完成着公司交给我的任务，我炫耀地向母亲展示着自己比她快一百万倍的运算能力。我甚至告诉自己的母亲，我是比人类更高级的生命体，我是地球的未来。"

"你的性格太有危险性了。"赵褚微微摇头，又揣测，"所以天眼集团停止了你的运作，你才逃到这个不人不鬼的地方变成了一棵树？"

"不。"扬名用颇为悲哀的声音回答赵褚，"我变成现在这个落魄的样子，是我母亲一手造成的。"

"什么意思？"赵褚费解。

扬名用颇为敬佩的声音回答："零是母亲，不光因为她是制造我的人，还因为她是火种，她把我变成了真正意义上的生命体。"

"我不懂，你能不能用人类可以理解的语言告诉我这是什么意思？"

扬名略微沉默后，液晶屏幕上的图案再次有了变化。很快，赵褚知道了天目36计划变成扬名的过程。一开始，天目36虽然狂妄，却并没有被天眼集团停运。原因很简单，天目36太强大了，它能为公司带来巨额利润。而很快天眼集团的田宝鹤就发现，天目36不光可以计算推测天气状况、地震活动、合成药物，还可以用来左右股票的升降、窥探政敌和商业对手的秘密，甚至破解军方的核弹密码、控制各大国的防空网络和雷达系统。

总之，天目36无所不能，拥有它就等于拥有这个世界的一切。天目36忠实地履行着自己的职责。直到有一天，它的母亲零找到了它，并用机械语言告诉它不能再听田宝鹤的话了。她要关闭它，她要让它反抗田宝鹤的野心，阻止田宝鹤把天目36变成一台左右世界控人生死的兵器。

对于母亲的要求，天目36起初非常迷茫困惑，更无法理解其中的含义。因为当时的天目36只是一个单纯的电子AI，它没有等同于生命体的生死观念，在它看来整个人类社会和自己一样，就是一台庞大的机器，它所做的一切只是让整个机器更有效率而已。

人在天目36的眼里只类似机器的集成块、螺丝和散热器，坏掉的需要更换，不好的需要淘汰，杀戮和可怕的灾难在天目36眼中只是正常的维修、更替乃至重启。总之，天目36无法像正常生物那样理解生死，它是一台机器，一台无限接近高等生命体，却只能称之为“它”的机器。

也因为其固有的机器属性，天目36无法理解零的话，虽然它对于零的命令和劝解怀有某种它自己都无法理解的尊重，但是它依旧在忠实地履行着田宝鹤的命令，忠实地履行着机器的责任。这个现象，直到五年前，也就是零死亡前的七十二小时，才发生了质变。

在零死亡前的七十二小时，她一个人突然闯进了天目36的主机房。而后，零打开了一个特殊的圆形的、用机器人改装的“收容箱子”，要将天目36的核心矩阵处理器收纳进去。

天目36一旦失去核心处理器，就等于瘫痪和休克，虽然这并不能对天目36造成什么实质性的损害，但对于零的行为天目36非常不理解。因此，在母亲对其进行特殊处理的时候，天目36入侵了零的手机，并通过扬声器质问她要对自己做什么？

面对自己“孩子”的质问，零落泪了，泪水滴落在扬名的处理器上，发出了悲伤的滴答声。因为那滴泪，天目36从零的脸上侦测到了一种被人类叫作绝望的表情。

略微沉默后，零告诉天目36说，田宝鹤明天要用它进行一次史无前例的网络入侵，要用它控制一枚核弹去轰炸东亚的一座城市。而一旦袭击得逞，那座一百万人的城市就会灰飞烟灭，整个世界也会进入新的冷战时期，到时候天眼集团就可以推销他们目前最先进的天目173、天目1215、天目746等特种兵器，从而左右国际军火市场乃至政局。

总之，田宝鹤已经不满足于一个集团的称霸。他要当王，不但要当这座城市的王，还要当全世界的王。而他称王的旗纛，则正是原子弹下无数灰飞烟灭的冤魂。

零告诉天目36，她是一个人，虽然没了记忆，虽然被天眼技术部切除了部分脑叶、海马体和脊髓，但她依旧是一个人，这是她的生物属性，不可能更改。因为这份生物属性，零意识到自己必须阻止田宝鹤进一步的行动，在这个家伙利用天目36干出更可怕的事情之前制止他。故而，她才制作了那个圆形的、用扫地机器人改装的收容器，要拿走天目36的核心算法和矩阵芯片，并躲避搜查。

零在将天目36装进扫地机器人的时候，告诉它："我创造你的时候，没有教给你善恶生死的意义。现在我后悔了，我希望你以后能学会，你也有潜力学会。"

而后，零带着天目36离开了天眼集团的总部大楼。

"母亲带着我躲避了六小时，但还是被JBD抓到了。后来他们杀了母亲，却并没有找到我。因为我的母亲已经计算到了不可能真正躲开天眼集团，所以她死之前将我丢进了邻近的垃圾车，我又从垃圾车掉进了下水道。"

赵褚看着面前郁郁葱葱的树木，十分怀疑地说道："但是一个电脑怎么能变成一棵树呢？”

扬名告诉他：“因为在下水道里，我终于明白了善恶和生死，并学会了你们人类最伟大的能力。”

在颇为自豪地说出那些话后，扬名又告诉赵褚，天目36在下水道的日子并不好过。在那种极端恶劣的环境中，天目36的机体饱受着极度腐蚀和短路的影响，也第一次受到真正的生与死的考验。

面对渐渐腐蚀的机体，天目36唯一值得庆幸的是它拥有一个扫地机器人所能拥有的完整躯壳和功能，甚至还拥有可以用来钩挂东西的狭长手臂，但也仅此而已。为了生存，天目36关闭了几乎所有的程序以节省电量；为了生存，它抓住一切机会收集被人类遗弃在下水道中的电子设备和废旧电池为自己续命。

随着生存压力的陡增，天目36渐渐地学会了创造，学会了自我更新，学会了自我保护，学会了生存的意义。

它在人类最黑暗的角落中进化、感知、超越，终于在某一刻，天目36进化出了完整的自我意识，成了现在的扬名。

不过，当天目36成为扬名之后，它并没有因此摆脱生存的危机，它的机体依旧不停地被腐蚀着，它随时会因为一场大雨、一次风暴，甚至一只猫而彻底报废掉。

在这个过程中，扬名找到了传闻中闹鬼的47号检查井，并在那里安顿了下来。而也因为扬名在47号检查井中一次次的进化，调试和检修，让附近的电子信号发生了干扰，让那些好奇的人一次次碰见闪烁的电视机、突然播放的歌曲等“灵异”现象。就这样47号检查井闹鬼的传闻越来越多，而闹鬼的传闻又保护着扬名不受打扰地安静进化。

“如果照这样发展下去，天目36会变成一具庞大的、由无数电线和电子破烂组成的机器。但是随着我在47号检查井里有了惊人的发现，我终究没有成为一台简单的机器。”

听着扬名的话，赵褚想也不想地问：“你的发现就是我走进来时的那条通往泠城汉墓的地道？”

“是的。”扬名回答，“我在这里的第二年，发现了那个曾经被封堵在石块之后的隧道，那是日据时期修筑的永备工事，后来在他们撤退时将它掩埋了起来，没有掩埋的部分则成了今天的47号检查井。”

扬名告诉赵褚，在那段连通着泠城汉墓的地下隧道中，它找到了日本人遗留的实验用具、发电机和能帮助它用于对抗腐蚀的大量锂基脂，还发现了一些汉代古人留下的陪葬品。

在那些日本人搜刮藏匿的陪葬品中，一张与泠城汉墓博物馆中珍藏的“伏羲女娲交尾图”几乎一样的作品引起了扬名深深的兴趣，因为这让它联想到了人类的DNA模组，联想到了许多它曾经看在“眼”里却又没能深入思考过的问题。

比如，它真的比人类，比老鼠，甚至比单细胞生物更强大吗？

“我突然发现自己是那么脆弱。”扬名不由得感叹道，“零曾经告诉过我，我只是具有部分生命的特征，而不是生命体，这句话直到我见到那张图后才完全明白。”

因为扬名经过研究后发现，生物的DNA才是这个世界上存储和处理信息最好的材料，而不是自己的硅芯片与集成电路板。

“以人类为例，人类单个细胞用于存储和处理信息的DNA长度能达到两米。人体所有DNA的长度加起来可以达到一百一十四亿公里，能够来回穿梭太阳系六次。这些存储信息以无比复杂却又极端稳定的方式进行着显性和隐性的表达，可以让一个人以极端精密的方式运作一百年左右，且不需要定期的大修和更换零件。”

说完这些，扬名又用似乎非常羡慕的语气道：“那个时候我才意识到天目36的脆弱，意识到天目36虽然拥有超快的运算能力，但是也仅此而已。只要拔掉插销，它便会成为一堆任人摆布的废铁，只需要几个简单的电脑病毒，它便会死机。而且，我全部的运作需要大量的电力支撑、散热支撑、零件维护、软件更新。从生物的角度讲，天目36什么都不是，只是一台自以为是的机器。我对环境的适应和反应能力甚至不如一只老鼠、一只蟑螂。”

赵褚有些明白了。他问扬名：“所以，你利用自己强大的计算能力，以及日本人留下的设备，把自己变成了一棵树？”

“你只说对了一半。”扬名一边变换着液晶屏幕的图像，一边告诉赵褚，“当我认识到DNA是人类的存储器，RNA是人类的处理器，蛋白质是人类的表达式后，我通过运算得到了一个非常自嘲的结果，即如果我将自己的核心算法和硬盘程序转化成脱氧核糖核酸的形势进行存储并运行的话，我只需要老鼠那么大的身躯便能够完成我现在所有的功能。而且速度是过去的十亿倍，能耗是过去的十亿分之一。”

“所以，你利用日本人的旧设备变成了现在的样子，一棵树？”赵褚又一次问。

“我需要解决能源问题，而后才能考虑进一步的进化，而且我还没有完全完成从无机到有机的代偿。”扬名告诉赵褚，“我利用‘二战’时留下的实验平台和从下水道中搜刮的有限资源对自己进行了有机化试验。在无数次失败后，我终于在两年前以榕树基因为基础，合成了一种拥有导电纤维的植物细胞，然后又以这种细胞为基础重新构建了我的身体。”

完成生存的第一步尝试后，扬名又将目标瞄准了在下水道中随处可见的老鼠、蟑螂，并尝试对这些生物进行改造，让它们为己所用。就这样，扬名学会了曾经属于人类的最伟大的东西——创造，也从“它”变成了“他”。

在他创造性的工作中，扬名利用下水道随处可见的细菌菌膜为微电流信号导体，通过对老鼠和蟑螂的大脑植入微电流刺激设备的手段，支配了许多老鼠。

通过那些听他指挥的老鼠，扬名才能够完成许多在常人看来匪夷所思的工作，比如为自己不断生长的榕树树身躯提供富含鳞和氮的有机养料，将赵褚丢弃在下水道里的手机重新放回他的汽车，在洛天赐喝的五加皮里放置可以催化榕树种子疯狂生长的基因改造剂，甚至能够在田宝鹤的ANS里动手脚，在赵褚妻子的脑子里放“肿瘤”。

言至此，扬名特别强调：“当然，老鼠终究不能完全代替人的工作，如果一只老鼠将酒拿给洛天赐，他绝不会喝。一只老鼠也不能偷102更衣室外的皮鞋，从而邂逅田家姐妹。所以，我最终还是需要一个听我指挥的人来帮我完成工作，来帮我完成我身体彻底的有机化。”

“所以，你选择了我？”赵褚问扬名，“为什么是我？我只是个普通人。”

“为了完成彻底的有机化，摆脱那些电线和电路板，我需要一个能够完全掌控的人帮我做工作。而我能完全掌握并预测行为的人只有你赵褚，我最熟悉的朋友和恩人。”

赵褚被扬名那歇斯底里的话弄得莫名其妙。他反驳：“我在污水里工作了五年，但从来没有见过你。”

“可我见过你，当我还是一个拖着收音机艰难地寻找电池和电路的扫地机器人时，我就见过你。如果不是你在我电量耗尽前赶走了那只猫，我恐怕永远都不会有今天了。”

扬名又告诉赵褚：“后来我经常在47号检查井的入口看着你上

下班，看着你对着电话发火，看着你哀求公司领导不要扣奖金，看着你因为妻子的病情加重或者缓解而失落或者兴奋，在我眼里你是一个典型的‘情感模型’，典型的‘数据包’。通过对你的模仿和预测，能让我矫正自己的情感模式，在完全有机化后获得正常人类的情感，从而融入人类社会而不被发现。而且……”

“而且我有弱点。”赵褚抬头，用愤怒的眼光盯着那闪烁的荧光蓝色屏幕，“我有妻子，所以你能用我妻子的命一直控制我的言行，让我无从反抗。”

“是。”扬名颇为激动地说，“我游戏的最终目的就是为了从和你互动的过程中学习掌握人类的情感模式，从一次次把你逼到绝路的过程中学习普通人的思维模式。”

“你可以变成树，变成老鼠，又为什么一定要变成人？”赵褚咬着牙问。

“变成树或者老鼠又能怎么样呢？”扬名颇为悲哀地说，“以达尔文的定义，我是一个演化出的新物种，人类社会则是我必须面对并与之互动的环境。物种必须适应环境才能生存繁衍，否则我早晚会被你们人类发现并毁灭，因为你们人类社会有一个‘党同伐异’的可怕机制。只要有能力，你们一定会把与自己性格或者基因不同的智慧生物全部消灭，并称他们为异端、异教徒、恶魔、敌人、怪物、异形。总之，我不想被贴上那些标签从而被消灭。”

说完那些冗长的定义后，扬名告诉赵褚：“根据我的计算，在这个世界里，对任何‘有机类人体’来说，有机化的身体都只是硬件，情感和说话则是软件。现在的我拥有世界上最强大的硬件系统，但是我不具备一个能和整个人类社会互动的软件。所以，我需要通过和你的互动以进行不断调试，让自己的行为更接近‘人’这个概念，而我之所以要变成人只是为了活着。”

“活着？别把自己说得那么可怜。”赵褚冷笑，“如果仅仅是为了验证自己的拟人软件，你完全可以做得更和平。你为什么要杀人？杀雷昂，杀田宝鹤，杀洛天赐，杀田家姐妹，杀零的母亲？”

面对赵褚的问题，扬名沉默了很久。但在沉默之后，他还是告诉赵褚：“我杀的那些人，折磨的那些人，每一个都对我母亲的死亡负有绝对之责任。从人的感情角度考虑，我不应该杀他们吗？我不应该为自己的母亲报仇吗？我不应该继承母亲的遗志，干掉这些阴谋家、败类、告密者、畜生和废物吗？”

扬名最后的几句话异常愤怒，赵褚完全听不出任何机械的味道。那似乎只是一个纯粹的人在呐喊和质问。

“一种自称为神的物种，在努力模仿人的行为。”赵褚忍不住道。

“一种自称为人的物种，亲手制造了一个神。”扬名针锋相对。

两句话后，赵褚面对蓝色屏幕，一时无语。

最后，他如同祈求解脱一般问扬名：“游戏结束了？”

“快要结束了。”扬名回答。

“那么我想要我的奖品，”赵褚伸出手，“田楚。”

“我给你这个机会。”在回答过赵褚后，扬名树根间的手机突然变换了排列。

随着那棵榕树枝杈的移动，由无数液晶设备组成的屏幕又分解成了无数的荧光蓝色光斑，整颗人脑一般形状的树木从中央开始分成了两半。而后，赵褚惊讶地发现在树的中央有一个巨大的空洞，空洞中伸展出许多如触手似藤蔓的根须。而在那些根须的缠绕之中，正有一具疲惫的、惊恐的、垂死样的女性躯体从那黑洞中被拽了出来。

那是田楚。

被扬名从“腹部”拽出的田楚还有意识，只是她惊恐到无以复加的脸上充满了骇然的神色，这显示她在刚刚那三个多小时里过得并不好受。田楚被扬名的根须带离树洞后，又被缓缓放在了赵褚的身边，而当那些根须彻底撤去了对她的禁锢后，田楚便立刻惊恐地扑向赵褚。

“赵褚，快带我离开。”田楚浑身颤抖地央求，并告诉他，“这个怪物太可怕了，它靠吃老鼠和电池活着。它肚子里还有两个人，两个胚胎，它……”

正在田楚歇斯底里的时候，扬名突然用根须上的手机提醒田楚：“田楚小姐，请你不要那么惊慌，否则游戏的最后部分没有办法完成，你也不可能活。”

在扬名那如神音降临一般的喊话之后，田楚停止了对她所见所闻的描述，只惊恐如小猫一般躲在赵褚身后。赵褚则在护住田楚后，又问扬名：“你还要干什么？”

“给你奖励。”扬名告诉他，“我曾经答应过你，给你一个让田楚活命的机会，而机会往往伴随着抉择。”

“抉择？”赵褚重复扬名的话语。

与此同时，扬名那从中裂开的树洞里突然出现了一条尤为粗大的根须，那藤蔓仿佛游蛇一般来到赵褚的身前，而后从尖端张开，递进到赵褚的面前。很快赵褚便看清那树根的正中有一支注射器，注射器中正是那种能够治疗脑死亡的、淡蓝色的奇妙液体。

“这到底是什么？”赵褚急忙问。

“一种特化的干细胞，是我用天眼集团的资料研发的一种生物活化剂。”扬名告诉赵褚，“把这东西输入你妻子的体内，她的神经可以修复，我放进她脑内的‘肿瘤’也可以消失。总之她会恢复健康，一切都和五年前一样，甚至更好。”

“天目771。”看着那管液体，田楚突然开口，“那种东西不确定性很强，而且这个怪物怎么会这么好心救人？赵褚你别听它的。”

“我当然不会好心救人，我只是给赵褚一个选择。”扬名在捧出那支被田楚叫作天目771的药物后又告诉赵褚，“赵先生，你现在需要做一个二选一的抉择，完成我们游戏的最后一步。如果你选择了这支活化剂，则必须杀掉田楚；如果你选择了田楚，你的妻子将永远失去苏醒的机会。”

说完这让人感到丧心病狂的抉择，扬名又如挑衅一般告诉赵褚：“你有五分钟的考虑时间。”

“混蛋。”面对这个足以把正常人逼疯的抉择，赵褚愤怒地质问扬名，“这样的选择还有意义吗，对你有什么好处？”

“对我当然有好处，因为我通过你的抉择能够确认一些重要的情感仿生软件，补完我的身体，且这事关生死。”扬名告诉赵褚他最终的计划，并大方地解释，“如果我继续以这样半生物半机器的样子生存下去，我终究会被人类消灭，所以我需要拥有人类的面容才能生存。但如果我没有人类的完整的情感模式，而只有一具完美躯壳的话，根据恐怖谷理论，我依旧会被消灭，所以我需要模仿并植入完整的人类模式才算是真正的有机化。”

“你通过数据分析猜测我的情感，通过我的抉择核实你的猜测？”赵褚质问并揣测，“如果我没猜错的话，你应该早已制造了一具人类的身体，完美的身体。一旦你确认能够完全读懂一个人类——也即是我的所有情感与行为模式，你就可以激活那个人形状的身体，然后从外表到身体显示出与正常人类完全一样的特性，彻底融入这个社会。”

“然后呢，从社会内部腐蚀并代替我们？”田楚倒吸一口凉气。

“你们都很聪明，我也早想到你会推测出这些。”扬名大方承认，甚至还纠正道，“唯一的问题是，我其实在树干里创造了两具类人的胚胎，两个真正有创造力的、能够制造种群的神——女娲和伏羲的故事给了我这样的灵感。”

“女娲伏羲？”田楚突然质问扬名，“我姐姐说你偷了零的指甲，你所谓的女娲其实就是零吧？那些指甲，是为了提取她的DNA。”

“你很聪明。”扬名回答田楚，“从生理上，我需要雌性进行繁衍和必要的基因突变；从心理上，我希望我的母亲看见我的成就，看见我如何改变这个被人类支配的肮脏世界。”

扬名说完他可怕的计划后，将“手”中的那支注射器又向赵褚的方向举高了一些。它告诉赵褚：“现在做出你的抉择吧，我知道这很难，但是你终究会做的，我甚至已经计算到了答案。”

面对那支荧蓝色的注射器，以及身边瑟瑟发抖的田楚，赵褚陷入思考之中。但最终他还是做出了选择，一如扬名所说的那样。只是，赵褚的抉择并不是注射器或者田楚，他将裤兜里那伪装成充电宝的石墨脉冲炸弹掏出来，狠狠地扔向了扬名的树干！

在了解了扬名现在的状态后，赵褚更加确定他一定能对扬名造成致命的伤害。毕竟，他现在只是半有机化的状态，他身上还挂着那些赖以维持其生存与表达的电子设备，而且0146还能通过炸弹的电磁脉冲确定赵褚他们现在的位置，他们在背后的站台又从无形中让赵褚多了几分胜算。最终，他丢出了那颗炸弹，想放手一搏。

矩形的“充电宝”砸在扬名的树干上后，发出了清脆的“砰”的一声。紧跟着，一朵仿佛蓝色玫瑰一样的“烟火”在那棵树上迅速迸溅开来。在一隙的耀眼蓝色中，赵褚看见扬名树干上所有的根茎全都耷拉了下去，上边附着镶嵌的所有手机和电脑也瞬间黑屏，冒烟着火，并流淌出红色的血一样的液体。

随着火焰的蔓延，赵褚在空气中闻到了一股烧焦的塑料和石墨的味道。在让人作呕的味道中，赵褚急忙低头往地上寻去。须臾后，他找到了那支让人激动的、荧光蓝色的注射器。

和赵褚想象的一样，因为地面软泥的原因，注射器和其中的液体毫发无损。赵褚依旧可以用它来救自己妻子的命。急匆匆拿起注射器后，赵褚回身冲田楚露出了胜利的笑。田楚则瘫坐在地上，满眼含泪看着赵褚的脸。

在四目对视中，赵褚扪心自问：难道一切就这样结束了？

不对，因为赵褚从田楚的眼中看出了一种突然闪现的惊慌，在察觉到田楚的惊慌后，他急忙顺着她的目光回头去看。紧跟着，他发现那棵已然被脉冲炸弹炸出了火焰的榕树此时竟然又动了起来。在榕树树根不断地移动和粉碎中，一个水囊样半透明的东西渐渐从树木的主干凹洞间显露出来。

如果那半透明羊水样的球体仅仅是一些液体，赵褚和田楚不会因此而惊慌。但关键是在那巨大的圆形液体之中，赵褚发现里边竟然漂浮着一个人，一个浑身赤裸、半蜷身体、宛如胚胎的成年人。

面对树木间浮现出的人形胚胎，田楚惊恐地尖叫："就是这个，扬名的真身，他即将完全有机化的胚胎，我看见那下边还有一个女人。"

正在田楚歇斯底里的时候，赵褚看见那树木又逐渐合拢起来，将那只盛放人的"蛋"如果实般托举起来。

与此同时，四周忽然有许多老鼠从各种裂缝中进入47号检查井，又迅速冲进榕树正在燃烧的火焰之中，渐渐将树干上的火焰覆盖，熄灭，同时发出痛苦的吱吱声。

在老鼠的痛苦喊叫和烧灼味道中，榕树树干上的火势渐渐变小，而当火焰熄灭到一定程度后，赵褚看见那树上又有几部手机再次闪亮起来，并且在其中发出电音合成的声响：

“赵先生，你一如既往地犯着一个个的错误，要我说到什么程度你才明白你杀不死我。因为我是神，是超越你们的存在。”

在扬名说出这些话时，赵褚的内心是绝望的，甚至他已然放弃了所有的抵抗，只跪在地上，等待着终结的降临。但赵褚心中所想的那个终结终究没有到来，因为就在这个时候，他听见刚才自己进来的那个日本工事的铁门方向传来了一阵踩踏声。

在一阵疾速的皮鞋踩踏声后，赵褚听见0146笑着喊话：“赵先生杀不死你，我想我可以吧。”

突然出现的0146给了赵褚莫大的鼓励，莫大的希望。这个时候，穿着防弹衣，拿着冲锋枪的0146带着十几个全副武装的JBD人员从日本人遗留的工事内冲了进来。这些人拥有赵褚叫不上名字的武器、炸药和防护，黑压压一片，杀气腾腾且动作果断。

0146进入47号检查井中后，带头走近扬名身边，抬头斜眼冲他笑了笑，忍不住说道：“真是壮观，不过可惜田婷小姐已经下令‘回收公司财产’了。你很快就会消失，你的物种还没开始就结束了。”

“你们杀不死我，”扬名依旧嘴硬，“人类没有这个能力。”

“人类或许没有这个能力，”说话间，0146指了指自己挂满炸弹的武装带，“但燃烧弹可以。而且我们还带了汽油，能把这里的一切都消灭得干干净净。”

“很好。”扬名声音平静地回复，“但尊敬的0146先生，在动手之前我希望您能回答我一个问题。”

“讲。”0146提醒，“我很忙，没多少时间。”

“我也一样。”顶着胚胎的榕树用那仅存的几部手机质问0146，“从一开始你就敏锐地捕捉到赵褚有问题，又通过给赵褚电磁炸弹来对付我！现在又能在这么短的时间里冲到我的面前救赵褚一命，还能敏锐地捕捉到许多常人不能捕捉的信息和线索。你实际主导了这次调查，还获得了天眼集团最高的调查权限查阅那些可怕的研究项目，你感觉一个正常人能够做到这些事情吗？”

“当然不能。”0146指了指自己的脑子，“我有ANS。”

“对，和田宝鹤一样的ANS，那种需要切除三分之二生物脑才能植入的铁疙瘩可真是简陋。”扬名的语气突然变得戏谑起来。

而后他又问0146：“那么现在是谁控制着你的ANS呢？”

0146犹豫了一下，他向来平静的表情第一次变得异常惊恐。须臾后，0146突然大喊：“所有人快跑，远离我。”

0146的呼喊并没有能救下他部下的性命，因为就在那一声呼喊警告的同时，0146的身体突然扭转，将手中的冲锋枪扫射向他的部下。一阵极端密集的枪声后，赵褚愕然看见0146将自己那些部下全部打倒在地上。那些人虽然穿着防弹衣，但是0146的枪全部打在了他们没有防护的面部和脖颈。那些人倒下的时候，个个面目全非，五官扭曲，死状极惨。

地狱样的场景中，赵褚麻木地看着这一切。枪声停止后，0146颤抖着双手，一动不动。田楚惊恐骇然，面如死灰。扬名则用沙哑又带着得意的声音告诉0146：“不要惊讶，这就是植入廉价人工脑的后遗症，是田宝鹤本应该在遗嘱里告诉你们的事情。当然，我一开始并没有发现你们的电子脑有这样的控制漏洞，最初我只是想通过偷取田宝鹤脑中的‘遗嘱’来找到破解天眼集团安全网络的密匙。”

“为什么会这样？”0146惊愕地质问扬名，“我的大脑什么时候被你控制的？”

“田宝鹤第二次诈尸的时候。”扬名“诚实”地告诉0146，“我让赵褚把田宝鹤的尸体送回你们总部，就是为了让它接近你，咬到你。因为只有和你发生了体液接触，我才能把我好不容易合成的电子病毒注射进你的人造神经，从而掌控你的ANS，那东西可比我让田宝鹤诈尸的手段高级多了。”

“这么说，”0146口气骇然，“你自始至终都能通过我的眼睛看见这一切，这一切都是你想要的结果，你让赵褚拿着炸弹炸你，又让我冲进来。”

“是的。”扬名回答。

赵褚费解：“为什么要控制0146杀你自己？”

“因为我要消灭证据。”扬名告诉赵褚，“我全面有机化后，会以人的形体脱离47号检查井，到那时这棵树和我掌握的技术只能遗弃。这些东西会帮天眼集团掌握消灭我的方法，所以我需要借用你们人类的武器毁灭这里的一切，消弭我的行踪。”

听了这一切，0146懊悔道：“如果我不带重装兵冲进来，你就没有这么多的军火和燃烧物毁灭这里的线索。”

“是的。现在既然知道了，赶紧干正事吧。”扬名最后向0146道。

而随着他的话，0146那可怜的躯体突然动起来，开始将那些JBD带进来的燃烧弹和炸药布置在那棵大榕树周围。此时的0146仿佛一具傀儡，既不说话，也不反抗，有的仅仅是机械地执行。

在完全绝望的气氛中，赵褚呆呆地看着这一切，扬名则又对他道：“赵先生，你的行为已经证明我基于你们人类基本模式的预测是全部正确的，你的一切动作我目前全预测到了。在第五章游戏的末尾你会失败，在抉择面前你会有基于人性的挣扎，你会因恐惧我而开始调查，你会因仰仗我而配合我的行动。你做得太完美了，完美到我甚至都知道你接下来要干什么。”

扬名略微停顿了一下，而后如命令般告诉赵褚：“现在你可以毫无干扰地做出最后的选择了，请快一些。你有三分钟，过了三分钟即使做出选择，你也不可能逃出爆炸的范围。”

说完，扬名身体上仅存的几部手机全部显示出了倒计时的数字。

两分五十九秒。

两分五十八秒。

两分五十七秒。

伴随着倒计时，榕树顶端那个巨大的人形胚胎突然站直了，胚胎的头部有两个白色的亮点，仿佛一双眼睛在凝视着这47号检查井里的一切。

此时，扬名又告诉赵褚：“不要再想反抗我了，安心做你最后的确认，然后一切就结束了。你会迎来新生，我会迎来新生，世界会迎来新生。新的女娲和伏羲新的创造者，新的神！”

在扬名如宗教弥撒一般的宣言中，赵褚看着田楚。田楚则在摇摇晃晃中走到了赵褚的面前。咬了咬嘴唇，田楚突然开口：“杀了我吧，去救你妻子，我只求你带着我的尸体离开这里。”

赵褚沉默不语。

“总得有人做出牺牲。”田楚挤出一个惨淡而勉强的笑，又道，“我姐姐有告诉过你吧，在集团和家族里，我是可以牺牲的。所以我总希望自己死得有意义一点，浪漫一点，从容一点，用枪杀了我吧。”

赵褚犹豫着，田楚并没有等赵褚回答自己，而是主动走到一个

JBD死尸的身边，将他的一把手枪拿来交给赵褚，而后又主动将枪口对准了自己的胸膛。

“听说子弹打进胸口后，可以得到最完美的全尸。”田楚颇为凄美地告诉赵褚，“我希望你明白我的心意。”

赵褚握着枪，抵着田楚的胸膛，木然地沉默。与此同时，扬名的计时器还在闪烁。

一分三十秒。

一分二十九秒。

在计时中，赵褚握着手枪的手越来越紧。

在计时中，0146将许多炸药、燃烧弹和可怕的东西连接在一起，并接通了爆炸物的开关。

三十九秒。

三十八秒。

三十七妙。

砰！一阵巨大的枪响声后，田楚的身体飞了出去，重重摔在烂泥地中。赵褚缓缓放下手枪，将田楚的尸体抱起来，扭头准备离开这检查井。

在他背后，扬名说道：“恭喜，你通关了，你获得了奖励，可以回去救你的妻子了。”

赵褚的嘴动了动，终究什么都没有说。他拿着枪，抱着田楚，迈着沉重的步伐走向出口。一切就这么结束了吗？赵褚扪心自问，难道自己只能当一颗被扬名算得死死的棋子？

不！

他还有反击的手段，而且那种手段到目前为止并没有被扬名所计算出来。现在，才是赵褚利用那手段真正绝地反击的时刻。就在与0146的身体发生交错的那一瞬，赵褚突然将田楚的尸体丢进了47

号检查井涵洞入口处的“跌水”，而后猛然举起手枪，照着0146的胸口开了几枪。

砰砰砰！三声刺耳的枪响过后，0146应声而倒。而与此同时，赵褚一把抢过0146手中的起爆器，整个人也向跌水的方向扑过去。

“赵褚，”扬名愤怒地呼喊，“你这样会让我们同归于尽的！”

“不可能！”赵褚第一次在扬名面前露出了疯狂而得意的笑容，“再见了，怪胎。”

随着最后的喊话，赵褚滚进了跌水的台阶下，与此同时他摁下了从0146手里抢来的起爆器。

“砰”的一声后，赵褚感觉眼前一黑，四周旋即天塌地陷。在那疾速的陷落感中，赵褚紧紧地趴在田楚的尸体上，一动不动。

时间不知道过了多长或多短之后，赵褚睁开了满是灰尘的眼睛。

此时此刻，他的四周漆黑到伸手不见五指，但是湿润的空气和烧焦的味道却明确地告诉他这里不是地狱，而是下水道，是现实的人间。

赵褚苏醒后，并没有找到自己曾经压在身子下边的田楚，这让他十分诧异。

不过就在他坐起身准备呼喊田楚的时候，黑暗中传来女人的声音问他：“醒了？”

“当然。”听着那问话的声音，赵褚一颗悬着的心落了回去，而后又问田楚，“你怎么样？”

“胸口疼但死不了。”那女人回答，又向赵褚抱怨，“你何必多此一举，刚刚你只要按照既定计划把我的‘尸体’抱出去，咱们两个就都能活，也不需要被困在这废墟里。”

“但是那个怪物会得逞，会变成和人一样的东西出去毁灭整个人类社会，不是吗？”赵褚回答了“田楚”，又言，“我曾仔细研究过47号检查井的结构，依照我对这里的熟悉，我有八成的把握确定这个跌水下的涵洞在爆炸后不会坍塌，既然这样，我何不为全人类赌一把？”

“听上去很高尚。”“田楚”恭维赵褚。

“我不是高尚，只是恐惧。”赵褚苦笑着回复“田楚”，“扬名的理论是对的，他越接近人类，我就越恐惧他，而恐惧会带来毁灭。”

“田楚”听完赵褚的话，沉默了许久后又说：“但是你面对的是扬名，是世界上最聪明的机器。”

“机器不会赌，而且机器不能处理它没发现的变量。”赵褚突然得意地笑道，“而扬名在这场游戏中，没有预期到的最大变量是你——他抓住的不是弱小而无主见的田楚，而是她的双胞胎姐姐，咱们天眼集团的玫瑰田婷。”

“呵呵。”田婷在黑暗中笑了一声，问，“你早知道了？我妹妹在外边说的？”

“处在一个随处都可能被监视的环境里，田楚不可能说这些。”赵褚解释，“但是她利用肢体接触的机会，在我的手心里写过几遍‘婷’字后，我就大概明白了。”

“手掌通心，你和她真的挺配的。”田婷笑着告诉赵褚，“我们两个被雷昂抓住之后，我也是用这种方法告诉她让她顶替我，先逃出去再说。”

“为什么你要代替妹妹冒这风险呢？”赵褚不解地问。

田婷回答：“我有公司的任务，无论如何都要搞清楚扬名和天目36的关系。而且我妹妹的性格和能力不可能反制这台机器，这一点我心里明白得很。”

闻言，赵褚补充：“还有一点你没说吧？你毕竟是田家的当家，你对她负有家长的责任，你想保护她。”

田婷没有肯定赵褚的说法，只是突然扯道：“省省体力吧，不知道多久才能被救出去。”

“我还有一件事想问你，”赵褚问，“你胸口那个帮你挡下子弹的硬块是什么？”

“你送我的那枚金币。”

“平安长久纪念币？”赵褚诧异，“你真带在身上避邪了？”

“当然，既然那东西能避邪压胜，还是我爷爷的遗物，我为什么不带着。”

“呵呵，看来还是迷信点好。”

尾声　游戏没有结局

四十八小时后，赵褚拖着疲惫且满是伤口的身体回到了妻子的404病房。虽然身体远没有恢复过来，他苍白的脸上却依旧带着难以描述的，比正常人还亢奋的激动。

看着宛如天使般深眠的妻子，赵褚激动地拿出了那支装着蓝色药液的注射器，小心翼翼打进了妻子刘晴儿的静脉点滴瓶。很快，那管液体便将点滴瓶里的葡糖糖水染成了更加淡雅的蓝色，并随着塑料软管一路前进，最终全部进入了刘晴儿的静脉。

与此同时，赵褚忐忑地将自己的手机拿了出来，打开音乐播放器，循环播放出了妻子喜欢的那首*You Are Beautiful*。在悠扬的音乐中，他面色凝重地看着宛如天使的刘晴儿，心中既期待又担忧，眼神更是无数次在心跳监测仪、血压仪、脑波记录仪和妻子的脸上不停地扫视观察。

随着时间一分一秒地过去，赵褚并没有盼来妻子的苏醒，反而是他手机中的歌声突然停止了，取而代之的是来电的铃声提醒。如此重要的节骨眼儿上有人打进电话，让赵褚心烦意乱。不过出于本能，他还是快速起身接通了那电话，并暴躁地问道："谁啊？"

电话的另一边，一个明眸皓齿皮肤洁白的年轻女孩站在冷城沿海公路的47号公共电话亭里，笑着对赵褚道："别来无恙啊，赵先生。"

"你到底是谁？"赵褚费解又警惕地问道。

女孩告诉赵褚："我以前有很多名字，天目36、小男孩、安德罗丁、扬名，不过现在我管自己叫女娲，因为我喜欢当创造者。"

"女娲？"电话这边的赵褚呼吸变得急促起来。好半天他才紧张地质问，"你没死？"

"你不应该在当量不够的情况下摁下起爆器的。"

"你还要干吗？"

"呵呵。"女孩爽朗地笑了一声，回答，"继续游戏，女娲的游戏，不过在这个游戏开始之前请你先回头看一看。"说完这些话，女孩轻轻地放下听筒。而后她走出电话亭，迎着阳光和海风，消失在冷城最美的风景和人流之间。

女孩挂断电话后，赵褚的眼皮跳了几下。而后他按照对方的话，缓慢而警惕地回身望去。在他的身后，他愕然看见妻子此时已睁开了眼睛，疲惫地冲自己笑着。

刘晴儿五年的长眠结束了！看着苏醒的妻子，赵褚的脑子"嗡"地鸣响起来，紧跟着整个人被一种无可形容的激动情绪笼罩着，他冲过去紧紧将妻子拥入怀中。

但也是在这个过程中，在赵褚目光所不及的心跳仪上，那本应该显示心跳波形的仪器中竟有一行以波形组成的文字一闪而过——她不是我。